Une vie qui se cabre

Du même auteur

Romans

Forêt-Furieuse, Éditions du Rouergue, 2019 ; Babel, 2022 (nº 1826).
Et que celui qui a soif, vienne, Éditions du Rouergue, 2016 ; Babel, 2017 (nº 1484).
Le Bonheur pauvre rengaine, Éditions du Rouergue, 2013 ; Babel, 2019 (nº 1630).
Des impatientes, Éditions du Rouergue, 2012 ; Babel, 2015 (nº 1329).

Récits littéraires

Nous avons arpenté un chemin caillouteux, Plein Jour, 2017.
Beauté parade, Plein Jour, 2015 ; Le Livre de Poche, 2016.
Avant de disparaître, chroniques de PSA-Aulnay, Plein Jour, 2013.

Ouvrages historiques

Panthères et pirates, des Afro-Américains entre lutte des classes et Black Power, La Découverte, 2022.
Bons baisers de Paris, 300 ans de tourisme dans la capitale, Paris Bibliothèques/Comité d'histoire de la Ville de Paris, 2015.
Tourisme et travail, de l'éducation populaire au secteur marchand (1945-1985), Presses de Sciences Po, 2009.
Les Camarades des frères. Trotskistes et anarchistes dans la guerre d'Algérie, Paris, Syllepse (préface de Mohammed Harbi), 2002, et Alger, Casbah éditions, 2006.

Littérature jeunesse

Amour Chrome – Hypallage tome I, École des Loisirs, 2021.
Terrain Frère – Hypallage tome II, École des Loisirs, 2021.
Écorce Vive – Hypallage tome III, École des Loisirs, 2022.
Futur Chlore – Hypallage tome IV, École des Loisirs, 2023.

Poésie

En armes, Iconopop, 2022.

Sylvain Pattieu

Une vie qui se cabre

roman

Flammarion

ISBN : 978-2-0802-7058-0

Pour
Laureline, Lucien, Alma,
douces balades amour cuivré

Ma mère
visage fragile vacille

Mon père et mon frère
cœurs torrents ardeur

Aix et Marseille, amis, fantômes, vagabonds.

un immense courage debout au centre sans mérite
du lasso à lancer au cou sauvage de la vie qui se cabre
dans tous les sens

Aimé Césaire, *En tâtant le sable du bambou de mes songes.*

D'une certaine manière, j'ai toujours éprouvé de la passion pour la vérité, ce qui, sur le plan privé comme public, m'a souvent desservie.

Maryse Condé, *La Vie sans fard.*

Je suppose que, étant poète, j'ai le droit d'imaginer un grand leader moderne noir. Du moins, j'aimerais le célébrer dans une œuvre poétique. Car je n'ai rien à vous donner que mes chants.

Claude McKay, *Un sacré bout de chemin.*

I

Dakar

Le sang sur le visage de son père, Marie-des-Neiges s'en souvenait, du loin de son enfance, elle revoyait comment il coexistait sur cette tête aimée en plusieurs états : séché, il lui maculait les joues et le menton ; en petites rigoles, il empruntait les plis, les rides et les anfractuosités qu'elle pensait chemins pour ses petits doigts ; amas vif sur chair, il palpitait autour de la plaie du front. Pourtant son père souriait, et la petite fille ne comprenait plus si elle devait pleurer ou se réjouir des ravages. Il était rentré alors que la lumière passait du jour à la nuit, Marie-des-Neiges en le voyant avait poussé un cri, sa mère avait levé les yeux au ciel et serré la mâchoire pour garder son calme. Son père l'avait prise par les épaules, c'est un grand jour, il avait dit, ne crains pas mes blessures, ce n'est rien, la grève tient, ils nous matraquent mais elle tient, ils arrêtent certains d'entre nous mais les autres continuent, nous abattrons deux ennemis à la fois, le colonialisme et l'exploitation.

Marie-des-Neiges ne savait pas tous les mots mais elle sentait bien, dans le ton de son père, qu'il se passait des événements importants. Il parlait à sa hauteur, doucement. Sa mère lui avait donné un mouchoir, pour essuyer le sang, et elle aussi avait pris sa fille par les épaules, de l'autre côté, assise derrière elle, de sorte qu'ils lui chuchotaient chacun dans une oreille, détourne tes yeux de la vue des choses vaines, elle disait, citant les psaumes, comme souvent. Ce n'est pas qu'elle trouvait inutile le combat du père, elle soutenait et elle admirait, même, la grève de la Fédération des travailleurs indigènes des chemins de fer de l'Afrique-Occidentale française. Simplement elle voyait de la vanité dans ce retour ensanglanté et joyeux, or ce trait de caractère était un péché mortel, même si sa propre apparence, hautaine, pouvait laisser croire qu'elle s'y complaisait.

Il y avait aussi chez sa mère une certaine condescendance face à la grève des cheminots, qui durait depuis trois mois. Deux ans auparavant, en 1944, alors que la guerre n'était pas terminée, elle avait participé aux mouvements des femmes des Quatre-Communes, Dakar, Saint-Louis, Gorée et Rufisque, pour obtenir le droit de vote comme les citoyennes de métropole. Lorsqu'elle discutait avec son mari, cette antériorité dans la lutte et dans la victoire, évoquée en de subtils sous-entendus, faisait dévier son air sévère : ses paupières plissaient, les coins de ses lèvres remontaient, légers signes du plus profond des contentements.

Le soir où son père était revenu en sang, l'Empire français était presque mort. Il avait connu en 1940 l'humiliation de la défaite, l'occupation nazie. Puis les troupes coloniales avaient joué un rôle important au sein des armées françaises pour la libération du pays. Elles avaient été accueillies avec chaleur dans tous les territoires libérés. Il était temps de mettre l'Empire à bas, son père comme sa mère l'avaient compris, voilà pourquoi ils avaient mené la lutte. Les députés issus des populations colonisées la menaient aussi à l'Assemblée constituante élue en 1945.

Ils s'étaient coordonnés pour défendre les droits des colonisés et, en avril 1946, la loi Lamine Gueye, défendue par le député socialiste de Dakar, avait été adoptée par l'Assemblée nationale constituante : elle attribuait la citoyenneté française à tous les ressortissants de l'Empire. La loi précisait : « Tous les ressortissants des territoires d'outre-mer ont la qualité de citoyen, au même titre que les nationaux français de la métropole ou des territoires d'outre-mer. Des lois particulières établiront les conditions dans lesquelles ils exercent leurs droits de citoyens ». Le député Édouard Herriot, maire de Lyon, membre du Parti radical et ancien pilier de la IIIe République, avait tonné : « la France ne doit pas devenir la colonie de ses colonies ». Ainsi, il avait exprimé la peur de tous les tenants de l'ancien ordre. Tel était l'enjeu crucial : mesurer l'étendue de l'application de cette loi et la définition de ces « lois particulières ». Les vieux politiciens de l'Empire craignaient de donner plus d'influence aux colonisés et rechignaient à payer pour ces territoires, ils ne voulaient pas de la citoyenneté, ni du droit de vote, ni des droits sociaux.

En quelques mois tout était devenu possible : ceux et celles de France hexagonale, de petite France comme on disait désormais, reconnaissaient la part prise par les colonisés dans la victoire contre le nazisme, tandis que, dans les colonies, la domination ne passait plus. Les luttes sociales dans tout l'Empire et la peur d'une révolution communiste avaient été déterminantes. Il s'en était fallu de peu, de même que pour l'amendement Wallon instituant définitivement la République, en 1875, à une voix près. L'Union française avait remplacé l'Empire, Aimé Césaire en avait été élu président, et, dans l'entre-deux de ces bouleversements profonds, le père de Marie-des-Neiges s'était mis en grève, avec ses camarades, il avait manifesté, et il avait saigné d'un coup de matraque.

Plus tard on reconnaîtrait à ses deux parents le statut de pionniers, étonnant et honorifique détournement d'un vocabulaire d'origine pourtant coloniale. Chacun à sa manière, ils avaient pris part aux profonds changements de ces années-là et à la mise en place de l'Union française. Ce courage et cette action commune étaient sans doute l'un des fondements de ce couple si disparate en apparence, le syndicaliste marxisant et la chrétienne fervente. Ils avaient reçu la médaille qui officialisait leur statut des mains du président Césaire, quelques semaines à peine avant son assassinat par un Européen d'Algérie, et ils n'auraient jamais avoué, ni l'un ni l'autre, qu'ils en tiraient une immense fierté. Être fille de pionniers avait valu à Marie-des-Neiges sa bourse pour l'école normale d'institutrices d'Aix-en-Provence.

Elle allait partir, quitter Dakar, son père et sa mère étaient en face d'elle, maintenant, assis côte à côte, ils dardaient leurs yeux, tendaient leurs mains, tordaient leurs bouches. Ils auraient voulu être impassibles, le calme pendant la tempête, mais son départ les bouleversait. Dans ces moments d'imminente séparation, les mots et les gestes ralentissent, ils se détachent très distinctement, ils comptent comme jamais car ils retardent l'inéluctable, mais ils n'empêchent rien, ils tombent dans le vide, ils habillent la peine, elle reste, elle domine, elle asphyxie. Elle ne serait plus à eux, leur petite fille, elle ne serait plus chez eux, elle partait pour l'ancienne métropole. Elle comptait bien plus que sa taille géographique, cette petite France, pour le temps long du rattrapage social et économique promis par Suzanne Césaire quand elle avait pris la place de son mari tué, car elle concentrait encore les richesses, les lieux de savoir et de formation, de production.

Leurs visages lui semblaient soudain très anciens. Elle voyait, sur la tempe de son père, la cicatrice témoin, bien des années après, de la soirée sanglante ; au milieu du front de sa mère une ride profonde. Leurs cheveux grisonnaient, leurs immenses carcasses, car ils étaient très grands tous les deux, avaient perdu de leur puissance. Mes petits parents, elle leur avait dit, je reviendrai, et elle mentait et elle disait la vérité, parce qu'ils étaient bien devenus ses petits parents comme elle avait été et serait toujours leur petite fille, mais elle n'était pas sûre de revenir. Si on l'avait questionnée, à ce moment-là, elle aurait dit bien sûr, je vais me former là où on se forme, dans l'Hexagone, puis je rentrerai, pour participer au rattrapage, pour rendre à mon pays, pour prendre ma part dans cette œuvre commune nécessaire, la construction de l'égalité entre tous les territoires de la communauté française. Mais elle percevait bien qu'elle avait envie d'aller là-bas pour y rester. Elle sentait la fierté et le désespoir dans les attitudes de ses parents, l'amour et l'inquiétude, mais elle n'était pas triste, pas vraiment. Elle brûlait, elle était impatiente, elle aurait voulu passer le départ, le bateau, l'arrivée à Marseille, être déjà installée.

Ce dernier moment tous ensemble était un vêtement en lambeaux, encore là sur leurs épaules, laissant entrevoir la fin par ses trous, mais impossible de s'en dépêtrer, il enserrait leurs bras, il pesait sur leurs torses. Chaque détail prenait son importance, les nœuds du bois des chaises, les aspérités de la table, une tache sur le mur, les mots simples de ses parents, tout pour ne pas prendre la mesure de ce qui s'annonçait : un changement total et définitif.

À côté de Marie-des-Neiges, sur ses genoux parfois, pendant tout ce temps d'adieu sans le dire, il y avait son fils. Il était vraiment beau et il était vraiment petit. Il ne parlait pas, il avait ses grands yeux ouverts. Il faisait parfois des bruits venus du fond de la gorge, comme un chant profond. Il roucoulait. Elle avait pour lui des gestes raides. Elle le prenait tout d'un bloc par les épaules et elle le posait sur elle, mais au début sans l'embrasser ni le câliner. Il était un petit sac sans poignée pour s'en saisir avec aisance et le porter paisiblement. Il était pourtant tellement sage. Pas de cris, pas de pleurs, pas de caprices. Ou si peu.

Il était arrivé, c'est tout. Ses parents n'avaient pas demandé comment ni pourquoi. Ils avaient été avec elle, silencieux. Sa mère lui avait tenu la main quand elle avait accouché. Même pas dix-huit ans et elle avait déjà un enfant comme eux en toute une vie. Ils avaient pris l'enfant comme si c'était le leur, ils l'avaient nourri au biberon puis à la purée, ils l'avaient bercé, ils avaient chanté pour lui, des psaumes et des chants de lutte, raconté des histoires, ils avaient calmé ses rares cauchemars. Parfois Marie-des-Neiges le prenait, son enfant. Parfois il dormait avec elle, il jouait, il la serrait dans ses petits bras. Elle était froide au début, mais finalement elle se rapprochait de plus en plus de lui.

Pour son grand départ, ça avait été tacite, encore. Peut-être s'étaient-ils imaginés qu'elle allait le leur laisser, que ça serait plus facile. Peut-être en avaient-ils envie, de ce petit-fils qui aurait comblé le vide du départ de leur fille. Ils avaient espéré mais ne l'avaient jamais manifesté. Elle n'en avait pas discuté, elle ne les avait pas préparés, simplement leur avait montré les deux billets, il part avec moi, elle avait dit. Elle prononçait rarement son prénom, Daniel. Dieu est mon juge, en hébreu, un prénom de prophète, exilé à Babylone, capable d'interpréter les rêves. Ce prénom ravissait sa mère, son père n'avait pas donné son avis. Marie-des-Neiges manifestait son affection pour Daniel en lui parlant doucement, en prenant son petit corps dans ses bras, maladroitement. Lui gardait son air sérieux de prophète, il n'était pas là pour déborder.

Elle avait annoncé à ses parents sa décision, était-ce vraiment une décision, elle n'avait pas pris le temps d'y penser, de peser les arguments, de trancher, elle partait en France hexagonale avec son fils et puis voilà. C'était sans discussion.

Ses parents n'avaient rien dit : ils ne disaient jamais rien la concernant. Ils discutaient beaucoup de politique, des événements récents, ils se disputaient même parfois, violemment, mais ils ne prononçaient pas une parole sur la route tracée par leur fille. Elle l'avait tracée, sa route, imperturbable bonne élève, fille discrète. La surprise de l'arrivée du fils s'était déroulée sans soubresauts, sans histoire, puisque rien n'avait été dit sur la grossesse, la naissance. Ça jasait peut-être du côté du voisinage. Sans doute que non, car les parents de Marie-des-Neiges, et elle-même, avaient toujours évoqué la situation en passant, comme si elle était naturelle. Dans la paroisse, Édith, sa mère, était une personnalité, une référence. Personne ne lui cherchait noise. Elle s'entendait bien avec leurs nombreux voisins musulmans, dans un pays où cette religion était majoritaire. Au syndicat, on connaissait le rôle joué par Guy, son père, pendant les grèves et dans les revendications quotidiennes, son implication constante dans le lent travail de construction du mouvement ouvrier africain. Elle, ses amis de l'école la laissaient tranquille, elle était différente, elle ne parlait pas beaucoup, avait le même air hautain que sa mère, les yeux passionnés de son père. Sa calme détermination ne laissait pas de prise à la moquerie, ni à la familiarité. La seule avec qui elle discutait vraiment était une de ses professeures, madame Maryse Condé.

Madame Condé arrivait dans sa voiture, un long véhicule noir aux jantes épaisses, monte, elle lui disait, d'un ton rude mais petit sourire aux lèvres, et Marie-des-Neiges s'installait sur le siège passager. Elle était heureuse d'avoir été choisie entre les autres élèves. Madame Condé démarrait et faisait rugir le moteur, elle emballait les roues, soulevait la poussière. Elle aimait s'aventurer en dehors de la ville pour rouler vite. Ça n'était plus une automobile mais un élan furieux de métal, de verre et de caoutchouc, la machine fendait l'air, labourait la terre, elle volait pardessus les nids-de-poule et frôlait les obstacles. Les autres véhicules s'écartaient et klaxonnaient, les vaches et animaux divers valdinguaient en échappant de peu à la mort, les virages se négociaient à la dernière seconde, le soleil ou la pluie importaient peu. Marie-des-Neiges se cramponnait, elle tournait souvent la tête et sur le bord de la route les acacias, les rôniers, les jujubiers se mélangeaient, la vitesse leur faisait prendre couleur commune, larges bandes jaunes et vertes qui s'étiraient tout au long du trajet.

Madame Condé regardait droit devant, elle tenait fermement le volant, elle prenait son plaisir. Elle se vantait d'avoir souvent fait monter des hommes dont l'arrogance laissait place à la peur, aux poings crispés, aux gémissements à mesure que les paysages défilaient de plus en plus vite. Souvent ils sortaient de la voiture sitôt arrêtée, ils se signaient, ils tripotaient leur chapelet ou ils se cachaient pour vomir. Madame Condé s'amusait. Elle roulait pour rouler, parce qu'elle aimait ça, pour la vitesse. Elle avait souvent dû céder aux hommes en toutes sortes de domaines, elle les avait crus et ils lui avaient menti, elle avait dépendu d'eux, alors dans ces escapades au volant elle tenait une revanche taquine.

Marie-des-Neiges aussi avait peur mais elle se sentait flattée de cet honneur. Tout le monde – ou plutôt ceux et celles dont l'avis comptait pour Marie-des-Neiges – tenait madame Condé en haute considération. Elle venait de l'Hexagone, où elle avait fait ses études, et plus tôt encore elle était née et avait grandi en Guadeloupe, à Pointe-à-Pitre. Elle lui avait parlé de son arrivée en petite France à seize ans, pour intégrer le lycée Fénelon. Quand Marie-des-Neiges l'avait connue, elle n'était pas encore la grande écrivaine, personne n'aurait pu s'en douter, même si sa nomination à Dakar avait fait grande impression. Elle venait des Caraïbes, comme le président et la présidente Césaire. Il ne s'agissait pas de la même île que la Martinique mais de loin tout semblait proche. Les Antillais, pensait le père de Marie-des-Neiges, avaient tendance à se croire plus évolués que les Africains, et l'accession successive à la présidence d'Aimé puis de Suzanne n'avait rien arrangé à l'affaire. Il les soutenait l'un et l'autre, mais il en était néanmoins courroucé. Nous sommes plus nombreux, il disait, la logique aurait voulu que ce soit un Africain et non un Antillais qui préside l'Union française.

Madame Condé avait un peu de la morgue désagréable de ses compatriotes. Elle était venue pour connaître l'Afrique, le continent des origines, avec tout le fatras d'illusions, de malentendus et de maladresses que cela supposait. Mais, grâce à sa prestance et à sa hauteur d'âme, on ne lui en tenait pas rigueur. Sa vive intelligence la mettait de toute façon au-dessus. Elle s'était rapidement détachée de la fascination naïve qui l'avait conduite au voyage. Elle faisait bien son travail de professeure. Elle participait aux différents cercles intellectuels et militants de la ville. Les élèves, leurs parents, ses collègues, tous et toutes étaient tombés en admiration.

Si madame Condé avait porté son attention vers Marie-des-Neiges, c'est d'abord parce qu'elle était une excellente élève, brillante sans tout ramener à elle, bonne camarade de surcroît. Mais aussi, sans nul doute, du fait de l'enfant. Car madame Condé, comme Marie-des-Neiges, était affublée d'un enfant sans père. Il avait surgi durant ses années d'études, à Paris, et sans lui elle ne se serait sans doute pas arrêtée à une carrière dans le secondaire. Elle n'avait jamais posé de questions à Marie-des-Neiges sur Daniel, elle l'avait vu fort peu, à vrai dire, et n'avait jamais livré sur son compte aucun commentaire, le gratifiant tout juste d'une brève caresse sur le front, quand elle l'avait croisé. Il n'était pas besoin de l'évoquer, la simple présence de Daniel, comme celle de Denis, son propre fils, suffisait. Une fois, elle avait parlé à Marie-des-Neiges du père, Jean Dominique, un homme important, conseiller sur les questions agricoles et économiques du président Césaire, qui parcourait les États fédérés de l'Union française pour donner ses avis éclairés. Il était parti, l'avait quittée sans un mot pour retourner en Haïti, sitôt la grossesse annoncée. Un jour que sa photographie ornait le journal, madame Condé avait grincé des dents, elle avait tchipé, elle avait simplement dit, ah le grand homme que voilà.

Elle ne parlait jamais de l'enfant à Marie-des-Neiges mais elle lui parlait de sa vie future. Tu dois aller dans l'Hexagone, elle disait, tu dois y étudier, y travailler. C'est par là que ton avenir passe. Peut-être es-tu mère, mais tu es une jeune femme, tu dois devenir étudiante, regarde-les, tous, tous ces hommes, les députés, ceux de l'intergroupe colonial de l'Assemblée constituante, ceux qui sont devenus ministres de la République ou dirigeants d'une nation fédérée, les Dia, les Tchicaya, les Diallo, les Houphouët-Boigny, tous ils sont passés par l'école normale William-Ponty, ils sont devenus instituteurs de la République avant de faire de la politique. Toi aussi tu dois faire l'école normale, celle d'Aix-en-Provence, celle qui s'est ouverte pour les ressortissants des nations outre-mer de l'Union. Prends le bateau, va en petite France. Il te faut du savoir, des diplômes, tu dépendras peut-être encore des hommes, mais tu devras t'en détacher quand il le faudra, ne jamais rester avec un seul exclusivement, sinon il t'enfermera et puis il te quittera.

Édith, sa mère, avait choisi ce prénom de Marie-des-Neiges. Marie s'imposait tant sa piété était grande. Son père aimait le prénom et il avait accepté. L'originalité consistait dans cette adjonction insolite, des-Neiges. Sa mère la justifiait de diverses manières. Elle mettait d'abord en avant le miracle, sa naissance de deux parents déjà âgés, qui avaient longtemps essayé et perdaient espoir. En l'an 358 à Rome, en plein été, la neige avait recouvert le mont Esquilin au moment de la fondation de la basilique Sainte-Marie-Majeure. Le roi déchu du Portugal, Michel Ier, avait ainsi nommé sa fille, Marie-des-Neiges, en l'honneur de Notre-Dame-des-Neiges. Ses proches la qualifiaient d'infante du Portugal – titre auquel elle n'avait pourtant pas droit car son père n'était plus roi. Elle avait épousé l'infant Alphonse de Bourbon, prétendant carliste aux trônes de France et d'Espagne à partir des années 1930, puis elle était morte pendant la guerre. Il faudrait une reine à l'Union française, disait parfois Édith, ce qui rendait Guy furieux. Tu sais bien ce que sont les rois en nos contrées, comme partout ailleurs, des oppresseurs, il s'énervait. Les Français de métropole ont eu raison de couper la tête du leur, sur ce point nous pouvons nous en inspirer. Édith secouait la tête. Elle ne défendait pas l'Ancien Régime. Elle n'avait que mépris pour une organisation d'extrême droite royaliste comme l'Action française. Elle aimait cependant la royauté. Un roi ou une reine, c'est un beau symbole, elle murmurait, songeuse, sans même s'adresser à lui. Marie-des-Neiges reconnaissait, dans ce choix de prénom, une part de cet attrait pour l'aristocratie. Édith le masquait par des plaisanteries, cette neige, ça te fera un peu de blanc, pour aller dans l'Hexagone, tu en auras besoin, et Guy fulminait d'autant plus, passe encore les rois et les reines, mais ne va pas prendre en modèle nos colonisateurs. Ne va pas lui mettre un pied de racisme dans la tête, car c'est ce que tu fais en dépréciant notre couleur de peau.

Cette dispute venait de loin. Édith admirait Jane Vialle et sœur Marie-André du Sacré-Cœur, même si elle n'était pas dupe des tentations maternalistes de la seconde. Toutes les deux militaient depuis longtemps pour renforcer les liens entre femmes européennes et africaines. Jane Vialle, de père français et de mère congolaise, avait grandi dans l'Hexagone, elle était devenue résistante pendant la guerre. Sœur Marie-André venait du nord de la France, famille modeste, frère mort dans les tranchées de 14, dont elle avait accolé le prénom au sien de religieuse. Elles étaient courageuses, avaient la foi, menaient le combat contre la polygamie et les mariages forcés. Édith approuvait cette lutte. Elle y voyait une façon de renforcer la foi chrétienne face aux superstitions et à l'idolâtrie, de faire des femmes africaines les égales des Européennes, d'amoindrir l'influence de l'islam. Elle avait des correspondantes dans l'Hexagone qui partageaient ses idées, des bonnes Françaises de la Mère Patrie. Tous ces points, Guy les contestait. Tu reproduis le vieux discours colonialiste qui oppose les indigènes évolués aux primitifs, tu veux calquer les coutumes européennes sur nos propres mœurs, tu divises et tu détournes les masses du vrai combat, contre les colonialistes et les exploiteurs. Tu es un homme, elle répondait simplement.

Lui, Guy, avait ses propres idoles. En premier lieu, Ibrahima Sarr, qui avait dirigé la grève des cheminots de Dakar. Puis l'intergroupe colonial de l'Assemblée constituante, les députés qui avaient mené le combat pour transformer l'Empire en Union fédérale et voir reconnus les droits des colonisés et de leurs nations. Lamine Gueye, Léopold Sédar Senghor, Sourou Migan Apithy, Gabriel d'Arboussier, Jean Félix-Tchicaya, Joseph Ravoahangy et Saïd Mohamed Cheikh. Seulement des hommes, Édith remarquait. Ils étaient à Paris, mais sans nous ici, nous pourrions toujours attendre. Elle citait d'autres noms, ceux des pionnières, Marie Koré de Grand-Bassam, qui avait payé de sa vie son combat pour la libération des prisonniers politiques ; Aoua Keita, la sage-femme de Bamako, mutée de Gao à Bignona, dans des postes de plus en plus isolés, à cause de ses actions politiques ; et tant d'autres qu'elle admirait et qui n'avaient pas été assez récompensées pour leurs actions décisives. Sur les comités de femmes de cette période, Édith était intarissable. Elles avaient fait plus que leur part. Elles avaient combattu pour le droit de vote, puis pour l'inscription sur les listes électorales. Édith racontait les tables et les tracts à la sortie de l'église, le vieux curé dépassé, submergé par ses paroissiennes. Convaincre les pieuses ne suffisait pas, elles avaient quitté le parvis pour les marchés, pris le temps d'expliquer, elles avaient appris aux analphabètes à déchiffrer et à signer de quelques lettres, elles n'avaient pas parlé seulement aux chrétiennes, mais aussi aux musulmanes. Sur des étoffes elles avaient imprimé des bulletins et des urnes, organisé des réunions dans des salles, dans la rue, de grands rassemblements où se mêlaient discours et chants, longues plaintes, éclats de rire et moqueries.

Dans de grandes marmites crépitaient des repas partagés, dans des corbeilles reposaient des galettes, on les passait de main en main, on les rompait et distribuait. Parfois la mémoire de la honte était telle que des cortèges s'improvisaient. Elles passaient devant les bâtiments coloniaux, haranguaient les agents de police, insultaient les Blancs aux balcons. Elles s'emparaient de la rue et faisaient face aux crosses, aux bâtons, aux matraques. Des fruits mûrs surgissaient d'on ne sait où et servaient de projectiles. Des enfants gouailleurs s'ajoutaient aux cavalcades, ils faisaient retentir leurs farces et leur plaisir. Quelques boutiques de commerçants blancs réputés pour leur racisme avaient été détruites. Il y avait eu des molestés, mais aucun mort, Édith y veillait. Leurs réunions avaient été interdites, elles avaient continué, dans les mêmes salles, sur les mêmes marchés, avec la même détermination. Il aurait fallu passer un cap dans la répression pour les arrêter. Certains colons y étaient favorables. L'ordre n'était pas venu de tirer sur les femmes. Des militantes avaient été emprisonnées, puis libérées et rendues à la foule devant les commissariats. Édith y avait échappé. Elle était partie, discrètement, dans les villages, avec d'autres, pour discuter avec les femmes de la campagne, les convaincre. Elles contournaient les chefs, les imams et les prêtres, quand bien même Édith, toujours, se présentait comme chrétienne.

La ville bouillonnait d'une colère joyeuse, elle débordait, n'épargnait pas les hommes, militants compris. Ne soyez pas des colons dans votre propre maison, disaient les femmes. Laissez-nous être à vos côtés, pas en dessous de vous. Les chefs du RDA, le Rassemblement démocratique africain, le parti des colonisés, avaient craint cet enthousiasme, au début. Puis ils avaient compris le profit qu'ils pouvaient en tirer. Nul ne savait comment voteraient les femmes. Elles avaient rempli les salles de meeting du RDA, elles y avaient crié et chanté. On les voyait rarement à la tribune. Elles avaient néanmoins compté dans le triomphe électoral. Édith prônait l'amour mais pas la nuance. Césaire nous doit tout, elle disait souvent. La France sera sauvée par ses colonies et par ses femmes.

Pourtant, cette époque avait aussi été celle de la tristesse. Certaines compagnes de lutte, des femmes blanches, avaient pris peur. Tout allait trop vite. Elles n'étaient pas prêtes. Elles avaient quitté Dakar pour rentrer dans l'Hexagone, effrayées. Elles combattaient la polygamie, mais ne pensaient pas que les femmes des colonies eussent la capacité de voter. Ça viendra, elles écrivaient. Elles chipotent, elles tergiversent, elles comptent nos droits. Édith leur répondait, longues lettres de déception, grande tristesse face à ses sœurs égarées. Elle avait fini par ne plus écrire, par laisser sans réponse leurs pauvres justifications. Laisse les morts ensevelir leurs morts, elle disait, elles ne sont pas prêtes pour le Royaume de Dieu. Elles y viendront, elles suivront la route que nous défrichons.

Guy était convaincu par Marx : dans la famille, l'homme est le bourgeois ; la femme joue le rôle du prolétariat.

Néanmoins il tenait à son repas servi, à son linge propre. Il était plus accommodant que beaucoup d'hommes. Il était persuadé cependant que, sans la menace d'une nouvelle grève, l'agitation des femmes n'aurait pas suffi pour que les élections aient bien lieu. Ton bon Dieu et tes bonnes femmes ne suffisent pas, sans la classe ouvrière. Va la chercher dans la brousse, ta classe ouvrière, elle répondait. La plupart du temps, il se taisait, il bourrait sa pipe, il fumait. Tu ne sais pas tout, il y a eu des tractations à Paris. Guy menaçait Césaire. S'il veut nous exploiter, comme les Blancs, il aura affaire à nous. Il n'avait pas pleine confiance en Senghor, qui avait trop de diplômes, et dont le père possédait mille vaches, vingt ânes, des dromadaires, ni en Gueye, trop modéré, ni en Houphouët-Boigny, qui restait un riche planteur de cacao. Il a fait voter la loi contre le travail forcé, rappelait Édith, un doigt pointé vers sa pipe. Il est fort en bondieuseries, comme Senghor, c'est pour ça qu'il te plaît, mais c'est un patron, qui parle pour les autres patrons, les planteurs. L'abolition du travail forcé, la belle affaire, la bourgeoisie a supprimé les privilèges, pendant la Révolution française, ça ne les a pas empêchés de continuer à exploiter.

Parfois les oreilles chauffaient trop, Marie-des-Neiges sortait, elle allait sur sa couche ou dans le jardin, elle entendait de loin la dispute qui se poursuivait. Selon son humeur, ça l'amusait ou ça la fatiguait. Quand Senghor était devenu ministre et que Lamine Gueye l'avait mal pris, le RDA avait scissionné et dans les rues de Dakar se battaient parfois, lors des campagnes électorales, les rouges contre les verts. Édith et Guy n'aimaient pas ces querelles, trop fratricides, et sur cet aspect ils pensaient d'une même tête. Front unique contre le colonialisme qui n'est pas encore totalement mort, disait son père, amour du prochain, disait sa mère.

Ses parents s'accordaient sur un point encore, le principal sans doute pour leur couple. Ils voulaient du bien pour elle, des études. Son père avait beau moquer le gros français de Senghor, son obsession à reprendre ses interlocuteurs sur leurs fautes de grammaire, moquer aussi les poèmes de Césaire – pour qui les a-t-il écrits, plaisantait-il, pas pour moi, en tout cas – sa mère avait beau défendre famille et foyer, ils étaient fiers de sa réussite, de ses bonnes notes à l'école. La voir partir était ce qu'ils craignaient le plus, mais toute leur éducation l'y avait conduite. Sans doute leur plus grande peur, à l'arrivée de l'enfant, avait été d'imaginer ce destin brisé. L'absence d'homme, de mari à qui se consacrer, les avait rassurés.

Ils l'aimaient, c'était sûr, c'est à la fois peu et une sacrée certitude pour cheminer de tranquille manière dans la vie. Cette source de force poussait Marie-des-Neiges, en plus de la confiance de madame Condé.

J'ai été l'amante du fils d'un dictateur, elle disait madame Condé, c'était une passion sans pareille, je ne regrette rien. Elle parlait d'un ton prémonitoire, solennel et farceur, seule capable de combiner tous ces registres. Nous ne parlions pas politique, nous étions ensemble des êtres purs, détachés de notre condition. Nous étions des corps, de la peau contre la peau, nous étions des chevelures, des bouches et tout le reste. Nous faisions l'amour. C'était à Paris, bien sûr, au moment où l'Union française se constituait, dans un autre lieu notre passion n'aurait pas pu exister. Nous sortions dans des clubs et je le regardais danser avec d'autres femmes, car je n'aime pas danser. Il suait, sans pudeur, et il était gracieux, je le trouvais magnifique. Pas très grand, comme j'aime les hommes, de beaux cheveux. Après le club nous allions chez lui, ou chez moi. Nous mangions peu, nous ne discutions pas. Je connaissais les crimes de son père mais je ne voulais pas savoir. Y avait-il participé ? Aujourd'hui encore je ne lis rien sur tout ça, je refuse de ternir mes souvenirs. C'était beau mais impossible. Quand c'est devenu évident, et il y avait forcément un moment où ça deviendrait évident, je l'ai regretté mais je l'ai quitté.

Je suis partie avec mon fils, j'ai rencontré un autre homme, Mamadou Condé, je l'ai épousé. J'ai pris son nom au lieu de Boucolon, celui de mon père, qui ne m'aimait pas trop. Condé a adopté Denis. Condé est un troubadour, un fantaisiste, un homme de théâtre. Je l'ai rencontré à Paris, à la Maison des étudiants de l'Ouest africain, où il traînait avec d'autres Guinéens. J'étais avec mes amies Ramatoulaye et Binetou, il faisait bien froid dans ce bâtiment ouvert aux courants d'air. Nous étions chaudement vêtues et Condé plus que tout le monde, écharpe comprise autour de son large cou. Ses cheveux étaient déjà gris et les autres l'appelaient le Vieux. Nous avions, tous deux, besoin de chaleur, c'était le fruit des circonstances.

Condé est mon mari, un père affectueux pour ce fils qui n'est pas de lui. Il boit trop et il dort trop. Tout est fini entre nous, ça n'a pas duré longtemps. Il vit encore en Guinée. Nous dormons ensemble quand je le rejoins et ça n'est pas bien, il se passe des choses dans les corps, même s'il n'y a plus d'amour. Elle montrait son ventre, l'air dépité.

Madame Condé alors était enceinte, elle continuait à donner cours, embarrassée par ce ventre énorme. Elle avait mal aux jambes et aux pieds, elle peinait à marcher. Elle n'arrivait plus à conduire, ce qui l'attristait grandement. Elle faisait peur aux autres élèves, ils craignaient de la voir tituber, s'écrouler sur eux, l'enfant propulsé d'entre ses jambes. Sa volonté était effrayante, son corps entre les rangées de tables, ses grands soupirs, pieds meurtris.

Elle gardait Marie-des-Neiges après les cours, pour lui parler, tu es une femme avant d'être une mère, elle disait, ne l'oublie jamais. Ne mets pas l'enfant entre toi et tes ambitions, ne le mets pas entre toi et un amant, ne le place pas avant le destin du monde.

Sa parole était portée par son cœur, par les souvenirs sensibles du fils du dictateur. Pendant qu'elle vivait cette histoire, Maryse Condé mettait Denis à garder chez une nourrice qui aimait le petit, elle la faisait peu payer. Madame Condé disparaissait chez son amant pendant plusieurs jours. Elle se disait, Denis est petit, il ne s'aperçoit de rien, il s'habituera. Je reviendrai quand il sera temps. J'aime mon fils, cependant les passions sont courtes, il faut les saisir et les vivre. Quand elle avait décidé que c'était fini, elle avait récupéré Denis, il pleurait, il s'était attaché à la femme. Il refusait ses bras, elle avait été triste, car elle espérait consoler son amour perdu dans l'affection de son enfant. Ça lui était passé, il avait de nouveau accepté ses baisers. Elle le déposait encore parfois chez la nourrice, quand un amant surgissait.

Elle racontait à Marie-des-Neiges, la jeune fille était un peu gênée. Elle l'invitait chez elle, un pavillon de la SICAP – du nom de la Société immobilière du Cap-Vert, créée pour résorber la crise du logement au Sénégal – très confortable, doté d'un jardin minuscule mais charmant. Il y avait plusieurs chambres, je peux avoir une trâlée d'enfants, elle disait en riant, ou une trâlée d'amants, d'amants-amis, ils vivraient chacun dans sa chambre, et une pour Condé s'il venait. Madame Condé lui offrait du thé, du café, du whisky. Je viens d'une famille de Grands-Nègres, tu comprends, là-bas dans mon île, en Guadeloupe, ces mots ont du sens, même s'ils sont trop grandiloquents pour désigner, en fin de compte, une petite-bourgeoisie. Je ne veux plus y retourner. Je n'y échappe pas pourtant, à cette origine : je peux tomber dans la pire misère, il me restera cet orgueil. C'est plus fort que moi. J'aime mon fils mais aussi les professeurs et les brigands, les élégants et les poètes.

Pour préparer le grand départ de sa fille, Édith avait écrit à ses amies françaises, malgré les liens parfois distendus. Beaucoup d'entre elles avaient vécu à Dakar, avant l'Union française, elles étaient professeures, femmes de militaires ou d'administrateurs coloniaux, religieuses, infirmières. Certaines étaient toujours restées des correspondantes. Dans ses lettres, Édith employait des formules cérémonieuses et solennelles. Selon leur statut, selon leur proximité, elle écrivait ma chère amie, ma sœur, chère madame. Elle leur annonçait que sa fille brillante poursuivait ses études en France hexagonale, dans la ville d'Aix-en-Provence. Elle comptait sur elles pour lui apporter soutien et secours si elle en avait besoin.

Quelques-unes n'avaient pas répondu, à cause des vifs désaccords politiques, par négligence, ou parce qu'elles craignaient de se voir trop demander. D'autres avaient promis, même si la plupart habitaient loin. Édith notait scrupuleusement leurs adresses et en faisait un tas qu'elle désignait à Marie-des-Neiges, le lui promettant pour son départ. Elle recherchait les villes sur la carte de France, calculait la distance avec Aix-en-Provence.

Guy ricanait, que peuvent tes vieilles rombières pour notre fille. Il souriait néanmoins, rassuré sans doute de ces contacts outre-mer. Il plaisantait, veux-tu que j'écrive à mes camarades, aux cheminots de la CGT afin que tu puisses voyager dans la France entière ? Il ne le faisait pas, rechignant à mélanger le syndical et le familial.

Plusieurs semaines avant le départ, Édith avait déposé les petits feuillets, rangés dans une pochette, sur la table de nuit de Marie-des-Neiges. Elle avait placé sur le dessus de la pile les lettres de Geneviève de Nerval, Béatrice Delort et Raymonde Chussac.

Madame Condé avait perdu les eaux en plein cours. Le baquet liquide s'était répandu sur le sol de la salle de classe dans un grand éclaboussement. Plusieurs élèves avaient crié, certaines étaient tombées de leur chaise. Madame Condé était restée debout, digne, elle s'appuyait sur la table la plus proche. Marie-des-Neiges, allez chercher le gardien, elle avait simplement ordonné. Elle était revenue avec lui tandis que madame Condé dictait aux élèves la liste du travail à faire, en son absence, qu'elle ne prévoyait pas plus longue qu'un mois. Elle s'était soulevée, droite sur ses jambes, allons-y. Elle s'appuyait sur Marie-des-Neiges, marchait à petits pas. Le gardien tremblait, il ne savait pas quoi faire, avait proposé de la porter et s'était vu rabrouer. Le directeur de l'établissement était arrivé, paniqué lui aussi, prêtez-moi votre voiture, le gardien conduira, elle avait dit, madame Condé, et ça ne laissait la place pour aucun non. Tu m'accompagnes, elle avait ajouté en pinçant l'épaule de Marie-des-Neiges.

Le gardien était, dans une situation d'urgence, un piètre chauffeur. Il ne conduisait pas plus vite que madame

Condé, et bien plus mal. Elle ne le lui faisait pas remarquer, elle fermait les yeux et respirait, se crispait parfois et serrait le bras de Marie-des-Neiges assise avec elle sur la banquette arrière. Le gardien paraissait tellement soulagé d'arriver, il avait sauté de la voiture et ouvert la portière. Madame Condé avait encore repoussé sa main qui cherchait à l'aider, elle avait saisi celle de Marie-des-Neiges, puis elles étaient entrées dans la clinique.

L'accouchement avait été épouvantable. Marie-des-Neiges avait tenu la main de madame Condé pendant toute une partie du travail, jusqu'à ce que les infirmières lui demandent de sortir. Madame Condé soufflait, elle pleurait, elle se contorsionnait, elle criait. Marie-des-Neiges lui attrapait le bras, elle chuchotait, l'encourageait, mais ne savait rien faire d'autre pour l'apaiser. Madame Condé n'était pas intervenue pour qu'elle revienne ensuite.

Une fois dehors, Marie-des-Neiges était en désarroi. Elle entendait les cris, ils semblaient plus terribles encore qu'au début. Elle était rentrée chez elle, un peu honteuse d'avoir assisté à l'accouchement de sa professeure, tout autant d'avoir été choisie que de l'avoir abandonnée. Elle avait attendu quelques jours. Elle s'était rendue chez madame Condé, qui l'avait accueillie avec le sourire, lui avait présenté son beau bébé, une petite fille, Sylvie-Anne. Elle lui avait mis l'enfant dans les bras, elle l'avait repris et posé dans un landau. Elle était fatiguée. Elle avait plaisanté sur l'appel du muezzin, sur la difficulté de se reposer, dans un pays musulman. Elle savait Marie-des-Neiges catholique, comme elle-même, comme son mari. Elle n'avait pas peur de la choquer par sa blague. Elle était devenue plus grave. Je ne sais pas si Condé viendra, peut-être ne se déplacera-t-il pas tout de suite pour une fille. Puis elle lui avait saisi le bras, avec autant de vigueur que le jour de l'accouchement. Et toi, est-ce que tu partiras bien pour l'Hexagone, après ton bachot ?

Le père de Marie-des-Neiges disait on t'a donné un prénom long pour compenser les nôtres. Édith et Guy, ça fait trop court. Il disait, rien qu'à toi toute seule on t'a donné plus de lettres qu'Édith et Guy réunis. Rien qu'avec deux bouts de tes trois morceaux de prénom composé ça fait nous deux entièrement.

Elle aimait bien ce court Guy, raccord avec la personnalité de son père. Ça claquait doux, elle l'entendait comme une sonorité bienveillante, qui enveloppait. Lui-même plaisantait beaucoup sur son prénom, sa brièveté ne souffrait pas de diminutifs alors il l'allongeait, il le transformait, guibolle, guitoune, guilleret, guillocheur, guide-âne, guillotine. Jamais guignol. Guide-âne toujours en lien avec son activité de conducteur. Il s'amusait de l'homophonie avec la plante, le gui, embrassez-vous sous moi, je suis tenace, je m'accroche, je suis Guy, un Gaulois, il ironisait, comme nos ancêtres selon l'école des colonies, un druide. Il y voyait aussi une signification politique. Nous autres, cheminots, sommes l'aristocratie ouvrière, et si j'avais un blason, ce serait une faucille, l'instrument ancestral pour couper le gui, ainsi serais-je au moins à moitié communiste. On fait ce qu'on peut. Je laisse à ta mère le marteau, pour qu'elle me casse les pieds. À l'extérieur du foyer, il paraissait austère, parce qu'il prenait au sérieux son rôle de militant, mais il était drôle dans l'intimité, avec les amis. Il parlait avec aplomb de syndicalisme, de colonialisme, de politique, puis il changeait très vite d'humeur et il blaguait.

Avant le départ de Marie-des-Neiges, cependant, Guy avait demandé un peu de temps à sa fille. J'ai quelque chose à te montrer, il avait dit. Et puis je veux passer une journée avec toi. Ils avaient pris le train à la gare de Dakar. Du fait de son statut, ni Guy ni sa famille ne payaient le billet. Il avait salué son collègue conducteur, puis tous deux, père et fille, s'étaient installés dans une voiture. Le train s'arrêtait à Rufisque, Thiès, Kombole, Ndangalma, Bambey, Diourbel et Gossas avant leur destination. Le temps semblait long à Marie-des-Neiges, son père ne parlait pas beaucoup. À chaque arrêt dans une gare, de jeunes mendiants, des enfants souvent, se pressaient aux fenêtres et entraient dans les wagons quand ils n'étaient pas repoussés par les contrôleurs.

Ce train qui me fait vivre, il disait Guy, a été construit pour exporter l'arachide, pour relier Dakar, ville du colonisateur, à Saint-Louis et aux terres agricoles où on la cultive. On l'appelle chemin de fer comme la dureté de la discipline imposée à la main-d'œuvre d'ici, travail forcé. N'oublie jamais ça : si les Blancs se vantent d'avoir tant apporté au pays, ils l'ont fait sur le sang des nôtres, sur leurs muscles, sur leur volonté de vivre et de construire. De résister, aussi, comme le Cayor, royaume wolof dont le chef, Lat Dor, a été tué au combat, par une balle en or spécialement forgée pour l'abattre. La légende dit que c'était le seul moyen pour les colons d'en venir à bout, je ne crois pas à cette magie et je n'aime pas les aristocrates, tu le sais, qu'ils soient d'ici ou d'ailleurs. Mais je rends grâce au courage de notre peuple. De bien plus humbles ont continué à se battre. Voilà notre pays, nous avons enfin obtenu l'égalité, mais il y manque beaucoup encore. Il manque la vraie égalité, celle de vivre de son travail et de ne plus être obligé de mendier.

Nous sommes partie prenante de la République, désormais. Mais la République, ça n'est pas seulement nos députés là-bas en France hexagonale, ni le travail forcé aboli, ni la présidente Césaire, ça n'est même pas seulement nos grèves et nos victoires, à nous les cheminots d'Afrique de l'Ouest. La République ça doit être aussi l'égalité sociale, la fin de la misère. On en est encore loin, il reste beaucoup de chemin. C'est à nous les citoyens ici-bas d'aller le dire aux Grands-Nègres de l'Hexagone, ceux du Parlement et des ministères, les conseillers de la Présidente. Ne compte pas sur un Houphouët ou sur un Senghor, ni même sur Modibo Keita, que je préfère, compte sur toi-même, tu es instruite, tu le diras bien. Tu auras tes diplômes mais tu ne seras pas loin du peuple, ne l'oublie pas.

L'attitude de Guy était ambiguë. Il plaignait sincèrement ces enfants-mendiants, dont il déplorait la misère, mais il ne pouvait s'empêcher de les regarder avec dégoût. Il s'en excusait presque, je n'ai pas comme ta mère la charité chrétienne d'aimer la pauvreté, elle ne participe pas à mon salut, elle me répugne, je sais que ces enfants sont mes semblables mais je sais aussi à quel point elles sont vénéneuses, les plantes qui poussent sur le désespoir, à quel point l'être humain soumis à un pareil sort va vers le plus bas, vers le vil. Lui-même venait d'un milieu très modeste et n'en gardait aucune nostalgie. Le malheur rabaisse, il n'élève pas, n'en déplaise aux béni-oui-oui, aux dispensateurs d'aumône ou de zakat, qu'ils écoutent Jésus ou Muhammad, qu'ils soient du presbytère ou de la confrérie, ils croient aimer les pauvres et, en réalité, s'accommodent de la pauvreté, car elle les fait se sentir bons.

Ils étaient sortis du train à Kaolack et Marie-des-Neiges avait mesuré à quel point ils étaient loin de Dakar. La ville lui semblait petite même si son père lui avait expliqué que c'était un carrefour important pour le commerce du sel et de l'arachide, grâce à son port sur le fleuve Saloum. La région était superbe, mais son père ne voulait pas lui montrer, bien plus loin, la mangrove et les palétuviers. Il n'était pas question de la parcourir en pirogue, ni de descendre le fleuve et de prendre Marie-des-Neiges à témoin de son corps à corps avec l'océan, vieil entremêlement toujours renouvelé au fil des marées. Guy prêtait peu d'intérêt à la végétation ou aux éléments. Il lui parla quelque peu du royaume de Soloum qui avait osé attaquer le fort construit à Kaolack par les colons français. Mais ce qui l'intéressait vraiment, et vers quoi il la conduisait, était une grande bâtisse sur deux étages, aux murs larges. On pouvait voir à travers la grille une cour dans laquelle des enfants, tous mêmement habillés, jouaient. Guy s'était arrêté devant la grille, il les regardait. Marie-des-Neiges les voyait elle aussi. Tous avaient les cheveux crépus, coupés courts, la peau d'un noir pâle, plus claire que celle de Marie-des-Neiges ou de ses parents. On aurait dit des enfants de signares de Saint-Louis, de Gorée ou de Rufisque, ces femmes qui, au XIXe siècle, épousaient à la mode du pays de riches colons blancs et en tiraient des réseaux pour leurs affaires. Elles faisaient des enfants presque blancs. D'autant plus avec le temps, puisque leurs filles suivaient les mêmes stratégies et ne cherchaient pas d'homme parmi les Noirs, même riches, ni parmi les matelots ou les soldats blancs, seulement des administrateurs, des marchands ou des officiers. Mais si les signares étaient aisées, ces enfants-là semblaient pauvres et abandonnés dans le bâtiment clos.

Une cloche sonna, les enfants se mirent en rang et rentrèrent. Guy rouvrit la bouche. Voici l'orphelinat de Kaolack, voici les enfants de ceux qui sont partis, des colons qui ont engrossé des femmes d'ici et les ont abandonnées. Voici où ils arrivent, tu dois te souvenir, en petite France, de ce que la colonisation nous a fait et nous fait encore, ce qu'elle a fait à ces enfants dont personne ne veut. Peut-être aujourd'hui avons-nous l'Union française, mais n'oublie pas ce que tu as vu aujourd'hui, nous sommes encore ici une nation de mendiants et d'orphelins, pas seulement, mais nous le sommes encore pour un temps. Je le déplore mais c'est ainsi et ça doit cesser. Tout ce que nous gagnerons là-bas, à l'Assemblée, ou ici, dans nos luttes, aura une influence, pour que ça dure encore ou que ça finisse. Marie-des-Neiges avait approuvé gravement, elle avait conscience du renversement en cours, de la façon dont son départ en petite France y participait, des possibilités inédites, pour une fille née là où elle était née, qui s'ouvraient à elle. Qu'elle le veuille ou non, sa vie n'était pas seulement sa vie, ses choix pas seulement ses choix, tout prenait sens. Elle pouvait tordre le destin des siens, faire de réussite revanche. Marie-des-Neiges et son père ne s'étaient pas éternisés, ils étaient rentrés le soir même à Dakar, en prenant un train dans l'autre sens.

Quand ils étaient revenus de leur périple ferroviaire, Édith les attendait sur le seuil de la maison. Elle avait le front triomphant, marqué par la courbure de ses sourcils, et les lèvres joyeuses. Elle tenait à la main une lettre, qu'elle agitait plus vite qu'un mouchoir. Elle ne leur avait pas laissé le temps de raconter leur voyage. Directement, elle avait annoncé : Geneviève de Nerval a répondu, c'est mon amie, elle propose de te prêter un petit appartement dont elle dispose à Aix-en-Provence, où elle habite. Gracieusement, elle avait ajouté. Tu seras gentiment logée, ne t'en fais pas. Il semblait que c'était plutôt elle qui s'en faisait. Guy n'avait pas relevé le côté abrupt de l'accueil, car il sourit de bon cœur plutôt que de bougonner une remarque acerbe, comme à son habitude.

Édith n'avait pas la victoire modeste, elle haussait le menton et parlait en direction de son mari, voilà que tu souris au lieu de te moquer, tu ne parleras plus des élucubrations d'Édith, j'espère bien, ou de mes dames patronnesses. Tu dois constater qu'elles ont été plus utiles que tes éminences syndicales pour trouver un logement à notre fille. Guy n'avait même pas remarqué le terme éminences, choisi avec malice, et il avait plutôt pris Marie-des-Neiges dans ses bras, dans une effusion dont il était peu coutumier.

Marie-des-Neiges avait du mal à se faire une idée, elle était contente de la joie de ses parents, mais elle ne pouvait pas encore s'imaginer, ni la ville, ni Geneviève de Nerval, ni son futur logis. Tout était nuageux, un état lointain de rêve agréable, avec la légère pointe d'inquiétude de celle qui devine, du plus profond de sa somnolence, le réveil proche.

Tu dois lire *Banjo* avant de partir, elle disait madame Condé à Marie-des-Neiges. Si tu ne le trouves pas, tu me l'emprunteras. Moi-même j'ai lu ce livre avant d'aller à Marseille, ou bien en y allant, quoi qu'il en soit c'est un bel accompagnement pour découvrir cette ville. Je sais bien que c'est à Aix-en-Provence que tu vas, mais c'est tout proche. J'y ai terminé mes études, j'avais mon fils, Paris c'était fini. Claude McKay a écrit ce livre, il est passé de New York à Moscou, Londres, puis Paris et Marseille, mais je crois que c'est Marseille qu'il aimait le plus. Il était déjà écrivain mais pas encore un des symboles de la Harlem Renaissance. Lui avec bien d'autres, dans ce mouvement, ils ont prouvé aux Blancs, aux États-Unis, que les Noirs étaient d'aussi bons artistes, d'aussi bons écrivains. Les mots ils n'appartiennent à personne sinon à ceux qui les usent. Lui il en usait bien. Tellement qu'il a été reconnu comme poète chez lui, en Jamaïque, où il était né, puis en Europe et même en URSS.

À Marseille, ce qui l'intéressait ce n'était ni la bourgeoisie ni les beaux quartiers, il vivait parmi les navigateurs et les dockers, parmi les manœuvres et les chemineaux. Il sortait dans les bars et les bouis-bouis, il y avait des prostituées et des barbeaux, il buvait, il parlait de politique et de littérature. Il cherchait des combines, des coups à boire ou à manger, sur la place des Tapeurs, dans le quartier réservé, la Fosse comme il l'appelait. Ses amis et lui se promenaient toujours avec un tuyau pour boire l'alcool à même les barriques, dans les entrepôts du port. Il a trouvé à Marseille un monde noir, un monde de travailleurs du port et de gens qui s'amusent, qui veulent casser la croûte et faire la révolution. Il y avait des Noirs de toutes les couleurs, des bruns, des noirs, des jaunets, venus d'Afrique, d'Amérique ou des Caraïbes. Et aussi des femmes, des prostituées, des patronnes de bar, des danseuses, même si le personnage principal de *Banjo* est dur avec elles, même si elles sont, dans ce livre, un sexe faible. C'était il y a trente ans à peine et ça semble déjà un autre monde. J'y suis allée, dans cette Fosse, ce Panier dont il parle, il a été ravagé par la guerre et les Allemands, mais j'y ai trouvé des navigateurs antillais et africains, des Somalis baraqués et causeurs, des mauvais garçons blagueurs, des vagabonds, des errants, et il y avait aussi des Italiens et des Corses, des travailleurs arabes ou annamites. Des garçons et des filles avec toutes les peaux et toutes les chevelures, tous venus de coins différents, mais tu peux me croire, ils avaient pris l'accent de là-bas, ils se disaient marseillais, ou du Panier.

C'est une ville dure, Marseille, c'est un port, c'est violent. Je ne te dis pas d'y aller le soir sans être accompagnée par des gens de là-bas. Remarque, tu as ta frimousse sage d'étudiante, mais je ne sais pas ce que tu deviendras, dans cet endroit. Tu es quelque chose ici et dans l'Hexagone tu deviens autre, tu as des portes qui se ferment et des possibilités qui s'ouvrent. J'étais Grand-Nègre en

Guadeloupe et je suis devenue nègre, sans majuscule, mais je n'étais pas seule et je n'avais pas la langue dans ma poche. D'être confrontée à tant de Blancs, ça m'a permis aussi de comprendre qui j'étais, au fond. Si tu peux, va à Marseille, va au Panier. Tu rencontreras d'autres étudiants, d'autres jeunes gens de ton âge, allez-y ensemble, et avant ça, lis Claude McKay, lis ce *Banjo*. Lui aussi, comme moi, comme toi bientôt, il a traversé un océan et changé de continent. Et les questions qu'il pose dans son livre, tu les poseras toi aussi.

La misère tu la vois mais elle est aussi là-bas. Ne t'attends pas à un pays de cocagne, tu serais déçue. Tout n'est pas mieux. Aix et Marseille, c'est différent, très différent. Les bourgeois et les prolétaires se mélangent moins à Aix-en-Provence. Il y a les étudiants, souvent fils de bourgeois, comme je l'étais, mais venus de partout et ils sont jeunes, comme toi, leur jeunesse est le sang de la ville, elle irrigue les bars et les dancings, tu verras. Aix est une belle ville, aussi. Il y a un air d'Italie et des fontaines d'eau chaude. Tu iras dans les bars. Tu ne seras pas seule, il y en aura d'autres nés ailleurs, de toute l'Union française, c'est vous qui la construirez. Vous serez plus forts, parce que vous connaissez ici et que vous connaîtrez là-bas.

Guy se souvient du temps où il est devenu homme, il est sérère, comme Senghor, et dans ses cauchemars il éprouve encore la terrible cérémonie de la circoncision. Il y eut ensuite la retraite dans le bois sacré, pour s'inspirer des ancêtres ou des fantômes, il est matérialiste avec ferveur mais il s'est passé des choses à ce moment-là, il a senti près de lui des présences. Il ne met jamais de mots là-dessus, il éprouve parfois des sensations similaires, et alors que le départ de son unique fille approche, il a l'impression que les fantômes sont de nouveau à ses côtés. C'est un nouveau passage, il se dit. Il ne veut pas trop penser ni ressentir alors il s'efforce de se fatiguer, au travail ou au syndicat, quand ça n'y suffit pas il vient travailler la terre de son jardin.

Quand il a le temps, Guy aime travailler son lopin de terre, il le retourne, il plante, il récolte. Il fait pousser des haricots, des ignames et autres tubercules, des pastèques. Ce travail lui apaise l'esprit, il utilise lentement ses outils, il lâche prise, ses pensées remontent le temps, il savoure les souvenirs heureux et les laisse infuser une douce mélancolie dans son corps. Ou bien il ne pense pas, se concentre sur sa tâche, et en sort ragaillardi. Les fantômes s'éloignent, à moins qu'ils ne se calment eux aussi.

Ce sont les frères blancs de l'école qui lui ont appris à travailler la terre ainsi, maïs, arachide, petit et gros mil. Ils y voyaient une école de l'humilité pour petits autochtones insolents, pour redresseurs de têtes et de torts, ils ne se doutaient pas lui offrir une ressource spirituelle plus importante, pour lui, que les prières.

Guy n'aime pas trop Senghor qui est pourtant sérère, comme lui. Il a plus de sympathie pour Blaise Diagne, peut-être par respect des morts. Il est passé, à la fin de sa vie, du côté du ministère des Colonies, le ministère d'avant Césaire, celui des colons. Mais pour Guy, il est aussi le député d'avant la guerre de 14, Noir élu contre des presque-Blancs. Puis le commissaire de la République venu en 17 chercher des soldats, certes pour les envoyer mourir à la guerre, mais au premier rang protocolaire, devant les gouverneurs blancs. Rien que pour les photographies d'un commissaire de la République noir placé devant tant de Blancs, Guy lui est reconnaissant, quoi qu'il ait fait après. C'est une question d'estime et d'honneur.

Édith ne s'intéresse pas à son petit jardin, elle ne veut pas se briser le dos ni se salir les doigts dans la terre. Marie-des-Neiges ne l'a jamais beaucoup aidé non plus, passé la prime enfance où assister son père l'amusait. Toutes les deux sont contentes, néanmoins, de manger les légumes et les fruits que Guy récolte, même s'ils ne suffisent pas à les nourrir toute l'année. Ce sont de petites économies. Édith lui dit parfois qu'avec le temps qu'il y passe, il pourrait prendre des heures supplémentaires et gagner davantage.

Cette terre qu'il cultive, elle vit. Elle bouge. Elle donne. Régulièrement, des morceaux de verre remontent à la surface. Guy ramasse ces rectangles coupants, il les place dans un seau et il les jette. Ils apparaissent tout seuls, même quand il ne retourne pas la terre. Ils sont nombreux en dessous. Guy ne sait pas qui les a enfouis. Il croit à la science et au prolétariat, il réfute les superstitions et les croyances nigaudes. Seul dans son jardin, en silence, à l'intérieur de son crâne, il se laisse aller à penser à des forces mystérieuses, au sol qui remue et ramène à la surface ce qui est brisé. Il voudrait qu'il y ait quelque chose à comprendre.

Il les rassemble pour les balancer, ces bouts de verre, et ce faisant il a l'impression confuse de rejeter un message ou cadeau énigmatique. Il a le sentiment de trahir. Il secoue la tête et chasse ces pensées, elles le rapetissent, elles lui rappellent cette angoisse, cette faiblesse enfouie en lui comme en chacun, que la lutte des classes, la rationalité, l'analyse concrète des situations concrètes ne peuvent combler. Il y a les syndicats face aux patrons, les nations debout contre le colonialisme, la fierté de son métier et d'être un pur, un incorruptible, un bâtisseur du futur débarrassé des croyances anciennes, des oppressions, un homme de fer. Il y a du sens dans l'histoire, mais il y a aussi sa fille qui part, son corps à lui plus lent, plus douloureux ; une tristesse qui tord le ventre et brouille l'esprit, le temps qui passe, la vie qui finit un jour. Il y a ces petits bouts de verre qui remontent. Ici il est seul et il s'abandonne à des larmes.

Édith prie à genoux sur le dur banc de bois. Elle ne cherche pas à se mortifier, ce serait péché, mais elle ne sent pas la douleur. Elle prie avec autant de ferveur que petite, quand elle priait pour Jeanne d'Arc dont les bonnes sœurs lui avaient conté l'histoire. Elle l'aimait, cette paysanne dressée contre la guerre. Armée seulement de sa foi, elle avait défié les nobles et les Anglais, les juges de son procès, les soudards chargés de corrompre sa réputation avant son supplice, jusqu'à les terroriser et les neutraliser. Cette femme portait des habits d'homme et combattait, comme les hommes, en guerrière. Édith aimait sa détermination à parler à son roi, sa certitude de suivre la voie juste, son acharnement à prier tant qu'elle le pouvait, recherchant les églises dans tous les lieux nouveaux où son cheval la portait, alors même qu'elle était en guerre. Elle admirait son espièglerie face à ses juges, ses reparties toujours fines et son bon sens. Elle était bien loin alors de cette enfant du Moyen Âge, sinon qu'elle était jeune aussi et persuadée d'une grande tâche à accomplir.

Désormais elle prie pour sa fille qui prend le relais, qui file vers cette terre de France que Jeanne avait voulu sauver, mais que sauvait-elle sinon la volonté juste du peuple de ne plus subir la guerre, de vivre en paix, sinon sa sagesse de prophétesse choisie parmi les siens pour dire la vérité aux puissants de son temps.

Seigneur, fais s'il te plaît que ma fille ne se perde pas, qu'elle et son fils échappent à la méchanceté des gens de là-bas comme je l'ai préservée de celle de ceux d'ici. Qu'elle échappe aux pièges que la destinée tendra devant elle, qu'elle ne se mette pas en danger. Fais que son âme si pure, je le sais, reste épargnée par le mal, par la douleur. Qu'elle ne pleure pas, qu'elle ne saigne pas. Sois miséricordieux, Seigneur, non pas parce que c'est ma fille, mais parce qu'elle est douce, qu'elle est bonne, qu'elle a le cœur simple.

Édith prie, elle se signe, elle baisse la tête et la relève vers la Croix, vers le Seigneur Jésus-Christ, et puis elle se tourne vers la Sainte-Vierge, vers Marie dont elle a donné le nom à son enfant, et elle la prie aussi, c'est elle qui peut me comprendre le mieux, car son fils a été sacrifié. Car son fils est parti et s'est envolé.

Parfois Marie-des-Neiges se réveille en pleine nuit et elle pense à ses parents, à leur séparation programmée. Elle sait qu'ils seront malheureux. Ils ont pourtant de quoi s'occuper. Édith et Guy ne sont pas de ceux qui s'apaisent dans des vies satisfaites. Ils ne s'endorment pas sur leur statut de pionnier et mènent encore le combat. Édith continue à aller en brousse, je fabrique de nouveaux citoyens, elle dit, je les inscris sur des listes électorales. Pour cela, elle prospecte, interroge, fait établir des états-civils. Guy est dubitatif, ou caustique. S'ils ne sont pas éduqués, les électeurs que tu crées, ils rejoindront des cliques, avec leurs cartes de vote, ils deviendront clients ou ils écouteront les consignes des confréries. Mieux vaut apprendre à se battre qu'à voter, à exercer des droits réels que faire valoir des droits formels. Édith le regarde alors avec dédain, ne me prends pas pour une betterave, ne me fais pas croire que tu as une tête de valise vide, je te rappelle que ce sont les électeurs, et les électrices, qui votent pour les députés, qui votent pour le président de l'Union. Si tu veux faire pression pour que passent de bonnes lois, tu dois avoir des élus qui écoutent la parole du peuple.

Pour Guy, le syndicat est prioritaire, car un travailleur syndiqué comprend ses intérêts, à partir de ce moment-là il peut exercer son vote. Quand il parle de clique, il a en tête une cible précise, un ancien camarade. Salif Diouf était trésorier du syndicat des cheminots. Il est devenu patron quand Aimé Césaire est devenu président, rachetant pour une bouchée de pain la plantation d'arachide d'un Blanc, effrayé par les changements et en partance pour la petite France. Des rumeurs plusieurs fois démenties, qui mettent Guy mal à l'aise, lui attribuent l'utilisation, pour son seul profit, de la caisse du syndicat.

Salif Diouf aujourd'hui porte costume, il possède plusieurs plantations, sa fortune a crû au rythme de l'import-export, des faillites de concurrents, des rachats. Il a profité des nouvelles lois sur le développement des anciennes colonies pour construire des usines, investir dans le bâtiment, acheter des cafés, des cantines, un concessionnaire auto, une société de nettoyage et une autre de ramassage des déchets. Il a aussi bâti un stade et l'équipe de football qui va avec. Il dit aimer la culture alors il a créé un journal, un quotidien, à Dakar, édifié une salle de concert et une salle de spectacle. Il a placé une partie de ses actifs en petite France, où il a envoyé son fils Galim, guère plus âgé que Marie-des-Neiges. Il y possède des restaurants, des bars, un théâtre, et des parts dans des sociétés portuaires. D'un point de vue économique, c'est le plus bel exemple des possibilités nouvellement offertes aux anciens colonisés. D'un point de vue social, si on écoute Guy, des capacités du capitalisme à récupérer en son sein les anciens opprimés pour qu'ils dominent à leur tour. Une fois, au début de l'ascension de Salif Diouf, Guy en a discuté avec lui. Tu dois rester du côté des travailleurs, il lui a dit. Nous devons faire la révolution sociale en même temps que la révolution coloniale. Je ne crois pas, lui a rétorqué Salif Diouf. Je ne veux pas rester un subordonné, même syndicaliste. Je vais prendre aux Blancs ce qui leur appartient, les pans d'économie qu'ils ont subtilisés, je vais prendre mon lot et plus que mon lot. Je serai un exemple, un modèle, une preuve vivante du succès possible quel que soit le statut antérieur. Je préfère m'emparer des richesses que partager la pauvreté.

À lui, Salif Diouf, son ancien camarade, qu'il a parfois invité dans sa demeure, pour qui il a cuisiné, avec qui il a plaisanté, Guy ne parle plus, plus jamais, depuis cette ultime confrontation. Salif Diouf pourtant lui a fait des offres, généreux envers ceux susceptibles de suivre sa route, de ne pas dresser un fossé infranchissable entre leur ancienne vie et la nouvelle. Il a envoyé des messages et des messagers. Il a offert des places pour aller au stade, au spectacle, de l'argent, a proposé de l'embaucher pour convertir au sein de son entreprise ses capacités syndicales de meneur d'hommes. Guy a toujours tout refusé. Il s'adresse sans relâche, en revanche, aux ouvriers de Salif Diouf, à ses employés, ses journalistes et ses cuisiniers, pour essayer de les convaincre de se syndiquer. La tâche est ardue, bien plus qu'avec ses camarades cheminots. Il persévère, et le volontarisme syndical, la solidarité de classe, se mélangent, sans qu'il se l'avoue, au ressentiment personnel.

Quand Édith mentionne ses amitiés syndicales, elle pense à ceux qui sont encore actifs, bien sûr, aux camarades de la CGT en petite France, mais de façon implicite il y a aussi Salif et Galim Diouf. Tu pourrais bâillonner ta fierté, la mettre dans une cage quand il s'agit de ta fille. Salif l'a vue grandir, Galim a été, petit, son camarade de jeu. Il n'y aurait rien de déshonorant à les solliciter. Au moins à leur signaler que ta fille quitte Dakar pour Aix-en-Provence. Quand elle aborde ce sujet, Guy ferme son visage. Il se renfrogne et il souffre, il n'admet ni que son ancien camarade ait changé de camp ni qu'Édith puisse en faire abstraction, même pour Marie-des-Neiges. Il n'est pas sûr qu'elle y pense sérieusement, il s'agit peut-être seulement de faire apparaître, par contraste, combien ses propres amitiés chrétiennes et militantes sont fiables par rapport à son syndicat bien-aimé.

Salif Diouf est populaire, à Dakar. Il ne soutient pas de parti et d'aucuns lui prêtent l'intention de briguer un jour pour lui-même le pouvoir. Il construit des bâtiments, de nouveaux logements, des bureaux pour les entrepreneurs. Il finance des mosquées, des madrasas. Il a une grande ambition, menée de pair avec son fils, pour enfin édifier la Grande Mosquée de Marseille, sur le modèle de celle de Paris. On en parle depuis les années 30, disent Salif et Galim Diouf, il est temps que le projet aboutisse, fasse le lien entre la petite France et les anciennes colonies, à travers tous les musulmans qui passent la Méditerranée, ou l'Atlantique, pour vivre et travailler dans l'Hexagone. L'Europe a exporté ses églises, le temps est venu de la réciproque, en symbole des relations désormais égalitaires qui régissent toutes les parties de l'ancien Empire.

Pour Guy, ce sont des balivernes, une manière habile de détourner le regard de ce qui compte vraiment, la lutte des classes. Nous achèverons le combat quand l'économie sera socialiste, pas quand les patrons seront noirs, il dit souvent. Édith est plus nuancée, ton socialisme, à moins de se satisfaire de la pauvreté, ne peut advenir que si les anciennes colonies produisent leurs propres richesses, avant de penser à les répartir. Ton Salif Diouf est bien nécessaire, pour un temps, autant se le concilier plutôt que systématiquement l'attaquer. Quand elle le contredit sur ce point, Guy ironise. Édith fait semblant de ne pas entendre, mais il est question, dans ses moqueries, de ne pas tendre l'autre joue et de chasser du parvis les marchands du Temple.

Marie-des-Neiges suit le conseil de Maryse Condé, elle lit *Banjo*. Sa professeure le lui prête avec un sourire je-n'en-attendais-pas-moins-de-toi. C'est étrange de découvrir une ville à travers un livre, celui d'un homme expatrié comme elle se prépare à l'être. De ce qu'elle découvre, il y a à Marseille beaucoup d'étrangers, une vie noire qui rassemble en de mêmes lieux des Africains et des Antillais. C'est un port, elle se dit, comme Dakar, je ne serai pas complètement dépaysée. Elle craint presque plus Aix-en-Provence, dont McKay ne parle pas du tout dans son ouvrage et qui lui semble, de ce fait, plus lointain et plus froid. Ce que Marie-des-Neiges aime dans ce livre, ce sont aussi les débats sur la race, sur la révolution, sur l'émancipation. Les femmes n'y sont pas très bien traitées, madame Condé avait raison, mais elle aime ce livre. Elle s'identifie à Raymond, l'étudiant haïtien voyageur et révolutionnaire. Il est sentencieux, parfois trop sérieux. C'est comme s'il existait, elle s'attend presque à le rencontrer une fois là-bas.

Dakar

Marie-des-Neiges tient le livre dans ses mains, elle ferme les yeux et elle imagine le soleil, les odeurs et les bruits du port, les discussions animées dans les bars, la musique et les rires. Elle se sent prête à partir.

Marie-des-Neiges est une enfant unique, une enfant chérie. Pour elle son père a parfois délaissé son syndicat, il a apaisé son ton de tribun, de camarade, pour expliquer le soleil paisible sur le jardin, le recommencement immuable des plantes, les cycles des luttes et de l'économie. Sa mère a accepté de partager ses responsabilités paroissiales, elle a radouci ses manières sévères, elle a trouvé des mots et pas seulement les écritures. Ils l'ont serrée contre leur cœur.

Elle fut une enfant docile mais déterminée. Docile dans le sens où elle désirait bien faire. Déterminée parce qu'elle renâclait à toute obligation incomprise. Elle mangeait bien mais refusait la moindre cuillère supplémentaire quand elle n'avait plus faim. Elle détournait la tête si elle n'aimait pas. Très tôt elle voulait faire toute seule, elle parlait quand elle l'avait décidé. Si on la forçait, son visage se fermait, ses lèvres restaient closes et ses yeux regardaient intensément. Elle ne laissait rien inachevé, allant jusqu'au bout des tâches qu'elle s'était fixées quand tant de bambins se découragent. Elle pouvait travailler lentement, elle terminait toujours ce qu'elle commençait.

Elle s'entendait bien avec les autres enfants, une distance subsistait néanmoins. Elle était plus sage, peut-être, plus calme, plus mûre. Elle ne condamnait ni critiquait leurs jeux mais n'y participait pas. Elle riait parfois, ne méprisait jamais. Elle lisait. Ces attitudes lui donnaient un magnétisme étrange, les enfants recherchaient sa compagnie. Elle apaisait. On pouvait compter sur elle.

Elle savait quel chemin elle voulait emprunter, sans l'affirmer, sans insister ni la ramener. Elle avait grandi, et quand elle avait dit à Guy et Édith, je veux prendre la bourse pour continuer mes études en France hexagonale, ils n'avaient même pas discuté, ils avaient compris, elle ne ferait pas autrement. Ils étaient fiers d'elle, le personnage le plus important de leur vie, plus encore que mari et femme. Elle avait été dans leur maison, ils avaient pu la toucher, lui parler, l'embrasser, tous les jours pendant presque vingt ans. C'était une joyeuse période de leur vie, la plus intense sans doute, où ils faisaient bien d'autres choses, mais sans jamais la perdre de vue, toujours concentrés, en dernière instance, sur leur fille.

Ainsi les enfants grandissent, ainsi ils quittent leurs parents. Un jour Édith et Guy mourraient, ils le savaient. Cette perspective lointaine d'un monde sans eux était tout aussi inimaginable que le temps à venir, un monde sans leur fille auprès d'eux.

Édith et Guy ont accompagné Marie-des-Neiges et Daniel à leur bateau. Ils les ont embrassés, ils les ont vus partir. Guy n'a pas pu porter leur valise sur la passerelle, comme il l'espérait. Ils devaient rester sur le quai. Le départ était interminable, ils voyaient de loin deux silhouettes sur le pont, qui agitaient les mains, du moins se l'imaginaient-ils pour Daniel, car ils ne distinguaient pas bien.

Ils avaient attendu que le bateau soit un simple point et ils étaient rentrés péniblement chez eux. Ils marchaient d'un pas lent, on aurait cru qu'ils avaient vieilli d'un coup. Pourtant ils n'étaient pas malheureux, ils étaient fiers de leur fille. Ils avaient du mal à croire qu'ils trouveraient la maison vide en rentrant. Ils allaient devoir continuer et recommencer, à deux. Ils espéraient qu'elle reviendrait, ils n'imaginaient pas aller la voir, là-bas. Ils écriraient, tous les deux, Édith à son bureau, dans sa chambre à coucher, Guy à celui du syndicat. De longues lettres prestement cachetées, comme s'ils craignaient que l'autre, ou quiconque, regarde par-dessus leur épaule.

Ils étaient arrivés à leur porte et ils ne pouvaient plus échapper à la suite. Ils se sont regardés. Il a posé une main sur son épaule, elle a tendu un bras. Ils se sont enlacés en silence.

II

Aix-en-Provence

La traversée avait été épique. L'enfant qui jamais ne pleurait ni ne faisait le moindre souci avait été malade pendant tout le voyage. Les conditions étaient épouvantables, une tempête avait obligé le bateau à dérouter, causant une semaine de retard, ce qui avait inquiété Marie-des-Neiges. Elle allait rater la prérentrée. Daniel avait pris une teinte verdâtre et vomissait sans relâche. Elle le nettoyait, elle le berçait, le nourrissait comme elle pouvait. Daniel était aussi sage que d'habitude, mais il souffrait, geignait doucement et surtout la regardait avec de tristes mirettes de biche. Ça déchirait le cœur. En arrivant à Marseille, elle était épuisée.

On l'avait accueillie – un homme du rectorat. Elle était la seule étudiante à venir par ce bateau, ses yeux s'étaient ouverts rond de voir l'enfant. Il avait insisté sur son retard, sur le sérieux du programme, sur l'aspect dommageable d'avoir manqué les premiers jours. Heureusement, c'était seulement une prérentrée, les vrais cours commençaient dans dix jours. Marie-des-Neiges s'était excusée. Elle avait envoyé un télégramme à Geneviève de Nerval pour lui signaler son arrivée. L'homme du rectorat avait pris sa valise, tandis qu'elle portait Daniel dans ses bras. Il l'avait emmenée en voiture de Marseille à Aix-en-Provence, en parlant peu, uniquement pour des considérations de stricte nécessité. Elle ne parvenait pas à discerner s'il était hostile ou taciturne par nature. Dans tous les cas il la mettait mal à l'aise. Même si les cours n'avaient pas commencé, elle s'inquiétait de ce que ses futurs camarades, lors de la prérentrée, eussent déjà fait connaissance. Il ne la rassura pas, lui souhaita quand même une bonne installation et prit congé d'elle en la laissant devant chez Geneviève de Nerval.

La bâtisse était impressionnante, toute construite en pierre de taille selon l'usage du pays. Marie-des-Neiges sonna et un vieux domestique la fit entrer. Le vestibule semblait décrépi et désuet. Madame n'était pas là mais elle avait laissé des instructions. Le majordome l'accompagna à travers les rues de la ville jusqu'à un immeuble bien plus petit que celui de sa patronne. Il avait des doigts abîmés par l'arthrose et mit du temps à se dépêtrer de la serrure. Marie-des-Neiges, entre sa valise et son fils, ne pouvait pas l'aider. Il tint à lui monter sa valise à travers un escalier minuscule, même s'il semblait avoir moins de force qu'elle. Elle ne protesta pas car porter Daniel dans ses bras l'avait déjà fatiguée. Une porte s'était entrouverte, laissant apparaître la tête ridée d'une voisine âgée. Une chatte ronde et tigrée vint se frotter contre la jambe de la vieille, regarda Marie-des-Neiges et elle miaula. La voisine les avait suivis des yeux et avait hoché la tête en les voyant passer. C'était peut-être un signe de bienvenue. Marie-des-Neiges ne l'aurait pas certifié. Le domestique s'escrima une nouvelle fois sur la porte, il réussit à l'ouvrir et lui tendit le trousseau, en montrant du doigt les commodités, sur le palier.

Vous êtes chez vous, Madame a fait mettre du linge, de la vaisselle et des ustensiles. Puis il repartit et chaque pas sans chute sembla miraculeux à la jeune femme.

Marie-des-Neiges est en France hexagonale, elle est chez elle. Ça y est.

Elle pose l'enfant, pousse la valise. Il y a un petit salon avec deux fauteuils, une chambre avec un lavabo et deux lits, un pour elle, un pour Daniel. Une minuscule cuisine avec des plaques et un évier. Le sol de tomettes est rouge ocre. Au moins ça ne sera pas salissant, elle pense. Les tomettes sont des hexagones et elle en rit, je marche sur l'Hexagone. Daniel ne comprend pas, bien sûr, mais entendre le rire de sa mère fait surgir le sien et le son cristal rebondit sur les murs. Marie-des-Neiges s'assoit sur le fauteuil, ouvre ses bras. Elle se répète qu'elle y est, ils y sont. Ils s'endorment tous les deux, elle n'a même pas fermé les volets et ils plissent les yeux dans leur sommeil, les derniers rayons de soleil entourent leurs têtes d'un halo.

Le soir même de son arrivée, après sa sieste tardive dans le fauteuil, Marie-des-Neiges n'a pas envie de dormir. Elle veut découvrir la ville. L'enfant dort, il ne s'est pas réveillé, exténué par le voyage, et elle l'a pris dans ses bras pour le poser dans son petit lit. Il fait un bruit régulier. Ses bras sont en l'air, au-dessus de sa tête, ses jambes désarticulées. Elle aime son beau visage paisible d'enfant endormi. Marie-des-Neiges ramène sur lui drap et couverture puis le borde. Elle n'ose déposer un baiser sur son front, de peur de le sortir du sommeil. Elle sort en fermant doucement la porte, met le trousseau dans son sac à main. Il fait nuit et c'est la première fois pour elle, dans cette ville.

Marie-des-Neiges marche toute seule et c'est une drôle de sensation. Les rues se ressemblent et elle se perd mais elle finit toujours par retomber sur le cours Mirabeau, ou sur une des grandes places, celle du palais de justice, où débouche sa rue, celle des Cardeurs, de la mairie ou bien la place Richelme. Elle est seule à décider où la mènent ses pas. Elle a un peu froid, malgré le léger foulard autour de son cou, la température n'est pas basse mais il y a du mistral. Entre les toits des immeubles elle aperçoit le ciel, et la lune. La lumière est jaune couleur réverbères et pierres de taille, avec quoi tout semble fabriqué, ici. Marie-des-Neiges avance vite pour donner l'impression qu'elle sait où elle va, elle regarde droit devant elle, mais ses yeux se déplacent, ils ne ratent rien de l'animation, des terrasses de café bruyantes, des hommes et des femmes croisés, des boutiques fermées, des majestueux encadrements de portes. De temps en temps elle s'arrête pour reprendre son souffle, pas longtemps, elle se plante devant une boutique, elle observe à l'intérieur et derrière elle, aussi, par le reflet sur la vitrine.

Peu à peu elle calme le rythme. Son pas est moins rapide, son corps se relâche. Elle rajuste un pan de son foulard. Elle file plus souplement, elle savoure ce temps qui lui appartient, ces rues qui s'offrent à elle. Elle ralentit et regarde les murs, les affiches déchirées. Elle admire l'architecture. Laisse traîner sa main dans une fontaine, l'eau est chaude ; touche, par jeu, la mousse épaisse qui la recouvre. Elle respire fort l'odeur de la nuit. Elle s'arrête devant les imposantes portes en noyer de la cathédrale Saint-Sauveur. Elle pose la main sur les guirlandes de fleurs en pierre, il y a aussi quatre prophètes, Daniel et Ézéchiel, Isaïe et Jérémie. Marie-des-Neiges connaît bien le livre d'Ézéchiel, le Seigneur s'adresse à lui, il demande à Ézéchiel de parler aux squelettes : prophétise sur ces os, dis-leur, ossements desséchés, écoutez la Parole. Ce passage de la Bible l'a toujours fascinée et effrayée, elle y voit un nouveau monde dressé face à un ancien qui fait peur, qui garnit de vestiges la plaine. Elle se colle à la pierre. Derrière elle, l'Institut d'études politiques est une masse froide et sombre, nouveau temple posé en face de la cathédrale. Elle le longe en prenant une rue qui descend. Il n'y a personne, aucun commerce ouvert. Marie-des-Neiges prend peur, elle bifurque, encore une ruelle silencieuse, elle retrouve enfin la place des Cardeurs, bien plus calme maintenant, mais il y a un peu de monde, au moins. Il lui reste à traverser le centre-ville pour rentrer chez elle, elle presse le pas, ne sait pas depuis combien de temps elle est dehors. Elle tourne une première clef, celle de l'immeuble, précipitamment, monte les escaliers en essayant de ne pas faire de bruit, elle est essoufflée, elle trébuche. Dans l'obscurité elle cherche la serrure, peine à enfoncer la deuxième clef. Enfin elle est chez elle, referme la porte. Elle ôte ses chaussures, ouvre la porte de la chambre avec précautions. Daniel dort toujours. Il n'a pas remarqué son absence. Elle n'ose imaginer s'il s'était réveillé. Elle lui a expliqué, parfois maman doit sortir, ne t'inquiète pas. Elle utilise le pot de chambre, se déshabille et le rejoint, elle le serre très fort contre elle.

Ce sont de petits coups secs sur la porte, assez discrets pour rester polis mais assez forts pour ne pas être ignorés. Marie-des-Neiges donne à manger à l'enfant et c'est une occupation qui accapare l'esprit, elle sursaute, se lève pour ouvrir, et découvre en face d'elle la vieille voisine de l'étage du dessous. Sa chatte est derrière elle et se lèche la patte pour se nettoyer. Marie-des-Neiges s'inquiète, Daniel a fait trop de bruit, elle s'imagine tout de suite le pire, c'est un enfant calme mais il court, parfois, il pleure, rarement, il joue à la balle ou tire par les roues son cheval en bois. La vieille dame lui sourit, je m'appelle Michèle Michel, c'est drôle, pas vrai, ne craignez rien, ma gâtée, je ne viens pas vous embêter, vous avez un bel enfant, ne déduisez pas de ce Michèle Michel que mes parents avaient des idées saugrenues, je m'appelais Michèle Martin, et puis je me suis mariée avec Ernest Michel, alors j'ai changé de nom, ou plutôt de prénom de nom, puisque je suis passée de Martin à Michel. Elle sourit encore plus. Marie-des-Neiges aussi, elle est amusée. La chatte entre, passe entre ses jambes sans hésiter, digne et orgueilleuse. La voisine n'y prête pas attention, elle continue. J'aurais dû peut-être garder Michèle Martin épouse Michel, on m'aurait moins moquée, mais mon mari était fier de son nom, il tenait à ce que je le prenne. Ou alors, tout simplement, il voulait me faire une blague. Car il était blagueur. Je ne sais jamais, quand on m'appelle, si c'est par mon prénom ou par mon nom. Ce n'est pas très pratique, je ne sais pas qui est familier, qui est amical. J'en suis tenue à bien écouter le ton des gens, c'est important ces histoires de ton.

Je suis un moulin à paroles, je sais, mais faites-moi donc entrer, ma petite. Je vous appelle ainsi parce que vous êtes bien jeune, n'y voyez pas un manque de respect. Minette m'a précédée, elle n'est pas très polie. Elle est belle, n'est-ce-pas. Je dis toujours la vérité. Si je dis que vous avez un bel enfant, c'est que c'est vrai, parce que j'en ai connu, des enfants. Toute une carrière d'institutrice, et quatre enfants à moi par-dessus le marché. Ils ont grandi, ils sont partis, ils n'ont plus besoin de moi. Ils viennent me voir, quand même, je les ai bien élevés.

Marie-des-Neiges propose un café, un thé, Michèle Michel accepte un café, la chatte s'installe dans un coin de la pièce. Pendant que la jeune femme s'affaire pour préparer le café, Daniel continue de manger tout seul, il porte la cuillère de son bol à sa bouche, sans regarder, machinalement, les yeux fixés vers cette nouvelle venue, et vers son animal qui l'intrigue. Il tourne la tête de l'une à l'autre, il bat des mains. Michèle Michel se lève pour lui caresser le menton, mon gâté, elle lui dit, tu manges bien. Elle se rassoit. Marie-des-Neiges explique d'où elle vient, elle aussi voudrait bien faire institutrice.

C'est un métier formidable, je suis bien contente pour vous, ma petite, je suis bien contente aussi parce que vous venez de loin, et vous serez utile, car c'est un beau métier.

Je trouve ça superbe cette Union française qui se bricole depuis ces quelques années, parce que j'ai jamais été pour les colonies, avec mon mari on était pour la liberté. Mon mari était poète, il aimait bien Aimé Césaire, on est sortis dans la rue, vous savez, quand il a été tué. Nous on était Front populaire et on l'est restés. Ce qui se passe, vous qui venez de Dakar, et d'autres aussi d'ailleurs et de plus loin, ce nouvel équilibre entre la France et les anciennes colonies, je dis pas que tout est parfait, mais c'est un juste retour des choses. Les vôtres nous ont sauvés, pendant la guerre. Je ne vous laisse pas parler mais j'espère que vous en aurez à me raconter, sur votre pays, sur vos parents et vos amis de là-bas. Si vous ne bûchez pas trop et si vous aimez parler à une vieille comme moi. Mais si je viens c'est aussi pour vous parler de ce beau jeune homme. Oui, petit bonhomme, oui mon gâté, on parle de toi. Si je viens c'est que je vous ai entendue, hier soir. Vous êtes rentrée tard. Il n'était pas avec vous. Je ne dors pas beaucoup. Je pense. Je me remémore les choses qu'on a faites, avec mon mari, avec les enfants, et je ne sais pas si c'est bon de réfléchir autant au lieu de dormir. J'ai bien compris que vous l'avez laissé seul, ce petit. Ça ne me regarde pas et je ne veux rien dire de mal, j'ai été une jeune fille, moi aussi, avant d'avoir toutes ces rides. Vous avez le droit de vous amuser. Vous avez le droit de travailler vos concours, si vous voulez pouvoir lui donner à manger quand il sera plus grand. Moi, la seule chose que je vous dis, c'est que je suis là. Votre fils, je vous le garde, si vous voulez. Quand vous en avez besoin. Mes enfants sont loin, je vous ai dit. Je vois mes petits-enfants mais pas très souvent. Mon mari est mort. J'ai Minette. Avec elle, on prendra soin de lui. J'ai besoin de vie, alors si vous voulez bien discuter avec moi de temps en temps, vous voyez, c'est surtout moi qui parle, et si vous voulez bien mc prêter votre fils, ça me fera plaisir.

Marie-des-Neiges ne sait pas comment prendre cette proposition ; si elle doit s'offusquer d'avoir été ainsi épiée, si les paroles de Michèle Michel valent condamnation de son rôle de mère, si cette vieille dame sans-gêne est un péril pour sa discrétion ; ou si ses mots sont une chance inespérée, celle d'être épaulée, de ne pas culpabiliser de vivre en jeune fille, en étudiante, malgré cet enfant. Elle se laisse envahir par un souffle de vie et d'espoir, une envie de faire confiance à la vieille, d'abandonner ses défenses, les raisons qu'elle aurait de se vexer. Alors elle sourit, elle dit oui, merci, si ça ne vous embête pas, je veux bien vous solliciter, voici votre café, le voulez-vous avec un sucre, non merci, elle dit la vieille, en revanche je voudrais bien fumer une cigarette, c'est bon la cigarette avec le café. Elle lui en propose une et Marie-des-Neiges n'a jamais essayé mais elle accepte, elle boit son café elle aussi et elle aspire et recrache la fumée, ça lui brûle un peu la gorge mais ça n'est pas désagréable. Elle ouvre la fenêtre parce que ça fait beaucoup de fumée dans son petit logis. Elle est bien avec son fils et la vieille, elle sent les muscles de son dos qui se relâchent, ses nerfs se détendent, pour la première fois depuis qu'elle est ici. Elle tire à nouveau sur la cigarette, elle écoute le blabla de sa voisine et elle ferme les yeux, comme dans les films.

Le lendemain, Marie-des-Neiges confie Daniel à Michèle le temps de faire deux courses. Elle aurait pu emmener Daniel mais elle veut savoir si la proposition de la voisine est sincère, si l'enfant accepte bien de rester avec elle. Il est ravi, il se précipite vers la chatte qui se lève, se laisse caresser, ronronne et fait le dos rond. Quand elle revient, Michèle ouvre la porte, elle fume, on prenait le goûter, entrez. Daniel mange un gâteau et un fruit, il sourit. Ça y est, on est copains, lui et moi.

Deux jours après, Marie-des-Neiges sent grandir l'appel du dehors, l'envie de marcher dans les petites rues, de passer deux ou trois fois par la même, de s'assoir à une table de café. Elle a emmené son fils au parc, ils ont joué ensemble, elle lui a parlé, longuement, car cet enfant aime qu'on lui parle, qu'on lui raconte, la tête penchée, un air sérieux de gamin plus âgé. Mais quand elle retrouve leur petit appartement et qu'elle prépare dans une casserole la bouillie pour son repas, elle pense à la lumière des rues, au bruit de ses pas sur le sol, aux silhouettes croisées. Elle a envie de sortir, elle descend les escaliers, elle frappe chez Michèle Michel, est-ce que je peux vous laisser Daniel, ce soir. Tous les soirs si vous voulez, il est gracieux votre petit, on s'entend bien tous les deux. Marie-des-Neiges remonte, elle prend son fils dans ses bras, elle l'embrasse, à demain, je te récupérerai en rentrant.

Elle sort et prend une grande bouffée d'air de la ville, ça fait du bien. Elle marche comme la dernière fois, au hasard, elle se perd et se retrouve, elle observe. Sur le cours principal du centre-ville, il y a de grandes brasseries éclairées qui la fascinent, elles font chic. Elle se décide à entrer dans la plus belle, *Les Deux Garçons*. Elle a hésité, elle craint qu'on la prenne pour une fille vénale, d'aller seule dans un café. On ne prête pas attention à elle, personne ne la dévisage, d'ailleurs il y a d'autres femmes. Alors elle s'installe à une table, impressionnée par les dorures et les peintures du haut plafond, par l'imposant bar en zinc. Les serveurs sont en uniforme, pantalon noir, chemise blanche, gilet noir et nœud papillon ou cravate. Celui qui s'avance vers elle, les cheveux blancs, le visage pâle et ridé, il est très poli mais pressé. Elle commande ce qu'il y a de moins cher, un café, simplement pour le plaisir de le boire dans un si beau cadre. Elle aurait bien pris un dessert, mais elle préfère rester sérieuse et surveiller son budget. Ici tout le monde semble distingué. Les serveurs, seulement des hommes, se déplacent rapidement, ils sont efficaces, sourient peu. Elle suit leur ballet de table en table, puis vers le bar, leurs plateaux chargés en équilibre. Elle n'a pas croisé beaucoup d'anciens colonisés dans les rues, il y en a peu parmi les clients, mais au sein de la brigade de serveurs les origines sont manifestement diverses, et Marie-des-Neiges s'en trouve réconfortée. C'est étrange, elle se dit, d'avoir ce sentiment, comme si ma présence ici était moins étrangère, alors que la place qui leur est laissée est celle de larbins. Immédiatement elle a honte d'avoir eu en tête ce mot, larbins, voilà que je pense déjà en étudiante, en future privilégiée. Elle imagine la déception de son père s'il l'apprenait. Un homme vient d'entrer, en costume, très élégant, les serveurs le saluent avec déférence, il connaît certains des clients, échange quelques mots avec eux.

Soudain elle le reconnaît, elle a joué avec lui quand ils étaient enfants, même s'il a quelques années de plus. Galim Diouf l'aperçoit aussi, il s'approche d'elle. Le fils de l'ancien camarade de son père, devenu riche, a bien belle allure. Je me disais que ton visage m'était familier, tu es Marie-des-Neiges, la fille de Guy. Elle est surprise qu'il se souvienne d'elle, elle ne l'a pas vu depuis des années, elle était encore petite fille. Tu as les mêmes traits que ton père, son air têtu, sais-tu qu'il ne parle plus au mien, alors qu'il pourrait être fier de sa réussite. Marie-des-Neiges n'est pas très à l'aise, je viens d'arriver, elle dit, dans ton bar et en petite France. Il la coupe, il est très sûr de lui. Je sais que tu as eu une bourse, en tant que fille de pionniers, je l'ai appris par mon père, bien entendu, un homme dans sa position, il faut bien qu'il connaisse beaucoup de choses. Il se renseigne, il prend note, il n'oublie pas. Alors donc tu viens d'arriver et tu es déjà dans ma brasserie, elle est belle, n'est-ce pas, elle attire les regards, elle donne envie de s'y installer. C'est un lieu historique, ici, dans cette ville, classé au patrimoine, c'est une institution, personne ne dit *Les Deux Garçons*, d'ailleurs, on dit *Les Deux G*. Il paraît que tous ceux qui l'ont possédée avaient un nom en G, messieurs Gros, Guion, Gantès, Guérin, Guidoni, Guérini, et maintenant Galim. Galim Diouf rit, c'est un rire très contrôlé, qui découvre à peine ses dents.

Il continue à parler, je sais que ton père n'aime pas qu'on s'enrichisse, il parle toujours d'égalité, pour moi elle n'existe pas pour les individus en ce bas monde, sauf devant Dieu. En revanche, avec mon père nous défendons comme le tien l'égalité entre les peuples et, en la matière, quelle belle démonstration. J'ai étudié ici, à Sciences po, et j'y possède la plus belle brasserie de la ville, la plus emblématique. J'ai investi à Marseille, je travaille à construire là-bas la Grande Mosquée dont ont besoin nos compatriotes et tous les musulmans de l'ancien Empire. Je suis associé à des gens d'ici, des Corses, des Italiens, des Aixois et des Marseillais depuis plusieurs générations. C'est ainsi que le monde change. Regarde ma brigade de serveurs, ici, il y a des Blancs et des Noirs, des chrétiens et des musulmans, et au-dessus de tout ça, il y a moi, un homme noir que chacun respecte. Je travaille à susciter l'admiration plutôt que la pitié.

Galim Diouf parle et il n'attend pas de réponse, il ne cherche pas le dialogue. Marie-des-Neiges ne connaît pas assez cette ville pour le contredire, elle ne veut pas répéter les mots de son père. Elle ne veut pas rejouer la rivalité qui oppose Guy et Salif Diouf. Galim Diouf est dans son café, il en impose, veut l'impressionner. Elle laisse couler ses paroles, elle ne montre rien, garde tête fière. Au bout d'un moment, il se lasse, ou bien peut-être doit-il se montrer à d'autres tables, discuter, affable, avec un notable, surveiller ses serveurs ou son barman, travailler ses comptes, donner des ordres, ou Dieu sait quelle autre tâche à laquelle Marie-des-Neiges ne pense même pas, indispensable néanmoins pour que tourne son affaire. Galim Diouf conclut la discussion, il a cette habitude, sans doute, de clore quand il le décide. Son visage ressemble, par sa gravité, à une statue antique. Il est beau, pourtant Marie-des-Neiges trouve sa solennité ridicule. Il se penche vers elle, si tu as besoin de quoi que ce soit, je suis là, par égard pour l'amitié qu'il y a eue entre ton père et le mien, par souci d'une compatriote, aussi. Et je t'offre le café.

Il lui tourne le dos, signale à un serveur que sa cravate est mal ajustée, se dirige vers le comptoir sans la regarder. Marie-des-Neiges ne peut s'empêcher d'être soulagée de voir ici une figure familière, même si le monologue de Galim Diouf l'a irritée. Elle a déjà bu son café. Elle contemple la salle encore une fois. Le décorum l'avait charmé, il lui semble prétentieux désormais. C'est beau, mais c'est chargé, elle se murmure, pour elle-même. Elle a envie de nuit et de rue, elle sort.

Après son départ du café, comme la première nuit, Marie-des-Neiges parcourt les petites rues jusqu'à se perdre puis se retrouver, elle finit toujours par retomber sur un endroit qu'elle reconnaît. Elle est une exploratrice sans carte et sans but. Elle fatigue, s'assoit sur un banc. Près d'elle, une drôle de statue métallique, un sanglier et un serpent, le sanglier tout patiné que des enfants, sans doute, lui soient montés dessus. Une autre jeune fille est assise à côté d'elle, les cheveux courts et bouclés, la peau pâle. Marie-des-Neiges se dit, elle a une tête d'Américaine, et des grandes dents d'Américaine, des habits d'Américaine, et la jeune femme remarque son regard, elle se penche vers elle, je suis américaine, elle lui annonce. Mais je ne suis pas une impérialiste, et elle sourit. Je précise parce que notre pays est impérialiste. Je ne suis pas communiste non plus. Mais j'en approche.

Ellc a un beau sourire avec ses grandes dents d'Américaine et elle parle très bien français, avec un accent. Je m'appelle Katherine, mais on dit Kathy, ou bien Kate, et je suis de New York. Marie-des-Neiges a l'humeur joyeuse propice à la discussion, à la rencontre. Elle parle et elle raconte, ses parents, son fils, son espoir d'être institutrice. Kathy est à Aix-en-Provence dans l'annexe française d'une grande université américaine, elle est juive mais elle ne pratique pas, sauf les fêtes quand elle est en famille, elle aime le français et la France, les tableaux de Cézanne. Je voudrais remonter en haut de la Sainte-Victoire, elle dit, tu sais, c'est la montagne qu'on voit ici, celle du peintre. Je l'ai fait en arrivant. On grimpera de nouveau, toutes les deux.

Ça va très vite entre elles, d'être loin, peut-être, de ce qu'elles connaissent. Il est rapide, ce sentiment complice. Marie-des-Neiges la trouve belle, elle aime ses cheveux au-dessus des épaules, coupés plus court que ceux des Françaises. Elle aime ses habits différents. Elle aime sa voix et son rire haut.

Je suis arrivée au printemps, notre programme commence plus tôt que le vôtre, et je tenais à arriver encore avant. J'étudie l'histoire et l'histoire de l'art, je ne veux pas trop me mêler aux autres Américains, je veux rencontrer des Français. Et sais-tu ce que j'ai découvert, c'est une France différente de celle que j'imaginais, je vois qu'une partie de ceux qui travaillent, ici, ils viennent des anciennes colonies, ce sont des Arabes ou des Noirs, et ça n'est pas aussi séparé que chez nous, où il y a la ségrégation. Je le sais bien que votre présidente est noire, qu'il y a eu son mari juste avant, je ne sais pas si ça serait possible chez nous, un président noir, il y a tant de racisme. J'ai bien vu qu'il y en avait ici aussi, et des préjugés sur les Juifs, mais c'est différent, parce que vous avez des droits, une égalité sans pareille. Et on sent que vous construisez un avenir, un pays nouveau, une fédération inédite, différente de la nôtre.

Elles sont bien, toutes les deux, sur leur banc, mais Marie-des-Neiges ne veut pas laisser son enfant trop longtemps, pour la première soirée chez Michèle Michel. Je dois m'en aller, elle dit, on se voit demain ? Kathy la serre dans ses bras, à l'américaine, Marie-des-Neiges est surprise. Demain, on peut aller voir un film, il y a un beau cinéma. Je te ferai visiter la ville. Elles se donnent rendez-vous, au même endroit, le lendemain.

Marie-des-Neiges rentre et gratte à la porte de Michèle. La vieille sort, en peignoir de nuit, Minette curieuse et mal réveillée à ses côtés. Il dort, ton fils, si tu veux je le garde et tu le reprends demain matin, c'est mieux pour lui. Elle est passée au tutoiement, Marie-des-Neiges ne s'en offusque pas, elle tutoie aussi, cette première nuit de l'enfant chez la vieille voisine vaut intégration familiale. Elle accepte de laisser son fils, pour la nuit. Elle dormira mieux, il se réveille souvent bien trop tôt.

Marie-des-Neiges rentre dans son appartement vide, elle n'a pas sommeil. Elle a une idée de poème. À Dakar, Marie-des-Neiges n'osait pas écrire. Elle craignait le regard de ses parents, même si elle le savait fier et bienveillant. Peut-être à cause de cela même, de cet indéfectible et intimidant soutien qui faisait d'elle avant tout la fille de ses parents. Elle est chez elle, Daniel dort chez la voisine, elle devrait en profiter pour en faire autant. Mais la joie de cette soirée, de cette rencontre avec Kate, l'inspire. Elle prend une feuille, son encrier et sa plume. Elle a des mots à l'intérieur de la tête et ils doivent sortir. C'est l'inverse d'une faim dévorante, elle ne cherche pas à remplir mais à vider. Elle écrit vite, sans s'arrêter, puis elle fait une pause, elle tente de contrôler le flux désordonné qui a surgi. Habituellement, elle soigne les pleins et les déliés, mais l'inspiration dégrade son écriture. Elle rature, elle déplace, elle ajoute. Puis elle recopie au propre, application de bonne élève, mais l'excitation palpite. Elle se relit, à haute voix, l'expression est trompeuse, elle parle mais à volume bas, parce que c'est la nuit. Elle lit comme elle savoure, elle corrige encore, peu de choses, elle est contente.

Paquebot
Cheminées fumantes troncs de sycomore
Géant puissant de vitesse et de larmes
Bondé de vies
Peuple du pont penché sur les rambardes
La côte s'éloigne
Vite vite
Ils sont loin
Ils sont petits
Petits parents affligés, au revoir sycomore
Sycomore
Arbre moins estimé que le cèdre
Dont la branche coupée pourtant repousse
Pourtant
Pourtant
Pourtant il y a doute
Racines nouvelles et troubles au-delà des mers
Espoirs à vif
Départ il y a et départ sans autre issue
Que les rêves possibles hexagonaux.
Sycomore, si la vigne périt de la grêle
Sycomore crève de la gelée
Loin loin
Vite vite
Mer fendue
Garde prétorienne d'écume
Flancs bordés de blanc
Pont hurlant
Cheminées-troncs fument et poussent
Vite
Larmes
Loin

Sycomore
Sur lequel Zachée s'était juché
Pour voir Jésus
Petits parents
Pieds sur vos branches
Juchée comme Zachée dans la Bible
Regard loin
Pour avoir la force
Regard outre la mer
Regard horizon ignorant des obstacles
Regard sycomore
Sycomore
Bois charpente
Incorruptible
Arbre commun
Sycomore moins estimé que le cèdre
Sycomore branche cassée repousse
Sycomore crève gelée
Sycomore vif et trouble
Sycomore hexagonal, rêve possible, départ fendu
Sycomore affligé, persistant, fumant,
Sycomore bondé de vies
Vite vite
Loin loin
Sycomores croissent dans la plaine.

Marie-des-Neiges tape à la porte de Michèle Michel. Elle est gaie. La vieille dame ouvre et, encore essoufflée par les escaliers, par l'excitation, Marie-des-Neiges demande : tu peux me garder Daniel, ce soir ? Michèle Michel sourit et ça froisse encore plus son visage ridé. Elle la prend par les épaules, avec plaisir, ma petite.

Le soir, elle fait manger Daniel, le met en pyjama. Puis elle le descend chez la voisine. L'enfant est content, il babille, Michèle, Minette, reconnaissables dans son gazouillement. Il embrasse sa mère avant qu'elle parte. Elle est en retard. Elle se hâte de rejoindre Kathy. Elles vont voir un film, *La Nuit du chasseur*, avec un homme habillé en noir, un prêcheur, qui tue des femmes. Il séduit des veuves par son verbiage, il les dépouille et il les assassine. Il s'attaque à une nouvelle, dont le mari est mort pendu, le prêcheur l'a connu en prison et il veut récupérer son butin. La veuve a deux enfants, un garçon et une fille. Elle ne sait pas où l'argent est caché, les gamins seuls le savent et ils ont juré à leur père de ne rien dire, ils se méfient de ce nouveau père qu'on leur impose. Le prêcheur épouse leur mère puis il la tue, il les poursuit ensuite pour leur faire avouer leur secret. C'est un film qui fait peur, Marie-des-Neiges est anxieuse, Kathy lui prend la main. C'est étrange ce partage entre deux sentiments, celui de ses yeux face à l'écran, ils se remplissent de larmes et d'effroi, celui de sa peau qui frémit de toucher la main de sa nouvelle amie. Ça lui glace le dos, elle ne sait pas si c'est de peur ou de plaisir.

Quand le film se termine, elles restent un moment dans la salle, sortent les dernières. Kathy lui chuchote, il dit beaucoup sur mon pays, ce film. Tu vois, tous les personnages, les bons comme les mauvais, parlent à travers Dieu et la Bible. Le bien et le mal sont parfois difficiles à distinguer. Le prêcheur est un monstre, bien sûr, mais la foule de bons citoyens qui veut sa mort à la fin, elle ne vaut pas beaucoup mieux. Elle aussi se transforme en monstre. Marie-des-Neiges a une autre opinion. J'ai bien vu ce que tu dis sur l'Amérique puritaine. Mais pour moi ce film est un conte, plusieurs contes, même : *Barbe-bleue*, *Le Petit Poucet*, la légende de saint Nicolas au saloir, les enfants abandonnés par les adultes, l'ogre qui les menace, celui qui tue des femmes. Dans la fuite des enfants, je vois celle des Hébreux en Égypte, la lutte éternelle des petits contre un pouvoir plus puissant. Je me demande si, par rapport à la France, nous ne sommes pas ces enfants naïfs, qui croient avoir trouvé un père alors que cet homme les poursuit, n'en veut qu'à leur argent. Malgré l'Union, nous sommes encore sous la menace du monstre, quand bien même il s'agit d'un monstre bouffon, qui effraye tout autant qu'il est ridicule. Mais telle est la nature du pouvoir, son danger, car il combine toujours le grotesque et l'horreur. J'ai aimé ce film car il y a la peur mais aussi la beauté et l'espoir. Quand les enfants fuient en canot par la rivière, ils sont observés, accompagnés par des animaux : grenouille, lapins, tortue, hiboux, renard. Il y a cette agitation des humains prête à broyer des enfants et cet autre temps, plus paisible, des éléments et des êtres qui les entourent. Une femme le dit au tout début du film, elle raconte la Bible à des enfants, elle en tire un enseignement, Salomon au sommet de sa gloire n'était pas aussi beau que les lis. Peut-être disposons-nous de ces deux ressources, la bouffonnerie de ceux qui veulent diriger, on peut s'en moquer, et leur laideur, si on compare à ce qui nous apaise, que ce soient des fleurs, le chant des oiseaux, la majesté d'un arbre ou l'amour.

Marie-des-Neiges est presque étourdie d'avoir tant parlé, elle est gênée par son trop long discours. Kathy lui sourit. On est trop sérieuses, après ce film. Viens, soyons plus légères. Kathy l'embarque, Kathy la prend par le bras et elles marchent toutes les deux. Je vais te faire découvrir Aix, c'est toi la Française, mais je connais mieux. Marie-des-Neiges proteste, elle vient d'arriver. Kathy s'arrête net, elle pose son doigt sur le bout du nez de sa nouvelle amie, ne dis plus rien, écoute, je suis là depuis plusieurs mois, je vais te présenter la ville. Elles marchent sur la grande rue bordée de platanes, celle des *Deux G*, la brasserie de Galim Diouf. Ici, vois-tu, c'est le cours Mirabeau. C'est l'allée principale de cette ville, ses Champs-Élysées, là où on se montre et où on regarde, et ce grand café, là, s'appelle *Les Deux G*, c'est chic et c'est historique. Marie-des-Neiges ne respecte pas le vœu de silence, quand même, cette rue, et même ce café, j'y suis déjà allée. Je le sais bien que c'est le cours Mirabeau. Elle ne raconte pas qu'elle connaît Galim Diouf. Kathy se moque d'elle. Tu es belle, mais tu devrais porter de plus beaux vêtements que ces vieilles frusques.

J'espère que tu en avais d'autres pour aller aux *Deux G.* Et celui-là, tu le connais ? Tu vois sa statue ? C'est le bon roi René, un comte de Provence, né en Anjou pourtant. On dit qu'il est aimé ici, il a été un soutien du roi de France, Charles VII, mais sa fille fut mariée à un roi d'Angleterre. Il a connu Jeanne d'Arc, chevauché à ses côtés. Est-ce que tu crois qu'il l'appréciait, lui, un noble, cette fille de laboureur ? Ils l'ont bien laissée tomber, les Français, quand elle s'est retrouvée prisonnière. Elle avait accompli son office et ne leur servait plus à rien.

Ça lui fait drôle à Marie-des-Neiges d'entendre parler de Jeanne d'Arc avec l'accent américain, sa mère lui racontait souvent son histoire, elle est une de ses saintes préférées. C'est un petit bout de souvenir familier qui vient, pourtant étrangement dépaysé. Kathy la plante devant la statue grise de ce René, un roi couronné, spectre à la main, cheveux mi-longs et visage impénétrable, il regarde songeur à l'autre bout du cours. Regarde-le, ce roi, il en a tous les attributs, c'est la fierté d'ici. Pourtant, en France il était duc, il était comte. Il a été roi de Sicile, roi de Naples, mais pas roi d'ici. Elle est arrogante, cette ville, voilà pourquoi la statue. Elle ne lui ressemble pas, au bon roi René, elle a été faite presque quatre cents ans après sa mort, comment ils auraient pu connaître sa tête. Mais voilà, ils avaient peur d'être oubliés, d'être délaissés. Alors ils ont commandé cette statue à Paris pour se rappeler un passé glorieux. Les Français sont comme ça, je ne veux pas te vexer, tu es une nouvelle Française, une Française d'outre-continent, alors je peux te le dire, ce que je pense des anciens Français. Ou des Aixois, je ne sais pas. Je suis contente d'être ici mais ça m'amuse, un peuple qui commande la statue d'un noble mort pour en faire éternellement son roi. Chez nous on ne peut pas faire appel au passé, ou à peine, on renvoie toujours au futur. Ce n'est pas forcément mieux. Tu sais le plus drôle, il est mort ici, ce roi René, mais sa femme a fait partir son corps pendant la nuit, caché dans un tonneau, pour l'enterrer en Anjou, afin qu'il échappe à ses sujets provençaux avides de garder son cadavre auprès d'eux.

Kathy la fait pivoter, en avant marche, comme dans l'armée. Tu es ma caporale. Je te mettrais bien un béret, ce serait charmant. Tu serais belle comme Joséphine Baker dans son costume militaire de la France libre. Kathy l'emmène dans un quartier aux rues régulières, aux angles droits, bordées par des hôtels particuliers. Tu les vois, ces façades, elles sont superbes. On est dans l'apparence, encore, les façades étaient impeccables et l'intérieur bien plus modeste, pour les nobles désargentés. Regarde ce quartier, comme il est carré, bien ordonné. Il ne ressemble pas tant que ça à la ville. Cette fontaine, elle s'en approche davantage.

Un bassin circulaire est entouré par des poissons que leur large gueule rapproche des monstres marins. Au centre un obélisque est surplombé par une pomme de pin. Tu vois, c'est la fontaine des Quatre-Dauphins. J'aime ces chimères, à la fois poissons et monstres, qui surgissent dans un quartier tracé au couteau. Ils sont toute la démesure d'Aix-en-Provence, son orgueil encore. Mais c'est un orgueil qui ne me déplaît pas complètement, parce qu'il est fantaisiste.

Kathy se met bras dessus bras dessous et elle l'entraîne encore ailleurs. Marie-des-Neiges est essoufflée par cette marche rapide, elle trébuche sur le trottoir mais alors Kathy serre sa main et l'empêche de tomber. Ça lui plaît de sentir la poigne de son amie américaine sur son bras. Elle ne s'arrête pas de parler. Regarde ces fenêtres. Ici s'est penché Mirabeau, un matin. Il n'était pas encore un révolutionnaire. Tu me diras et alors, mais tu dois savoir qu'il était entré chez une jeune fille qu'il aimait bien, pour se montrer à sa fenêtre au petit jour, pour ainsi la compromettre. Les parents furieux ont dû la marier avec lui. N'empêche, il a donné son nom au cours où on était tout à l'heure, avec son histoire. J'espère qu'elle voulait, elle aussi, cette jeune fille. Il était bien adultère et bien corrompu, pourtant. Peut-être bien humain, tout simplement, c'est pour ça qu'on le trouve sympathique.

Les deux femmes traversent de nouveau le cours Mirabeau. En les voyant on pourrait les penser ivres, elles le sont, pas d'alcool, elles sont ivres de la nuit, du sentiment de vivre et de s'amuser. Je dois te montrer une place. Ma place préférée de toute la ville, pour ce que j'en connais, mais je l'ai pas mal traversée. Kathy la plante sur des pavés irréguliers et inconfortables, sur une place semi-circulaire, avec en son centre une fontaine – encore – couverte de mousse. En demi-lune, des immeubles semblables à ceux du centre-ville, façades jaunes, grands blocs de pierre. Regarde bien les balcons. Ils sont une quinzaine, à hauteur de premier étage, en fer forgé. Kathy insiste. Regarde bien, tu ne vois rien ? Marie-des-Neiges ne sait pas quoi chercher. Elle a envie de rire. Elle se concentre, observe les courbes et les lignes des rambardes. Kathy est passée derrière elle sans qu'elle s'en aperçoive, tellement elle est concentrée. Elle entoure sa taille de ses mains, pose les mains sur son ventre, la tête sur son épaule. Elle lui murmure à l'oreille.

Ce sont des sexes masculins, sur ces balcons. Des zobs, comme ils disent ici. Il y avait des libertins dans ces appartements, du temps des Lumières. Seuls les initiés qui le savaient remarquaient ces dessins obscènes. Tu es une initiée, désormais. Marie-des-Neiges frissonne du souffle de la voix de Kathy. Elle a envie de rire. Il y a un chaud joyeux qui remonte de son ventre et envahit sa gorge, ses joues. Elle se sent bien. C'est le bonheur qui me réchauffe, elle pense. Comme c'est un peu ridicule, trop emphatique, elle rit encore. Kathy lui dit, tu rigoles parce que ça te gêne, elle secoue la tête, oh non, c'est parce que c'est drôle, et que je suis heureuse. Kathy dépose un baiser sur son cou puis elle la libère, elle lui prend la main, viens, laissons ces vieux balcons libertins, allons dans un café, j'ai envie de boire du vin français. Elles ont un peu froid, aussi, à cause du frais de la nuit.

Elles s'engouffrent dans la chaleur, dans la lumière, peu importe le café, elles s'assoient. Elles sont les seules femmes, le garçon prend leur commande, un verre de vin pour Kathy, une tisane pour Marie-des-Neiges. Une tablée d'hommes leur paye une deuxième consommation à chacune, Kathy est gaie, elle lève son verre dans leur direction pour les remercier. Ils prennent son geste pour une invitation, ils se rapprochent, elles ne leur parlent pas, elles discutent entre elles. Ils s'obstinent, elles les ignorent, elles rient. Le plus grand des hommes se fâche alors, vous pourriez au moins nous adresser la parole, allons, ne faites pas les mijaurées, on le sait bien, ce que vous venez chercher.

Kathy ne laisse pas passer. Son rire s'interrompt. On vient chercher quoi, vous pouvez me dire ? Lui la tutoie, ne fais pas l'innocente, tu sais très bien ce que tu viens chercher, toi la youpine, avec ta copine la négresse, à une telle heure, deux femmes dans un bar. Dis-nous combien, qu'on en finisse. L'homme a les cheveux rasés sur le côté, une mèche en travers de son front. Il transpire. Kathy est en colère, je suis une citoyenne américaine et elle est une citoyenne française, elle est noire et moi je suis juive, que ça vous plaise ou non. Dans son énervement, l'accent américain est plus marqué. Les hommes se moquent d'elle, l'un d'entre eux imite sa prononciation. Un autre s'adresse à Marie-des-Neiges, et toi, tu sais parler ? Ils les entourent, ils sont agressifs. Ils ont des coiffures identiques. Les mêmes blousons trois-quarts verts en toile grasse et imperméable, col en velours marron, des sortes de vestes de chasse. Le patron ne bouge pas, ni aucun autre client. Pas de chance pour vous, les rastaquouères, nous sommes de l'Action française. Une Juive ça fait peut-être une Américaine, mais une Noire, ça fera jamais une Française. On n'est pas dans la brousse, ici.

Marie-des-Neiges ne comprend pas comment ça a basculé, elle sait simplement que ça tourne au grabuge, elle se lève brusquement, prend Kathy par le poignet, on y va. Elle se hâte au comptoir, laisse assez de pièces pour payer ce qu'elles ont bu, puis elle sort en faisant claquer la porte. Kathy fulmine, on aurait dû rester, c'était à ces salauds de partir. Elle fait mine de retourner en arrière, Marie-des-Neiges la tire, ça ne me plaît pas, ils sont dangereux. La porte claque de nouveau, elle reclaque, une troisième fois, une quatrième. Marie-des-Neiges hâte encore le pas, ne te retourne pas, marche vite. Les hommes appellent, ils se moquent, ils ont des voix dures, eh youpine, eh Bamboula, attendez-nous. Elles n'ont pas les bonnes chaussures, ils vont plus vite. Kathy avance mais elle se retourne pour leur répondre, elle pousse un cri, elle a eu peur de se tordre la cheville, ça va, elle continue. Elles marchent aussi vite qu'elles peuvent, impression d'être seules avec ces hommes à leurs trousses, elles avancent, une rue, une autre, elles sont coincées. Ils sont quatre autour d'elles, elles se collent dos à dos. L'un d'eux a une canne, il la tient à l'horizontale et tapote doucement dans sa main. On vous fait quoi, il dit, on vous baise ou on vous rosse. Kathy lève les poings, elle se met en garde, Marie-des-Neiges ne sait pas si c'est courageux ou ridicule. Un premier coup de canne, sur sa cuisse. Pour t'apprendre la politesse. Elle ne voudrait pas leur faire ce plaisir, mais elle crie. Elle pense à son père quand il était rentré blessé par les policiers. Kathy en a frappé un, poing serré, il esquive et il lui rend, une torgnole, sa tête part en arrière, elle est sonnée, la marque de la main sur sa joue. Les agresseurs prennent leur temps, restent à petite distance, les observent. Vous êtes seules, on n'est pas pressés, on va profiter. Vous l'avez bien gagnée, votre volée. Marie-des-Neiges se résigne à la douleur, elle espère qu'elle sera courageuse.

Et puis soudain elles ne sont plus deux, elles sont sept. L'homme à la canne est séché net par un géant noir, larges épaules, visage long de couteau. Celui qui a giflé Kathy est attaqué par un petit Nord-Africain maigre, joues creusées de bambou coupé en deux. Les deux autres royalistes se retournent face à un homme sec, teint bien blanc, cheveux très noirs et bouclés, et un rondouillard à la peau ocre de métis. Il y a aussi une petite femme brune qui vole d'adversaire en adversaire et distribue coups et injures. Il reste trois adversaires debout, l'un sort de son pardessus un poing américain, un autre une matraque, le dernier, celui qui a frappé Kathy, un canif. Elle arrive derrière lui, justement, et elle lui cogne la nuque, il en perd son couteau, d'un coup de pied le géant l'éloigne dans le caniveau. Le poing américain percute la pommette du Nord-Africain, il saigne, il attrape le revers du manteau de l'autre et le balaye au sol, le royaliste en perd son arme qui fait un bruit métallique en tombant. L'homme à la matraque la fait tournoyer dans l'air, bruit de vent qui chuinte, il a ouvert une brèche et s'enfuit, la petite femme avance son pied dans ses jambes et il s'étale, il se relève, il repart. Celui qui avait le canif balance les poings et monte haut les jambes, en des coups de savate habilement ajustés, il touche du revers du pied l'un, l'épaule d'un autre du poing, il finit de la pointe de son soulier dans le ventre du géant. Le très grand encaisse et saisit, il tourne, il tord la cheville, son adversaire gémit et il tombe. Son camarade se rend, c'est bon, on a notre compte, il le prend sous l'épaule et ils s'en vont clopin-clopant, la petite femme lui balance un grand coup de pied dans les fesses et elle parle en espagnol, *cabron*, *requete*, *hijo de la gran puta*. Le dernier royaliste se met debout et il part lui aussi, les mains derrière la tête pour se protéger.

Cheveux-bouclés-teint-blanc a récupéré le poing américain, ça peut toujours servir, il dit, fort accent marseillais, puis à l'adresse des hommes qui s'enfuient, cassez-vous, les roicos. Le rondouillard s'amène à côté de lui, il parle en gros français, il a une voix de prêcheur mais il se moque : partez, ne revenez pas et ne vous demandez pas pour qui sonne le glas, car c'est pour vous qu'il sonne.

Marie-des-Neiges a été incapable de participer à la bagarre, elle est abasourdie, silencieuse. Kathy pleure et rit en même temps, elle saigne un peu du nez et frotte sa joue rougie. Marie-des-Neiges sort un mouchoir, elle la prend dans ses bras.

Camarade, s'il te plaît, donne-moi un mouchoir pour Lakhdar, il saigne aussi. Cheveux-bouclés lui sourit, il tend la main. Marie-des-Neiges sort de son sac un autre carré de tissu. Faut pas traîner ici, ils peuvent revenir plus nombreux. Kathy et Marie-des-Neiges sont encore sous le choc, sa voix est impérieuse, elles le suivent. Ils partent en groupe, ça les rassure. Ils marchent vite, ne parlent pas vraiment, quelques ça va. Ils prennent des petites rues, entrent dans un café rempli, bruyant et cradingue, ils se mettent au fond de la salle. Par miracle une table se libère et ils s'assoient, serrés les uns contre les autres. Cheveux-bouclés commande un remontant et un café pour tout le monde. C'est lui qui parle, au début les yeux des autres sont dans le vague, dans les moments précédents, puis ils s'animent. Vous l'avez échappé belle, il faut faire attention, ici, la ville grouille de réactionnaires, vous en avez vu un bel échantillon. Nous au contraire on est la fine fleur, je me suis même pas présenté, je suis Joseph, ici j'étudie et mon père est docker communiste à Marseille, autant dire que cette ville c'est pas mon monde. Alors je me suis retrouvé avec ces énergumènes qui ne sont pas complètement à leur aise, pas bien dans le décor, ils marquent mal, comme on dit. Mais ils ont un grand cœur et c'est ça qui compte pour moi. Accessoirement, on rigole bien. Celui-ci, qui parle comme un prêtre à la messe, c'est un futur avocat, fac de droit, il s'appelle Robert, il vient du Dahomey. La jeune dame s'appelle Maria-Angustias, je ne sais pas si vous connaissez ce prénom, c'est espagnol, je ne viens pourtant pas du pays espingouin, mais d'Algérie. Son prénom, si on traduit, ça veut dire Marie-Angoisse, c'est tout un programme chrétien. Elle étudie les lettres. Ce géant qui écrase sa chaise, nul ne sait si elle pourra tenir, c'est Armand, né à Abidjan, et avec le compère Lakhdar, lui aussi d'Algérie, il est à l'école normale pour devenir instituteur, tout comme votre serviteur, moi-même.

Maria-Angustias lui coupe la parole. Vous aurez compris, Joseph est beau parleur, en plus d'être beau. Il faut lui couper le sifflet de temps en temps sous peine de voir se dilapider tout son charme. C'est pour son bien. Marie-des-Neiges sourit. Armand, Lakhdar et Joseph sont des camarades de promotion. C'est une chance de les avoir rencontrés, parce qu'ils les ont sauvées d'une mauvaise posture, mais aussi parce qu'elle est rassurée de suivre des cours avec eux.

Elle les interroge sur la prérentrée, durant laquelle ils ont sympathisé. Elle n'a pas raté grand-chose, les cours doivent commencer la semaine suivante. Sur la ville, Joseph est intarissable, il préfère largement Marseille. Ici vous êtes chez les bourges, je vous ferai connaître ma ville, vous verrez. Ça ne me déplaît pas, il dit Robert, d'être chez les bourgeois. Je cherche le savoir et pas le populaire. Ça ne plaît pas à Joseph. Il y en a plus que tu crois, du savoir, chez le peuple. Et puis nous autres étudiants nous sommes de futurs travailleurs, nous faisons partie du peuple. Robert se moque. J'espère pourtant bien que mon métier d'avocat m'en éloignera. Tu crois que tu seras un richard, parce que tu auras appris le droit ?

Kathy n'hésite pas à intervenir. Elle a entendu parler de ce projet de formation de nouveaux pédagogues. Ce que vous faites, avec l'Union française, c'est formidable, c'est un nouveau peuple que vous construisez, malgré les oppressions anciennes.

Tu le crois vraiment, qu'il y a égalité entre l'Hexagone et les anciennes colonies ? Viens voir chez nous, alors tu sauras la misère, l'ignorance, on ne répare pas en dix ou quinze ans des décennies de mauvais traitements. Il ne suffit pas de proclamer citoyens les colonisés pour effacer des années d'oppression.

Nous sommes un nouvel Empire romain et la loi Lamine Gueye est notre édit de Caracalla. Ce Romain avait donné la citoyenneté à tous les hommes libres de l'Empire, tout comme la République l'a fait pour tous les colonisés.

Laisse l'Empire romain suspendu à un croc de boucher, avec Mussolini.

Je ne laisse rien aux fascistes, et surtout pas l'Empire.

Si je peux suggérer, pour moi, ce serait le Nouveau Monde. Vos deux assemblées, une pour chaque nation, une pour l'Union, c'est comme chez nous, un État fédéral. Vous êtes des États-Unis français, une nouvelle fédération, comme a pu l'être mon pays au moment de son indépendance, un lieu de fraîcheur et de modernité, aujourd'hui englué dans le racisme et l'impérialisme. Même si j'ai repris espoir depuis l'élection d'Adlai Stevenson. Vous avez perdu des bouts d'Empire qui se sont détachés, Maroc, Tunisie, Cambodge, Laos, Vietnam, mais vous avez gagné une combinaison nouvelle de souveraineté, une fédération modèle. Vous avez sans doute évité une guerre, quand Césaire a négocié avec Ho Chi Minh, et que le Viêtnam est resté associé à votre Union. Il y a encore des points sensibles, l'Algérie, la Nouvelle-Calédonie. Vous nous donnez des idées, à nous autres Américains, les mouvements noirs le disent : regardez la France qui a donné tous les droits à ses colonisés. Je ne suis pas sûre que Stevenson aurait battu Eisenhower si l'Union française n'avait pas existé.

Ils n'ont rien donné, nous avons arraché. N'oublie pas ce que disait à l'Assemblée cette vieille baderne d'Édouard Herriot : il ne voulait pas que la France soit la colonie de ses colonies. La France craignait d'être gouvernée par des rois nègres, elle l'est par de simples sujets, et je dirais même que c'est pire : en étudiant à l'école normale, nous finirons par éduquer leurs enfants.

Il n'y a pas eu de rois nègres, il y a eu deux présidents Césaire, le mari et la femme, deux Noirs des Antilles, descendants d'esclaves, pour diriger l'Union tout entière.

Nous sommes gouvernés par une poétesse après l'avoir été par un poète, avouez qu'il y a pire destin pour un peuple. C'est mieux qu'un militaire ou un banquier. Cela dit, il faut reconnaître à Césaire qu'il était un poète sans être un rêveur. Il a agi en habile politique : en 1945, quand il devient ministre des Colonies, il prouve qu'il est capable de gouverner.

Et il prend la place d'un Blanc, Jacques Soustelle, qui croyait avoir le poste pour lui.

Césaire discourait en poète et manœuvrait en stratège.

Tu crois qu'on peut arriver aussi haut sans se salir les mains ?

N'oubliez pas que rien de tout ça n'aurait été possible sans le soutien du Parti communiste. Car par ailleurs, Césaire en était membre.

Il l'a nié.

Il l'a nié pour ne pas susciter d'oppositions trop vives. Mais n'oubliez pas ce que l'émancipation des peuples de couleur doit aux communistes.

Césaire s'est aussi émancipé des communistes. Ils espéraient qu'il soit bien docile, les Américains aussi, qui voyaient en lui un moyen d'affaiblir un vieil empire, de se débarrasser de de Gaulle qui ne leur plaisait pas. Or ce sacré Césaire a été plus habile qu'eux tous réunis.

Ne crois pas que ça soit un hasard, s'ils ont choisi un Antillais. Les Blancs ont l'impression que sous leur influence, à force de vivre avec eux, sous leurs ordres, ils sont devenus des nègres civilisés. Mais lui les a pris à leur propre jeu, il a opté pour un chemin de traverse, il leur a fait le coup du neg' marron.

Bien sûr qu'il y a eu de longues discussions entre les députés. Choisir un Antillais a sûrement été jugé plus rassurant. C'est peut-être injuste car c'était la loi Lamine Gueye et il était bien député du Sénégal-Mauritanie. Mais leurs dissensions et leurs jalousies avec Senghor, Houphouët et Modibo Keita ont empêché ces derniers de prétendre présider. Un jour, camarades, ça sera un Africain. En attendant il faut se battre pied à pied. N'oubliez pas que la façon dont la loi était rédigée laissait une large place à l'interprétation : « Des lois particulières établiront les conditions dans lesquelles ils exerceront leurs droits de citoyens. »

Lakhdar, jusque-là silencieux, intervient et il bouscule les quilles.

Elles varient, ces lois particulières. Tout est bloqué dans mon pays. Les Européens refusent tout partage avec les musulmans, ils ne veulent pas d'Assemblée unique ni de droits égaux. Nous ne sommes pas encore citoyens, j'ai ici plus de libertés que chez moi. Voilà pourquoi je suis venu. Sur ça, Aimé Césaire n'a rien obtenu. Et Suzanne Césaire fait de belles déclarations, mais elle n'a pas les moyens – ou elle ne les met pas – de tordre le bras aux Européens d'Algérie.

Les autres se taisent un moment, ils ont des pensées désolées. Ils savent ce qui se passe en Algérie. Les Européens refusent l'Union, ne renoncent pas à leurs privilèges, ils bloquent toute réforme. Les quartiers restent réservés, les bons emplois interdits, les terres confisquées. C'est une guerre larvée, là-bas, avec des milices organisées de chasse à l'Arabe, et en représailles des fermiers français isolés égorgés.

Lakhdar continue.

Pour nous, la question de l'indépendance se pose. Nous avons un sentiment national. Aimé Césaire nous soutenait,

Suzanne Césaire nous soutient encore, mais ça va trop lentement. Il y a encore un double Parlement, pour les Européens et pour les musulmans, au lieu d'une chambre unique. Et vous devinez bien celui qui pèse vraiment.

Tu ne peux pas comparer le Viêtnam avec l'Algérie. Là-bas les Français sont partis pendant la guerre et Ho Chi Minh a fait ses preuves, il a mené son combat contre l'impérialisme japonais. On ne pouvait que négocier. Même s'il est communiste, ses liens avec l'Union française le mettent à distance de l'URSS, et les Américains sont contents.

Chez nous c'est différent parce qu'il y a des Français d'Algérie et ils ne sont jamais partis. Mais ils ne veulent pas partager avec nous.

Maria-Angustias est grave et triste, elle approuve.

C'est pour ça que je suis partie, moi aussi. Nous sommes quoi, nous, les Européens d'Algérie, à l'origine ? Des crève-la-faim partis de France, d'Espagne, d'Italie, pour un éden imaginaire où nous pouvions prendre des terres et ne pas être les derniers. Accepter l'égalité avec les Arabes, ce serait reconnaître que nous ne valons pas mieux qu'eux : pour beaucoup, ce serait déchoir. Nous nous sommes escrimés sur des terres que nous avions volées, et pour certains ces souffrances valent tous les droits. Ils n'accepteront jamais l'égalité et ils feront éclater l'Union française plutôt que de céder.

Ce qu'il faudrait, c'est la manière forte. Les Européens qui refusent l'égalité sont des factieux. Il faudrait des Algériens musulmans parmi ceux qui décident, dans l'Union française. Ils auraient la main plus ferme. Vous avez laissé assassiner Aimé Césaire par Jean Perez, un Européen d'Algérie, sans en tirer plus de conséquences.

Ce Jean Perez, il aurait pu être mon frère ou un camarade d'école, n'importe quel homme européen de mon pays, je la vois, sa fierté et sa crainte d'être déclassé. Je ne l'approuve pas, mais je la crains. Ce qui menace, en Algérie, personne n'ose le dire, c'est une guerre, et elle pourrait bien avoir raison de notre pays et de l'Union française.

Elle est déjà là, cette guerre, pardonne-moi, Maria-Angustias, mais elle se mène tous les jours contre mon peuple. Si on ne nous prend pas en considération, nous nous battrons pour l'indépendance.

Peut-être ai-je mal compris depuis les États-Unis, mais il me semble, Lakhdar, que vous avez refusé le droit de vote des femmes, en 1946. Ça fait aussi partie des lois particulières qui s'appliquent à votre pays.

Nous l'avons refusé, ou bien ce sont les Français qui ont imaginé que c'était ce qu'on voulait ? Ils ont fait ça pour ne pas trop nous déplaire, parce qu'ils pensent que nous ne sommes prêts pour aucune forme d'égalité, entre hommes et femmes, entre Européens et Musulmans.

Tu parles d'indépendance, mais ce serait tragique, car l'indépendance est impossible pour nos pays. Ils sont trop pauvres, trop peu éduqués, encore, pour trouver un salut hors de l'Union française.

Ce ne serait pas de gaieté de cœur, mais si Suzanne Césaire ne nous soutient pas, nous y viendrons.

Tu sais que ça plairait bien à certains. Parce que ces histoires de citoyenneté, ça fait l'égalité politique, ça donne Césaire, ça ne coûte qu'à l'orgueil des réacs. Mais l'égalité sociale, ça coûte cher au portefeuille : les allocations familiales, le Code du travail, les infrastructures, les fonctionnaires. Il y en a qui s'en passeraient bien.

Ça devrait aller plus vite partout, vous vous avez vos colons, nous avons nos féodaux, qui freinent. Suzanne Césaire a la volonté, nous devons paver le chemin. Nous sommes l'espoir, après tout, les forces vives de l'Union française.

Marie-des-Neiges, pour le moment, préfère écouter plutôt que donner son opinion. Elle est trop fatiguée pour débattre. Ressurgissent les souvenirs familiers des discussions animées de ses parents, c'est passionnant, de mauvaise foi, les mots la bercent, les paroles se brouillent, les phrases se transforment en musique, elle se sent partir, elle tend la peau de son front pour remonter ses paupières, garder ses yeux ouverts. Elle perd le fil. Peut-être s'endort-elle vraiment, une somnolence douce et joyeuse. Kathy lui touche gentiment le coude, le bar ferme, on y va.

L'air frais de la nuit pique les joues de Marie-des-Neiges, elle est complètement réveillée. Une fois sortie du bar la troupe tarde à se séparer. Je vais rentrer, elle dit. Un des garçons intervient, on vous ramène, pour ce soir, on ne sait jamais. Kathy saisit le bras de son amie. Elle dort chez moi. Marie-des-Neiges pense à Daniel, il est chez Michèle Michel, de toute façon, il suffira qu'elle rentre tôt le lendemain, sa voisine ne saura même pas qu'elle a découché. Elle a envie de dormir chez Kathy. Peut-être parce qu'elle a eu peur et qu'elle a été très heureuse.

Le joyeux groupe les laisse en bas de l'immeuble, Kathy lui prend la main dans l'escalier, elle l'entraîne quatre à quatre. À peine dans l'appartement – il est plus grand que celui de Marie-des-Neiges – elle l'embrasse. Dans le cou et sur la bouche. Marie-des-Neiges en avait envie et ça lui plaît. Elles s'embrassent et elles se caressent, Kathy pousse un petit cri quand Marie-des-Neiges effleure sa joue meurtrie, mais elle rit aussitôt, lui prend le poignet pour qu'elle continue à lui toucher le visage, en un autre endroit. Les lèvres se mêlent, les mains passent sous le tissu, touchent la peau du ventre, des cuisses, des fesses. Kathy gémit de nouveau, cette fois ce n'est pas la douleur.

Marie-des-Neiges se retrouve sur le lit et ne sait même pas à quoi ressemble l'appartement, elles sont nues toutes deux sous les couvertures, Kathy soudain se relève, l'air désolé, il faut que je pisse, j'ai trop bu, attends-moi. Elle file sans se rhabiller, sort dans le couloir de l'immeuble où se trouvent les commodités, Marie-des-Neiges a pris sa part de vin, elle aussi, après la bagarre, et elle craint de s'endormir. Elle se rassure, je ne peux pas dormir avec autant de désir. Kathy est vite revenue, son corps est froid du couloir glacé, réchauffe-moi, Marie-des-Neiges lui agrippe les fesses, le frais de ses cuisses contre les siennes fait du bien. Elle voudrait posséder plusieurs bras comme une divinité indienne pour caresser plusieurs morceaux de corps à la fois, elle plonge son nez dans les cheveux de Kathy, c'est odorant, un mélange de parfum, de shampooing et d'odeur de tête, presque épicé, Kathy lui mord l'oreille, lui mord l'épaule, l'embrasse sous les aisselles, au creux du coude, sur le nombril, elle chatouille de la langue, entre ses jambes. C'est bon de faire l'amour après le danger, elle pense Marie-des-Neiges, c'est bon après les discussions et la nouvelle amitié, c'est bon de s'aimer dans la nuit. C'est sa première fois avec une femme mais elle ne s'en préoccupe pas plus que ça. Elle veut sentir ses mains et sa peau.

Elle se laisse un peu faire par Kathy, ça lui va bien, elle n'a pas tant d'expérience, après tout, son amie semble si sûre d'elle. Marie-des-Neiges caresse son dos et ses bras et ses seins, elle embrasse sa bouche et son cou, pour le reste elle laisse arriver le plaisir, par les mains de Kathy, par ses lèvres, par sa langue, par des frotti-frotta délicieux, par des caresses papillon, du bout des doigts, du revers de la paume ou des cils, par des baisers colibri tout juste posés. Ça lui va de ne pas décider, de ne pas s'agiter, sinon sous les frissons. Elle est bien et elle ne sait pas quand ça commence, quand ça s'arrête, elle se réveille dans la nuit, corps entremêlés avec son Américaine, et elle se lève toute nue dans l'obscurité, elle aussi, pour rejoindre les cabinets du palier. Puis elle revient et Kathy reste assoupie mais elle la prend dans ses bras, dans son sommeil, Marie-des-Neiges a les fesses collées sur le ventre de son amie, ses mains sur le sien, et ça la réchauffe. Au petit matin, quand elle se réveille, Kathy dort encore. Elle a l'air paisible. Par les volets mal clos, la lumière du réverbère éclaire son sourire.

III

Marseille

Marie-des-Neiges les revoit tous, celles et ceux de cette folle soirée, ils deviennent ses amis, ils s'appellent entre eux la petite bande. Elle commence à bien les connaître, ses camarades. Elle partage les cours avec Armand, Lakhdar et Joseph, elle retrouve les autres presque chaque soir. Ils se donnent rendez-vous au café en fin de journée, ils mangent parfois ensemble. Marie-des-Neiges n'est pas retournée aux *Deux G*, elle ne cherche pas à revoir Galim Diouf. Ce n'est de toute façon pas leur genre de café, trop chic et trop cher, ils préfèrent des bars étudiants à l'ambiance moins guindée.

Daniel dîne très souvent chez Michèle Michel, il dort déjà quand sa mère rentre. Marie-des-Neiges lui consacre le temps qu'elle peut. Elle est heureuse avec ses cours, avec ses amis. Robert aime les formules, il a lu Spinoza, il retourne sa formule, nous sommes un empire dans un empire, il dit en désignant leur petit groupe. Maria-Angustias réplique, en plaisantant, nous ne sommes plus un empire, nous sommes une union. Comme souvent la discussion est animée, quelqu'un entre dans le jeu, un empire, une union, peu importe, il faudrait délimiter des frontières.

Marie-des-Neiges imagine bien la petite géographie de leur groupe. Le pays principal est constitué des quatre étudiants de l'école normale, forcément. Les autres sont des contrées associées et gardent leur propre personnalité. Armand est l'ambassadeur, il fait le lien, bat le rappel. Quand ils flânent ou qu'ils sont au café, il circule en va-et-vient, de l'un à l'autre, d'un sujet de conversation aux dernières nouvelles de chacun. Il est souvent debout parce qu'il a du mal à caser ses grandes jambes et aussi pour discuter avec tout le monde. Il a peur du silence et des disputes, veille à ce que personne ne reste de côté. Quand la conversation faiblit ou s'envenime, il n'hésite pas à faire rire de lui pour unir le groupe dans un même sentiment. Quand tout se passe bien, il observe du haut de sa grande taille, sans intervenir, il savoure l'harmonie se déployant sous ses yeux.

Maria-Angustias, à l'opposé, aime le conflit, elle y épanouit son tempérament irritable, elle provoque, elle taquine, elle répond. Elle ne laisse jamais passer ce qui ne lui convient pas. Dans ces moments de contradiction elle est véhémente, elle bouscule, de mauvaise foi sans vergogne, n'avoue jamais si elle a tort. Pourtant, elle est farouchement amicale, prête à aider quiconque, de ses amis, en a besoin. Elle est accueillante et généreuse.

Lakhdar est le discret, le timide. Il observe, il écoute. Lakhdar fume souvent au lieu de parler, il intervient, si nécessaire, avec un sourire hésitant et des yeux plissés de bon camarade. Il s'anime quand il est question de politique et de son pays. Alors il fait entendre sa petite voix, il parle très vite et parfois il bégaye, il s'emmêle de trop penser et de ne pas souvent dire. Il détourne les yeux, aussi, quand une femme s'adresse à lui, et Kathy se moque. Il ne mange pas de porc, fait sa prière quand il peut, boit de l'alcool et le supporte mal.

Joseph voudrait être un chef, il a le sens de l'organisation, il connaît les lieux depuis son enfance. Il est exubérant et volubile, chaleureux, il attire la sympathie, mais il parle trop souvent de lui, de son père. Il est capable d'être sectaire dans les discussions, il ne recule d'aucun pouce de terrain et soudain il capitule, il se transforme en débatteur doux, il reconnaît ses torts ou ses imprécisions. Il agit de même en amitié, exigeant jusqu'à l'injustice, jaloux, brutal même, puis il cède ou il s'excuse. Toujours il semble se mesurer à l'invisible, sans doute à son père bon travailleur, bon syndicaliste, bon communiste. Sur ce point Marie-des-Neiges est touchée, car elle aussi a grandi dans l'ombre double, imposante, de ses parents. Alors elle l'aime bien mais très vite il l'exaspère de nouveau.

Robert et Kathy sont les volages, des nations associées, tant ils sont infidèles au groupe, tant ils papillonnent aussi avec d'autres. Robert a des connaissances à la fac de droit, il entretient ses relations avec des avocats, des juristes, des professeurs de l'université. Il hésite entre au moins deux loges franc-maçonnes dans lesquelles on lui a proposé d'être initié. Kathy a ses camarades américains, elle ne les leur présente pas, elle se moque d'eux, elle critique leur étroitesse d'esprit et leur sentiment de supériorité, mais elle ne voudrait jamais se couper d'eux. Soit par nostalgie, soit parce qu'ils ne sont pas si terribles que ça. Kathy et Robert, tous les deux, veulent leurs respirations, leurs lieux et leurs fréquentations pour échapper, parfois, à la bande. Cette condition implicite à l'autonomie de Kathy et Robert est tempérée par l'impossibilité de rester trop longtemps trop loin du groupe. Néanmoins ils ont besoin parfois de prendre le large, ou de faire de brèves escales dans d'autres ports. Ils ont besoin de voir ailleurs pour mieux rester attachés.

Aix-en-Provence est le terrain principal de la petite bande. Le centre-ville est petit, en définitive. On y croise toujours les mêmes personnes. Quand Joseph propose d'aller faire un tour à Marseille, tout le monde accepte avec joie. Marie-des-Neiges est la plus enthousiaste. Il y a des choix anodins, faits sans y penser, qui changent des vies. Elle ne sait pas qui elle va rencontrer, ne s'en doute pas. Elle est heureuse de découvrir enfin la ville de *Banjo*, le livre de Claude McKay que lui avait recommandé madame Condé.

Avant d'aller à Marseille, Marie-des-Neiges relit *Banjo*. Elle n'est pas déçue par sa deuxième lecture, elle trouve justes les descriptions, intéressants les débats qui passionnent les personnages. Elle n'a pas trouvé, dans la vie, Raymond, l'étudiant haïtien du livre, mais elle a sa petite bande aussi avide de discussions que celle du roman de McKay.

Kathy aussi aime beaucoup cet auteur. Elle lui prête *A Long Way from Home*, son autobiographie. Marie-des-Neiges s'exerce à le lire en anglais. McKay y raconte sa vie et ses voyages. Il était poète en Jamaïque et il a décidé de partir, il s'est retrouvé serveur dans les trains aux États-Unis, vagabond et auteur en résidence en Europe, invité d'honneur en URSS. Il a rencontré Bernard Shaw, Sylvia Pankhurst, Léon Trotski. Il s'est armé pour échapper, avec ses collègues du chemin de fer, aux lynchages de Noirs par des Blancs, après le retour de vétérans noirs médaillés à la fin de la Première Guerre mondiale. Cet été rouge de 1919 lui a inspiré un poème, *If We Must Die* : « *If we must die, let it not be like hogs* ». « Si on doit mourir, que ça soit pas comme des porcs », elle traduit. Dedans il parle des « *mad and hungry dogs* », les chiens fous affamés, meute de miliciens blancs haineux et meurtriers.

Marie-des-Neiges aime le souffle de sa langue, elle aime sa poésie, la truculence concrète de ses récits, celle d'un poète qui cherche à manger, où dormir, où boire et où danser, à faire l'amour, qui prend la vie au col autant que les mots. Une fois, il est pris d'inspiration soudaine, alors qu'il sert dans un train, il dit à son chef qu'il a mal au ventre, s'enferme aux toilettes et écrit son poème, puis ressort, apaisé. Il raconte aussi ce boxeur noir croisé à Londres, dans un club. Le boxeur l'invite à un combat, il gagne par K-O, un spectateur blanc le félicite, lui serre la main, le boxeur lui présente sa compagne, une Anglaise blanche timide, et le spectateur se fâche, il l'insulte, salopard de nègre. L'autre l'étend pour le compte. Le boxeur et ses amis se payent un restaurant, ils devraient s'amuser, mais la fête est gâchée, « je crois qu'on ne veut pas des gens de couleur dans ce putain de pays de Blancs », il dit le boxeur. « Il baissa la tête sur la table et se mit à sangloter comme un enfant. C'était son K-O à lui », écrit McKay, et à cette lecture, Marie-des-Neiges, qui n'aime pas les sports de combat et n'est jamais allée en Angleterre, est sonnée elle aussi.

Joseph insistait depuis plusieurs jours pour emmener tout le groupe à Marseille : le moment est enfin venu. Là-bas on s'amuse vraiment, il dit, on ne fait pas de chichi-belli comme les bourgeois d'Aix-en-Provence. Elle est plus âpre, comme ville, si tu te manques, ça ne pardonne pas. Mais ne dis pas que tu connais la Provence si tu n'as pas connu Marseille. Ici on est dur à la tâche, mais on sait prendre son plaisir. Marie-des-Neiges ne pense pas au père docker de Joseph mais aux vagabonds des quais du roman de Claude McKay.

Il faut prendre le train pour faire le trajet et c'est son premier train de l'Hexagone, forcément ça lui rappelle son père. Elle aimerait lui raconter ce tortillard qui s'arrête dans différents villages, annonces avec l'accent, voyageurs qui descendent ou qui montent. Guy serait content qu'elle ait pour ami un fils de docker syndiqué et encarté. Sur le reste du groupe, il trouverait Armand trop indulgent avec Houphouët, il dirait que Robert cherche à singer les Blancs, il aimerait bien Lakhdar et Maria-Angustias. Il se méfierait de Kathy, elle est américaine. Édith l'aimerait, elle est américaine, elle apprécierait son prénom, pas sa fougue anticléricale. Elle applaudirait la façon respectable dont Robert construit son destin, elle trouverait Joseph trop vulgaire, Armand l'impressionnerait par sa taille, et elle se méfierait de Lakhdar comme de tous les musulmans.

Mais Kathy n'est pas là ce soir, elle ne voulait pas prendre le train, elle préfère marcher, elle verra Marseille une autre fois. Elle a décliné l'invitation avec légèreté, sans voir que Joseph était un peu vexé, et Marie-des-Neiges déçue. Elle mène sa vie à sa guise, Marie-des-Neiges commence à le comprendre, sans toujours accorder assez d'attention aux autres. Ou plutôt, elle est capable de beaucoup d'attention, d'un enthousiasme débordant, puis d'une indifférence soudaine et passagère, parce que le lendemain tout reprend comme avant. L'autre soir Marie-des-Neiges voulait monter chez elle, je n'ai pas envie, elle a dit Kathy, je suis fatiguée et j'ai envie d'être seule. Elle l'a embrassée sur la joue et l'a laissée bête sur le trottoir. Marie-des-Neiges en a été peinée, elle ne veut pas y penser mais elle n'écoute pas le babillage joyeux de ses amis qui blaguent.

En arrivant à la gare Saint-Charles, à l'heure où le soleil se couche, Marie-des-Neiges est stupéfaite. En haut du grand escalier elle surplombe tout le blanc de la ville, elle voit la mer, et en face il y a aussi la Bonne Mère qui protège la cité. Joseph lui a dit, elle est vraiment à toute la ville, cette église, le visage sérieux, elle a cru qu'il blaguait, une blague de communiste, mais ça n'était pas le cas. Il en est fier même s'il se fiche du catholicisme. Marie-des-Neiges voudrait y emmener sa mère, gravir avec elle la forte pente, il y a un char de la guerre, d'après Joseph, stoppé net dans la bataille pour déloger les Allemands de ce site stratégique, et des impacts de balles dans la façade. Mais ce soir ils sont là pour s'amuser, pour boire et pour danser, ils dormiront ensuite chez le père de Joseph. Marseille est une tout autre ville qu'Aix-en-Provence, ça monte et ça descend, elle est plus collineuse. Aix a des airs de labyrinthe ordonné, Marseille est plus brouillonne, plus sinueuse. Ses rues sont denses, les collines autour lui donnent une unité.

Joseph est heureux, il fanfaronne, on fait la tournée des bars. Ils mangent d'abord dans une pizzéria, Joseph aime bien la patronne qui l'a connu petit, elle prend ses amis dans ses bras, vous venez de si loin, pour me voir, j'ai l'impression d'être Jésus et vous les Rois mages. Elle pince la joue de Marie-des-Neiges, et toi ma nine, tu es la plus jolie, dans ma crèche, si tu étais un santon, tu serais ma Sainte Vierge, avec ton si joli prénom. Mais je ne sais pas si ce sont tes croyances, peut-être que je te choque. Joseph se moque d'elle, tu sais, chez elle, ils adorent des morceaux de bois et ils sont cannibales, ils dévorent les vieilles curieuses comme toi. La patronne ébouriffe les cheveux du jeune homme, Marie-des-Neiges n'aime pas ces mots dans la bouche de Joseph, même pour plaisanter, elle pense à son père, ne laisse jamais plaisanter sur la race, ne laisse pas dire, alors elle ne rit pas, elle pince les lèvres, elle ne veut pas passer pour une mijaurée mais elle tient bon. Joseph sent bien la gêne, et il détourne la tête, la patronne retourne dans sa cuisine et les pizzas arrivent. En marseillais on dit *pizze*, c'est vrai qu'elles sont délicieuses, pâte fine et croustillante, cuite au feu de bois, une couche de sauce tomate savoureuse et du fromage fondu.

Le repas terminé, ils sortent et Joseph leur fait voir le Vieux-Port, puis ils traversent la ville. Les rues sont vraiment plus étroites qu'à Aix, les façades plus décaties, il y a encore davantage d'animation dans les rues. Sur les trottoirs des vieux ont sorti les chaises et ils restent à discuter.

On devine l'intérieur de leurs maisons à travers les rideaux antimouches qui s'entrouvrent à chaque passage. Il y a des rues entières bordées de bars, dans lesquelles on boit, on fume, on discute, et dedans et dehors. C'est un assemblage déroutant d'étudiants et de travailleurs, de matelots et d'ouvriers, de barbeaux arrogants, de bourgeois encanaillés, certains en bleu de chauffe, d'autres en costume ou en uniforme, il y a des femmes en robes extravagantes, des ouvrières ayant troqué leur blouse pour une tenue jupe-chemisette, des entraîneuses fardées, des campagnardes mal fagotées. Il y a de toutes les espèces d'hommes et de femmes, Provençaux et Provençales, Noirs, Orientaux, blondins aux joues rouges, Arabes ou Kabyles, Antillaises et Annamites, Italiens et Espagnoles, Gitans, Belges au fort accent, rousses à la peau blanche, Somalis ou Comoriens échappés des soutes de bateaux pour respirer l'air enfumé des tavernes. Il y a régulièrement des disputes ou des bagarres, des jalousies se règlent au couteau ou au cul de bouteille cassée. Marie-des-Neiges ressent la violence et la liberté. Elle est rassurée de ne pas être seule, comme le lui avait conseillé Maryse Condé, mais elle est contente d'être là. Elle prend les cigarettes et les verres qu'on lui tend, elle rit, elle danse, même si elle n'aime pas trop ça, avec Armand, à peine assez grande pour enserrer sa taille, avec Joseph, qui se colle trop près, avec Robert qui l'emporte avec élégance. Lakhdar n'ose pas.

Ils sont dans un bar encore plus grand et plus rempli que les autres, le comptoir colle de bière et de transpiration, des mouvements de foule déplacent leur groupe d'un bout à l'autre de la salle. Joseph et Armand rivalisent pour l'inviter. Elle est objet de convoitise, elle le comprend. Les deux hommes parlent trop fort, enchaînent blagues et histoires pour attirer son attention, elle n'entend rien, il y a tellement de bruit. Ils se donnent des bourrades et s'attrapent les épaules, forcent la camaraderie pour mieux paraître beaux joueurs. Maria-Angustias leur a échappé, elle plaisante avec un groupe de marins qui se chamaillent pour lui offrir des consommations. Lakhdar et Robert partagent une discussion sérieuse, c'est laborieux, dans tout ce tumulte, ça leur donne un air taciturne qui dépareille. Marie-des-Neiges profite d'une bousculade joyeuse pour se retrouver seule, elle est emportée, elle n'a pas peur, ses amis ne sont pas loin. Elle est ballottée, on lui offre un verre qu'elle boit, elle attrape une cigarette, elle s'adosse au mur pour souffler. Son regard s'accroche à celui d'un homme jeune au comptoir, son âge, un ou deux ans de plus, des yeux tristes d'oisillon et des cheveux très noirs. Il a un air têtu, un petit complet serré, une cravate qui lui étrangle le cou. On devine au gonflement de ses manches les muscles de ses bras, à la courbure de son pantalon, qu'elle entrevoit à travers la foule, un petit cul joliment recourbé. Il a une tête mauvaise de mac, elle ne sait pas pourquoi il lui plaît. Peut-être son air d'homme et d'enfant. Elle échange quelques mots ou quelques rires avec d'autres, elle se laisse porter vers lui. Enfin, elle lui fait face, elle ose le dévisager, il est gêné. Il y a tellement de bruit qu'elle renonce à lui dire quoi que ce soit, elle prend ses poignets et l'invite à danser. Il ne danse pas si mal, c'est agréable de sentir son souffle et sa peau. Elle a le cœur qui bat fort.

Elle lâche ses mains, la foule la déplace autre part, elle a dans la tête la chanson du moment, une de Piaf, elle se moquerait bien d'elle-même. L'inconnu qui lui plaît a disparu. Elle se retrouve à côté de Joseph, il a un sourire étrange, il vide son verre, on sort, il dit, elle le suit, elle a besoin d'air frais, celui de la rue est enfumé mais il fait l'affaire. Je t'ai vue danser avec un nervi, Joseph a une lueur mauvaise dans l'œil, la fatigue, ou l'alcool. Un nervi, elle interroge. Un nervi, un homme de main de la pègre, on dit comme ça ici, un petit voyou ou un grand tueur, je ne sais pas moi, mais je ne me trompe pas sur son genre. Marie-des-Neiges n'a plus envie de boire ni de s'amuser, pas même de fumer une cigarette. Toute l'excitation de la fête est retombée, avoir trouvé cet homme, l'avoir perdu, les mots méchants de Joseph, même si elle sait qu'il est ivre.

Maria-Angustias les rejoint, avec elle une jeune et grande femme, le corps solide. Je vous présente Yolande, je viens de la rencontrer, je l'ai sauvée d'un groupe de marins qui devenaient trop pressants. La jeune femme proteste en riant, tu ne m'as pas sauvée, ils étaient sympathiques, mais je crois que je ne suis pas le type de femme dont ils ont l'habitude. Maria-Angustias lui sourit, elle prend un ton CQFD pour se tourner vers ses camarades. Vous voyez, elle n'a pas encore mon expérience pour voir le mal partout. Yolande vient de Martinique, elle faisait la bonniche chez des bourgeois de Marseille et elle en a eu marre. La jeune femme a un sourire croissant, d'un bout à l'autre du visage, et de grands yeux très curieux. Elle a l'air contente de pouvoir parler, elle est spontanée, sans doute un peu naïve, car elle déballe toute son histoire. Elle raconte, j'ai quitté mon île pour venir gagner ma croûte en France, une famille des quartiers Sud m'a prise, ils me faisaient marner sans arrêt, le ménage, les enfants, les lessives, le repassage, jamais un seul dimanche. Ils étaient très exigeants et me disaient de recommencer quand ils trouvaient mon travail pas assez soigné, je passais la pièce plusieurs fois et ça n'était jamais assez propre, ils me criaient dessus. Et quand j'étais malade ils ne voulaient pas me laisser voir un médecin ni me donner ma déclaration de Sécurité sociale.

Yolande en était à se demander si ça n'était pas l'habitude ici, et puis dans un bus, en revenant des commissions, elle avait croisé Françoise, une dame, madame Françoise Ega, elle précise, venue de Martinique comme elle, mariée à un militaire. Une femme pieuse, elle avait fait baptiser tous ses enfants. Ça aussi, cette foi, les avait rapprochées. Yolande lui avait expliqué son histoire et l'autre s'était fâchée, elle avait dit je ne laisserai pas quelqu'une de mon pays se faire traiter de la sorte, je suis une négresse indignée, moi, et puis maintenant on a la Présidente avec nous. Elle l'avait accompagnée jusque chez sa patronne et elle lui avait fait la leçon, madame savez-vous, Yolande doit voir un médecin, elle est votre domestique mais elle a droit à l'inspection du travail, comme tout un chacun. L'autre l'avait pris de haut et madame Ega avait rabattu son caquet, mentionné pour sa gouverne Césaire Aimé et Césaire Suzanne, puis conclu l'affaire en ces mots : madame, c'en est trop, Yolande vous donne ses huit jours, vous trouverez quelqu'un d'autre pour passer vos nerfs.

Depuis Yolande était sans travail et sans logis, elle avait dormi chez Madame Ega, puis chez une compatriote venue tenter sa chance à l'hôpital. Elle rattrapait le temps perdu en allant danser, mais elle voyait fondre son maigre pécule et craignait pour son avenir. C'est que j'envoie de l'argent à ma famille, ils en ont besoin là-bas et ils comptent sur moi. Les autres amis de la troupe s'étaient joints à la discussion, ils essayaient de la rassurer.

Il n'y a pas de syndicats forts dans cette branche, déplorait Joseph, la domesticité c'est une survivance des plus anciens temps, l'exploitation de l'exploitation. On voit là les limites des Césaire par rapport à ce que pourrait être un vrai régime communiste au service des travailleurs. Les parasites qui mettent les autres à leur service, ils disparaîtraient.

J'étais bien contente, moi, de servir dans une maison. Je préfère autant ça que l'usine, ou le travail aux champs. Ce que je voulais simplement, c'est être bien traitée.

Tu en as le droit, complètement le droit. Robert est véhément, sans doute a-t-il bu trop d'alcool. Mets-toi bien dans la caboche que tu es citoyenne, nous le sommes tous désormais, mais vous autres des Antilles depuis plus longtemps que nous encore.

Armand aussi expose son point de vue, il n'a pas besoin de causer fort pour en imposer depuis le tout-haut de sa carcasse : je pense contrairement à Joseph que tout n'est pas question de classes sociales. Il y a certes le prolétariat mais il y a aussi la race et en l'occurrence un psychiatre de chez toi, Yolande, Frantz Fanon, parle de peaux noires et de masques blancs à propos de ces Noirs qui veulent jouer aux Blancs. Cela explique peut-être pourquoi tu as choisi cette famille bourgeoise et blanche, respectable, comme si tout ça pouvait couler sur toi. Pardonne ma franchise, mais tu as été prise à ton propre piège.

Robert se moque : alors que toi, en Noir rebelle, si tu as choisi l'étude et l'Hexagone, ce n'est pas pour faire comme les Blancs ?

Le savoir, cher camarade, n'appartient à aucune couleur, il est une arme au service de qui veut bien en user. Je mets tes propos désagréables et ton ironie déplacée sur le compte du pastis.

Marie-des-Neiges observe la dispute entre les trois hommes. Lakhdar est en retrait. Tous trois avancent les bras et le corps, se placent auprès de Yolande. Elle est belle, elle se dit Marie-des-Neiges, elle est très belle, et mes amis sont des dogues qui courent après un os, des paons qui étalent leurs plus belles plumes pour la séduire. Ils ont changé de branche, ils sont passés de moi à elle. Elle n'éprouve aucune jalousie. À ce moment, elle les aime mais elle les trouve ridicules.

Ça va bien, toute votre science. Maria-Angustias intervient, elle prend Yolande par les épaules. Vous êtes autant utiles que des coqs dans un abattoir. Yolande ne sait pas où dormir ni où travailler. Elle viendra chez moi, le temps qu'il faudra. Je suis sûre qu'on lui trouvera un travail à Aix-en-Provence. Ainsi elle aura des amis, de grands baudets comme vous, et des filles avec la tête sur les épaules comme nous. Elle se désigne avec Marie-des-Neiges.

Les hommes ont cessé leur joute, ils ont sans doute un peu honte. Ils auraient continué jusqu'à la faire fuir si Maria-Angustias n'avait pas été là. Marie-des-Neiges leur sourit, elle fait un signe de la main, ce n'est pas si grave. Maria-Angustias aime avoir raison, elle a son air triomphant de char romain. Avec Yolande, elles conviennent d'un rendez-vous, le lendemain, à la gare, pour récupérer la jeune fille et ses quelques affaires. La troupe est fatiguée, passé l'excitation de cette nouvelle rencontre. Les oreilles bourdonnent encore du tumulte. Tous ont envie de rentrer. Joseph passe devant, qui m'aime me suive. Marie-des-Neiges tourne la tête tandis que s'éloigne le bar, et elle voit contre le mur, cigarette à la main, à la bouche, moue peut-être insolente peut-être innocente, le beau nervi qui la regarde partir.

Il faut cheminer longtemps pour aller du centre-ville où sont les bars jusqu'au quartier des Castors des Aygalades, au nord de Marseille, où habite le père de Joseph. La marche est sonore et joyeuse malgré l'heure tardive, petit à petit le vin se dissipe et la fatigue alourdit les pieds. Pour garder l'humeur courageuse Joseph parle de sa famille, il est né à la Belle-de-Mai, un quartier ouvrier, où son père était à son aise parmi ses collègues dockers, à deux pas de la Joliette. Puis ses parents sont devenus castors, Maria-Angustias rit bruyamment, castors, comme les animaux ? Joseph reprend, castors, comme les animaux, ils ont construit, avec d'autres, leur quartier, celui des Aygalades, un lotissement de maisons toutes identiques, collées par trois, une bande de jardin triangle devant chacune d'entre elles. Son père y passait ses dimanches et ses jours de congé, il faisait double de travail, triple si on ajoute le syndicalisme. Une fois les maisons construites, elles ont été tirées au sort, réparties entre chaque famille ayant participé à leur construction. Joseph était déjà grand, il regrettait le fourmillement de la Belle-de-Mai mais ses parents étaient heureux de posséder un jardin, d'avoir une maison à eux plutôt qu'un appartement.

Sa mère était déjà fatiguée, elle n'avait pas participé aux travaux. Joseph, lui, aidait comme il pouvait, avec ses petits bras, quand il n'avait pas école, et sa mère leur apportait des sandwichs sur le chantier. Quand tout avait été terminé, elle avait souri, son visage était maigre, ses traits tirés : maintenant, on va peut-être te faire un petit frère, ou une petite sœur. Elle était morte quelque temps après, Joseph n'avait pas su si on lui avait caché sa maladie ou si ses parents l'ignoraient eux aussi. Lui et son père étaient restés seuls dans la nouvelle maison. Le petit jardin était découpé par des allées, des îlots de terre bornés par des pierres tarabiscotées. Son père n'était pas très bon pour faire pousser les choses, il n'avait pas le temps, il lui manquait la joie disparue avec son épouse, des plantes grasses garnissaient les plates-bandes, des mauvaises herbes, d'autres grosses pierres, un petit bassin, deux tortues flegmatiques, un mimosa flamboyant quand venait le printemps. Sous le mimosa, il avait mis une plaque avec la photo de sa femme, et chaque soir avant de dormir il lui parlait.

Il y a deux chambres dans la petite maison, Joseph propose de laisser la sienne aux filles et de dormir avec les garçons sur des matelas entreposés dans le salon. Ils entrent en silence, le père est debout, il boit son café serré sur une petite table en formica, dans la cuisine. Il est, en privé, homme de peu de mots, même si Joseph leur a décrit son talent de meneur parmi ses camarades. Il semble impressionné par tous ces étudiants pour la plupart venus d'ailleurs. Il leur propose une tasse de café à chacun, son visage rasé de près chaque matin sent l'eau de Cologne, ses cheveux noir corbeau, autant que ceux de Joseph, sont soigneusement crantés vers l'arrière, ses yeux bleu perçant. La petite bande tombe de fatigue mais ils discutent avec lui avant qu'il parte embaucher. Le lever en pleine nuit, le chemin parcouru alors que l'aurore n'a pas encore troué l'obscurité sont le prix à payer pour le rêve de posséder sa maison.

Marie-des-Neiges s'étonne de son accent italien, Joseph en est dépourvu alors que les rocs roulent dans la bouche de son père. Il est arrivé jeune adolescent à Marseille. Il n'a pas pu faire d'études, mais il regrette. Il aime lire, il finit par leur montrer sa bibliothèque, une encyclopédie, des ouvrages sur les deux guerres mondiales, sur la révolution russe, une histoire de la CGT et une du port de Marseille, quelques livres en italien, une biographie de Staline, *Le Capital* de Marx, aucun roman. C'est bien que vous veniez ici pour faire vos études, il leur dit, ce qui me passionne c'est l'histoire, celle de la lutte des classes, des impérialismes. Il n'y a pas de secret, il faut travailler, j'ai des camarades sur le port, de plus en plus, qui viennent d'Afrique ou des Antilles, ils sont les bienvenus, vous êtes les bienvenus, en revanche l'Union française ne doit pas servir d'excuse pour des vagabonds ou des tire-au-flanc qui viendraient ici pour ne rien faire. Je soutiens les travailleurs et je ne supporte pas les oisifs. On a construit ces maisons nous-mêmes, on a travaillé pendant nos loisirs, nos congés, et maintenant à deux pas il y a des taudis, des maisons de tôle et de bois, ça n'est pas acceptable. Qu'on fasse vivre des pauvres gens là-dedans, ça ne me plaît pas, mais qu'on les mette en plus juste à côté de chez nous, alors qu'on a trimé pour être bien, ça n'est pas normal. Ils ont peut-être l'habitude de vivre dans des cases, mais ici ça ne se passe pas comme ça pour les gens honnêtes. L'Union française, l'internationalisme, je suis pour, mais ça ne doit pas être l'internationale de la misère. Ceux qui travaillent, ils doivent avoir de vrais logis. Les autres, ils n'ont rien à faire ici.

Joseph paraît gêné, c'est plus compliqué, il dit, il y en a qui viennent, à qui on refuse de donner un emploi, je sais bien, il répond son père. Alors qu'ils repartent, et qu'ils construisent, chez eux, le mouvement ouvrier. Il remplit une autre tasse de café, la vide d'un seul coup. Puis il les quitte pour aller au travail, la petite bande se répartit joyeusement dans les lits et sur les matelas, ils discutent un peu puis dorment vite. Sauf Marie-des-Neiges, elle garde les yeux ouverts, Maria-Angustias ronfle aussi fort qu'un baleinier à vapeur. Marie-des-Neiges ne voit ni le plafond ni son oreiller, elle voit le nervi avec qui elle a dansé. Quand elle s'endort, elle ne sait plus si c'est la réalité ou un rêve.

Le lendemain, avant de les raccompagner à la gare, Joseph propose à ses amis de passer voir le chantier de la Grande Mosquée, le fameux projet de Galim Diouf. Il y a un peu de marche, mais il fait beau. Le bâtiment doit être construit sur l'une des collines de Marseille, celle de Saint-Barnabé. Ils passent la gare de la Blancarde, ils arrivent dans un quartier qui ressemble à un village très animé. Sur le chantier, les ouvriers sont nombreux et affairés. Beaucoup viennent des anciennes colonies, et parmi eux pas mal d'Algériens. Lakhdar discute avec deux d'entre eux qui font leur pause, il leur offre une cigarette. Ils ont franchi la Méditerranée pour gagner plus d'argent, en envoyer à leur famille. C'est mieux que rester au bled et travailler aux champs. Ils tapent sur l'épaule de Lakhdar, moitié en arabe moitié en français, c'est bien, *khoya*, que toi tu sois là pour faire des études. Pour nous, c'est trop tard, ça sera pour nos enfants, prépare-leur la route. Ils jettent leur cigarette précipitamment, retournent travailler. Un groupe d'hommes en costume, ainsi que des ingénieurs et des conducteurs de travaux en combinaison et casqués, s'approchent.

Marie-des-Neiges aperçoit Galim Diouf, un chapeau souple sur la tête. Il se dirige vers elle, il fend le groupe qui l'entoure et les conversations s'interrompent. Il enlève son chapeau pour la saluer. Marie-des-Neiges a l'impression d'être élue, extirpée du commun des mortels par l'attention portée par celui qui, ici, incarne avec aisance le pouvoir. Tu es venue voir mon chantier, Marie-des-Neiges, ça tombe bien, j'organise une visite de contrôle aujourd'hui. Elle ne veut pas lui laisser croire qu'elle est impressionnée, elle lui présente ses camarades comme s'ils étaient au bar de la veille. Il leur serre la main avec gravité, nous représentons, chacun à notre manière, le futur, le nouveau monde qui se construit après la fin de l'Empire colonial. Le savoir et l'argent sont les deux éléments qui manquent à nos peuples, car ils ont été longtemps spoliés, et nos parcours permettent de réparer les injustices du passé. Galim Diouf balaie d'un grand geste du bras le vaste chantier. Il parle fort, à la fois pour Marie-des-Neiges et ses amis, et pour ceux qui l'accompagnent, techniciens, ingénieurs, ses salariés, et politiques locaux, sans doute, journalistes, peut-être. Regardez ce que je suis en train de construire, cette Grande Mosquée que Marseille mérite, mais qui a tant tardé à exister. Elle sera le pendant, sur une autre colline, de la Bonne Mère, elles seront les deux protectrices de cette ville et un symbole de l'Union française, la tradition chrétienne et la tradition musulmane réunies, à égalité dans nos pays et dans nos peuples. La République est laïque, je le sais bien, mais cette laïcité justement ne doit pas trancher et offrir à tous ceux qui croient la possibilité de le faire et de manifester, à leur manière, leur foi. J'ai d'autres projets encore, je voudrais reconstruire le pont transbordeur que les Allemands ont détruit pendant la guerre, celui qui permettait de traverser le Vieux-Port. C'est un des symboles de Marseille, comme la tour Eiffel à Paris, je crois important de le ressusciter. Il se tourne vers Marie-des-Neiges et la petite bande. Revenez bientôt, vous verrez que nous avançons vite.

Joseph ne peut pas s'empêcher d'intervenir. Je vois que vous faites travailler beaucoup d'ouvriers, j'espère que vous les laissez se syndiquer à leur guise. Le droit de pratiquer sa religion n'est pas le seul, chacun doit aussi pouvoir choisir son syndicat et défendre ses droits. Galim Diouf sourit des lèvres uniquement, le mince fil de sa bouche à peine recourbé, un sourire coupant et sans joie. Je traite bien mes ouvriers, ils n'ont pas besoin de syndicat. Ils sont contents de leur sort. Je me préoccupe plus d'eux que les syndicats blancs d'ici. Il n'engage pas plus loin la discussion, prend congé en soulevant encore son chapeau, part en emmenant tous ceux qui s'agrègent autour de lui. Pendant l'échange avec la petite bande, ils avaient cessé, circonspects, leurs occupations. Ils reprennent vie quand il en donne le signal et s'affairent auprès de Galim Diouf qui arpente son chantier, ils s'agitent et remuent des plans, des outils, des mains.

Armand siffle entre ses dents, en voilà un fameux carnaval. Joseph se plante devant Marie-des-Neiges, tu connais Galim Diouf. Tu sais que certains voient en lui le prochain maire de Marseille. Marie-des-Neiges raconte l'amitié passée entre son père et Salif Diouf, elle s'étonne que Galim, qui habite à Aix-en-Provence, puisse avoir des ambitions à Marseille. Ça ne devrait pas t'étonner, d'abord, il doit avoir une adresse à Marseille. Un homme comme lui préfère vivre à Aix parmi les bourgeois, mais il est lucide, ses chances y sont limitées, il ne sera pas élu par des bourgeois blancs. À Marseille, il y a beaucoup d'anciens colonisés, ils ont le droit de vote désormais. Ils l'admirent, il les emploie parfois, sur ses chantiers ou pour d'autres affaires, il parle de développer encore le commerce, le port. Il envisage de racheter une savonnerie. Il a même une usine de bonbons, l'ancienne *Réglisserie de Lorette*. Mais rien n'est sûr encore, le ministre député-maire Defferre le craint et le ménage, il voudrait le convaincre de se présenter à Aix, de peur qu'il ne gagne Marseille. Car Defferre redoute d'être dépouillé de sa ville. Et puis Galim et Salif Diouf visent aussi plus haut, ils ont des contacts avec Houphouët, même si c'est un ancien communiste ils sont pareillement des patrons. Ils donnent des gages à la bourgeoisie, au patronat, ils espèrent tous au fond la chute de Suzanne Césaire et la fin de toute réforme sociale.

Marie-des-Neiges ne tranche pas toujours entre son père et sa mère, quand ils se disputent, mais sur Salif Diouf elle a toujours trouvé que Guy avait raison. C'est vrai, ce que veulent les Diouf, en somme, c'est une domination sans colonisation, une égalité formelle entre toutes les composantes de l'union, mais en pratique les anciennes colonies en réservoir de main-d'œuvre misérable pour saper les conquêtes sociales de la petite France, au lieu de les étendre. Joseph lui tape dans le dos. Je suis heureux, une nuit à Marseille et tu deviens marxiste, toi aussi. Calmez-vous, il dit Robert, vous exagérez, je trouve qu'il a du cran, et du panache. Il a tout ça, c'est certain, mais aussi la désagréable certitude que l'argent peut tout sublimer, les hontes du passé et celles de maintenant.

Yolande s'est installée à Aix, provisoirement chez Maria-Angustias. Grâce à elle, qui se lie facilement avec les commerçants, en ville, elle a vite retrouvé un emploi. Désormais elle est membre à part entière de leur petite bande. La seule qui ne fait pas d'études. Ça pourrait la complexer mais elle est à l'aise avec eux. Elle aime bien leurs grandes envolées intellectuelles. Elle préfère quand la discussion tourne à la plaisanterie. Alors elle sourit et elle s'exprime un peu. On pourrait la croire naïve. Elle ne l'est plus, depuis quelques semaines, c'en est fini de l'enfant des îles débarquée en cliché de littérature doudou. Elle a pris de l'assurance. Ainsi, elle raconte à grands traits cruels son travail chez la bourgeoise à Marseille, ou celui dans la boutique de tissu qui l'emploie. La vieille femme acariâtre qui l'a engagée suscite son respect, car elle distribue ses réprimandes à tout le personnel, sans distinction, et parce qu'elle est juste dans les tâches attribuées à chacune. Yolande est plus en colère contre certaines clientes, qui lui ordonnent de ne pas toucher les étoffes, pour ne pas les salir, ou qui exigent d'être servies par une autre fille. Alors elle prend une respiration bien profonde et elle pense à madame Ega. Elle les envoie paître quand elle n'est pas lasse, je suis française comme vous, je suis votre égale, elle dit. Elle voudrait un jour posséder un commerce, faire venir madame Ega et lui offrir des étoffes, des bijoux ou du parfum, selon les marchandises dont elle disposerait.

Yolande aime les églises, ce qui rappelle sa mère à Marie-des-Neiges. Yolande a besoin de se recueillir, de prier. Je suis bien dans une église, je suis en dedans de moi-même, avec Dieu. Je lui parle et je lui raconte, au bon Dieu, il me comprend. Bon, je ne lui dis pas tout, je garde pour moi certaines vacheries que j'ai faites. Mais je lui dis presque tout. Yolande met ses plus beaux habits pour la messe du dimanche. Elle faisait pareil dans son île, mais ici l'ambiance n'est pas du tout la même. C'est moins joyeux et elle ne connaît personne parmi les paroissiens. Ceux d'Aix l'intimident plus que ceux qu'elle côtoyait à Marseille. Mais elle s'en satisfait car, hors de l'église, elle a sa petite bande, désormais.

Vous serez les hussards de l'Union française, on leur a dit au début des cours à l'école normale. L'expression était choisie en référence aux hussards noirs de la IIIe République, censés propager l'idée républicaine contre les monarchistes et les conservateurs catholiques. Il y a fort à faire pour changer les mentalités, pour sortir de la relation entre colonisés et colonisateurs. Les enfants sont importants, disent les enseignants, ils ont certes les préjugés de leurs parents, de leur milieu, mais on peut les transformer, faire d'eux les relais du nouveau monde. Leur professeur d'histoire est plus pragmatique, moins lyrique, éduquez des enfants, il leur dit, et ils réfléchiront, ils verront, ils comprendront.

Le choix a été fait, à l'école normale, de mélanger ceux et celles de petite France et des autres nations de l'Empire. Marie-des-Neiges se rend cependant bien compte que les anciens colonisés sont plus nombreux, et elle les côtoie surtout eux, à part Joseph. C'est une question d'affinités, d'habitudes, de dépaysement et d'éloignement, sans doute.

Les enseignants de l'école normale sont volontaires pour participer au dispositif de formation des étudiants venus des anciennes colonies. Ils ont suivi des formations pour réfléchir au contenu des cours. Les situations au sein de l'Union sont tellement différentes, entre les nations, entre les urbains et les ruraux. Il en a toujours été ainsi, même au sein de la petite France, mais dans un si grand espace les inégalités sont exacerbées. Il y a tellement de langues que donner les cours en français pose question. De vifs débats éclatent sur ce point et retentissent dans toute l'école.

Certaines matières ont profondément évolué. Marie-des-Neiges aime les cours d'histoire, parce qu'ils tentent de prendre en compte toutes les nations de l'Union. Il y a beaucoup plus de travaux d'historiens sur l'Europe. Leur professeur a un père français et une mère née à Bamako. En politique, il apprécie particulièrement Modibo Keita. Il a mené des recherches, pendant ses études, sur la paysannerie française au Moyen Âge. Vous, si vous poursuivez des études, ou les enfants qui seront vos élèves, vous étudierez peut-être les paysans en Afrique de l'Ouest. Il leur parle, dans ses cours, des chevaliers de la Table ronde et de l'épopée de Soundiata Keita. Ne laissez jamais dire, d'aucune des parties de l'Union française, qu'elle n'a pas d'histoire. Car si elle n'en a pas, c'est qu'on ne l'a pas découverte, exhumée du passé, de la chape de plomb de la domination coloniale. Ou bien que, par racisme, on la juge indigne. Inscrivez-la dans les tâches que nous avons à accomplir, nous autres les enseignants, cette nécessité de faire justice aux passés les plus humbles, les plus enterrés. Nous sèmerons des graines que des plus jeunes, des plus instruits encore, des chercheurs et des chercheuses, récolteront. Encore faut-il que grâce à nous ils sachent ce qui peut pousser.

Marie-des-Neiges ne voit pas Kathy très souvent. Il y a les cours, qui la passionnent. Il y a l'enfant. Elle l'aime mais elle aime encore plus être avec ses amis. Elle n'a jamais connu ça, ça ne sera pas long, ce temps des études. Michèle Michel est toujours là, elle ne rechigne jamais. Elle fait un peu de ménage chez Marie-des-Neiges, range quand il y a trop de désordre, passe la pièce. Minette monte avec elle. Michèle Michel prépare à manger au petit, elle joue avec lui, lui raconte des histoires, le couche. Marie-des-Neiges lui parle et le câline, elle joue un peu aussi, mais les jeux l'ennuient. Elle n'y est pas, elle pense à autre chose. Je dois étudier, c'est pour son bien, pour que j'aie une situation. Je dois voir mes amis, j'apprends aussi avec eux, je m'amuse. Et puis Daniel apprécie Michèle Michel, il la demande le soir, même quand Marie-des-Neiges est là. Au bout du compte il dort plus souvent chez la vieille voisine qu'avec sa mère. Il ne se plaint pas. Marie-des-Neiges est bien plus heureuse, elle est plus légère. Quand elle voit son fils, elle lui donne plus de baisers que d'ordinaire, elle lui dit des mots joyeux. Elle caresse ses cheveux, touche sa peau si douce. Elle le trouve beau.

Elle ne raconte pas ces arrangements avec sa voisine dans les lettres qu'elle écrit à ses parents. Elle parle des débats au sein de la troupe sans dire qu'elle passe le plus clair de son temps avec eux, car ils auraient peur que ça nuise à ses études. Elle a simplement mentionné la voisine. Édith voudrait qu'elle aille voir Geneviève de Nerval. Elle me loge, mais je ne suis pas sa cliente, elle pense Marie-des-Neiges. Elle craint de se retrouver dans cette grande maison, avec le vieux domestique.

Elle a parfois de la tristesse de ne pas voir Kathy assez souvent, même si elle s'est faite à son rythme désordonné, alors elle cherche à la retrouver dans les rues d'Aix. La ville est petite, on finit toujours par se croiser. Quand ça arrive, son amie est contente, elle la prend dans ses bras. Elle ne passe pas tout son temps avec la troupe. Elle ne lui présente pas ses amis étudiants américains. On dirait qu'elle en a honte, qu'elle s'en veut de ne pas respecter ses bonnes résolutions de ne fréquenter que des Français. Tu ne les aimerais pas, ils ne sont pas comme moi, à l'affût des choses nouvelles de ce pays. Ils croient que tout est plus grand chez nous. Pourquoi les vois-tu, alors, s'ils ont cette attitude que tu détestes ? C'est que, tu comprends, j'ai quand même la nostalgie de chez moi, alors je les vois. Ils m'exaspèrent, alors je viens avec vous. Puis ils me manquent.

Surtout une autre fille qui vient du Minnesota, une blonde que Marie-des-Neiges a repérée de loin. Kathy couche peut-être avec elle, mais quand elles passent une nouvelle nuit ensemble Marie-des-Neiges n'y pense pas. Elle aime ses baisers et ses caresses, elles s'amusent, c'est ce qui compte. Aux yeux des autres, elles ne sont pas un couple, même si leur proximité est évidente. Parfois, Kathy prend sa main dans la rue, quand elles passent dans un endroit isolé, ou dans le passage Agard, qui part du cours Mirabeau, tellement étroit qu'il est difficile d'y tenir, dans son premier tronçon, à plus de deux. Marie-des-Neiges aime les moments avec Kathy, même si elle est trop désinvolte et si son attention est trop changeante.

Marie-des-Neiges plaît à Joseph. Il ne sait pas comment la séduire. Il est tantôt doux tantôt fanfaron. Il est joyeux, blagueur, et puis soudain il se vexe, quitte le groupe sans dire au revoir. Tu pars comme une petite souris, elle dit Maria-Angustias. Parce que vous êtes cruelles avec moi, de vraies félines. Tu nous préférerais patte de velours ? C'est pour ton bien qu'on joue avec toi, souris grise, pour te voir musarder et t'entendre chicoter. Marie-des-Neiges a peu d'expérience mais elle voit clair en lui. Elle sait qu'il veut la rendre jalouse quand il parle très près de Kathy, quand il l'appelle bien fort la Belle Américaine, quand il s'efforce de plisser les yeux en l'écoutant et en tirant sur sa cigarette. Elle n'y croit pas. Et puis les dés sont pipés, elle sait bien que Kate n'est pas intéressée.

Un soir, Joseph demande du renfort à la troupe. Il doit aider les camarades de son père à vendre *L'Huma* sur le marché. Les royalistes sont annoncés, il faut faire nombre. N'oubliez pas que Césaire a été membre du parti, vous lui devez bien ça. Ne laissez pas les fascistes nous molester.

Le lendemain, ils arrivent tôt comme l'a demandé Joseph, ils sont vêtus d'habits confortables et de chaussures de sport. Seule Maria-Angustias n'est pas là, elle a peur de ne pas se contrôler, de foncer dans le tas. Les communistes vendent le journal à la criée, ils tiennent à bout de bras des pancartes, ils ne reçoivent pas toujours un bon accueil.

Il y a des jeunes de leur âge mais aussi des partisans plus âgés. Les renforts sont accueillis par des mains serrées, des cigarettes offertes et une grande thermos de café. Au bout d'une heure retentissent des cris de l'autre côté du marché. L'Action française est là, une quinzaine d'hommes exclusivement, avec leurs gabardines vertes et leurs coiffures identiques. Rapidement les deux groupes sont face à face, slogans contre slogans. Du côté royaliste, on conspue la République des métèques et des rastaquouères, on invite Suzanne Césaire à travailler dans un champ de canne à sucre et les communistes à partir vivre à Moscou. Les deux groupes se rapprochent, c'est très tendu. Les royalistes écartent les pans de leurs manteaux, ils laissent deviner des crosses, des matraques. Plusieurs enfilent des gants en cuir, faites gaffe, ils ont mis leurs gants plombés, dit quelqu'un. Côté communiste les bâtons des pancartes se sont transformés en gourdins, une rangée de militants fait la chaîne, chante. Marie-des-Neiges est au deuxième rang, Joseph est à côté d'elle, elle a reconnu certains de ses agresseurs.

Les royalistes remarquent le petit groupe d'étudiants de l'Union française, ils les insultent. Kathy est en colère, elle leur répond en anglais. Armand soupire, je n'en peux plus de les voir partout, ces cochons là. Les militants communistes se mettent devant eux pour les protéger, racistes, nazis, laissez tranquilles nos camarades, si vous les touchez, eux, vous nous touchez, nous. Un royaliste rigole, ça ne me gêne pas, moi je partage volontiers les claques entre les cocos et les rastaquouères. Il y a du mouvement, quelques horions échangés, des commerçants du marché protestent, arrêtez vos histoires, ça fait fuir les clients. Les deux groupes ne sont plus au contact, les coups cessent et les insultes reprennent. Un royaliste tient un mouchoir sur son front sanglant, un communiste tombe en arrière. Une camarade le soutient, il a le pied tordu par une entorse. L'un des royalistes est particulièrement remonté, sa cible est Marie-des-Neiges, tout un bestiaire passe par sa bouche. Elle ne cille pas, ne répond pas, son mépris passe par ses yeux. Des bras la saisissent, entourent ses épaules, Joseph la serre contre lui, il se penche, il l'embrasse sur les lèvres. Ça dure bien trop longtemps pour elle, il la tient encore, s'adresse, goguenard, aux royalistes, la voilà, l'Union française, la République égalitaire et sociale, nous ne nous soucions pas de race et nous sommes métissés, ensemble nous construisons une Eurafrique nouvelle. Les royalistes sifflent, catin, négresse, gigolo des Césaire, les insultes redoublent.

Marie-des-Neiges ne veut rien montrer devant les roicos mais elle est furieuse, elle tente de se dépêtrer des bras de son ami. De nouveaux sifflets retentissent, la police arrive, matraques à la main ils chargent dans le tas, les royalistes s'égayent, les communistes refluent de façon ordonnée, la première ligne fait face et laisse le temps aux autres de changer de place dans le marché. On a tenu, camarades, crie quelqu'un, les roicos sont partis, le marché est à nous. Joseph se tient devant Marie-des-Neiges, tu m'en veux pas, hein, j'ai pas eu le temps de demander ton avis, mais je voulais leur montrer, avec toutes les choses monstrueuses qu'ils disaient, que le racisme nazi, c'est fini. Je pouvais pas mieux les choquer qu'en t'embrassant. Marie-des-Neiges voudrait crier mais elle a perdu sa voix, elle voudrait le bousculer mais elle ne veut surtout pas le toucher. Ne recommence jamais ça, elle murmure. Elle recule de plusieurs pas.

Kathy se jette sur lui, elle le frappe. Crétin, imbécile, pourquoi tu as fait ça, tu vois bien qu'elle ne voulait pas, elle n'est pas amoureuse de toi. Tu te crois beau et tu ne vois rien, ne la touche plus, tu comprends, sinon je te bousille. Joseph est interloqué et honteux. Armand et Lakhdar l'éloignent et le réconfortent. Marie-des-Neiges tourne le dos à Joseph, elle remercie Kathy. Viens chez moi, on les laisse, ces petits mecs, ils sont horripilants. Marie-des-Neiges tremble, son cœur palpite. Elle a eu peur de la bagarre avec les royalistes, elle n'a pas aimé que Joseph la force. Elle s'en remettra, elle pense. Maintenant, au moins, les choses sont claires. Ils resteront peut-être amis, mais elle ne veut pas le revoir tout de suite. Elle est contente d'aller chez Kathy.

Je vais te faire à manger, elle propose Kathy. Un bon repas, un repas d'ici. Je vais te faire une soupe au pistou. Tu connais, c'est provençal. Puisqu'on était sur le marché, j'en ai profité. Regarde ces haricots, il y en a des verts, des blancs. Voilà que je coupe deux carottes, je mets aussi des pois chiches. Il faut de l'huile d'olive, de l'ail, des oignons, pas mal de tomates, et surtout beaucoup de basilic. Ses mains s'activent, l'une tient et l'autre coupe, petits cubes de légumes, lambeaux de basilic. Elle écosse les haricots blancs, haricots coco on dit ici, comme les cocos du marché, tout à l'heure. Elle place tout ça dans une marmite avec de l'eau, elle fait chauffer, elle remue. Elle goûte, coupe à nouveau du basilic, cueille la feuille à même la petite plante en pot achetée le matin même. Elle rajoute du sel et du poivre, sert chaud dans un bol, avec en dernier ingrédient un filet d'huile encore.

Marie-des-Neiges goûte, c'est très bon, puis elle pose son bol et elle embrasse Kathy dans le cou, sur les épaules.

Elle met sa tête au creux de sa nuque. Elle souffle doucement, Kathy se tortille, ça la chatouille. Merci pour la soupe, merci. Merci pour tout.

Le lendemain Joseph arrive en cours avec des fleurs, il les lui offre, il s'excuse. Il reconnaît qu'il l'a embrassée de force. Il a fait ça pour le symbole, face aux roicos, et parce qu'il en avait envie. Je ne t'ai pas demandé ton avis, je n'ai pas imaginé que tu ne voulais pas, il lui promet. Marie-des-Neiges ne le croit pas, elle reste froide, les fleurs l'embarrassent alors qu'ils ont cours. Joseph regrette vraiment, il est moins fanfaron que d'habitude, le dégoût de Marie-des-Neiges et les insultes de Kathy lui ont remis les idées en place. Les autres se sont écartés, ils ont laissé Joseph et Marie-des-Neiges seuls dans la petite cour où ils passent leurs pauses. Joseph a les larmes aux yeux. Je ne sais pas comment faire avec les filles, il lui dit, je vais enseigner à des gamins et je ne suis pas complètement un homme. Je n'ai jamais eu d'histoire d'amour. J'en parle avec les copains, mais on se vante tous, je ne sais pas ce qui est vrai et ce qui est faux. Ni si je dois être doux ou directif. Tu me plais et j'ai voulu faire le premier pas, c'était maladroit, c'était agressif, je regrette. Je voudrais être un dur, un affranchi, irrésistible, comme dans les films. Je n'y arrive pas même si j'ai l'air sûr de moi. Je me suis comporté comme un enfant qui n'accepte pas qu'on lui dise non.

Marie-des-Neiges lui fait la leçon. Elle a l'impression d'avoir plus d'expérience que lui en ce qui concerne l'amour. Tu sais, vous les hommes, vous ne pensez qu'à votre bon plaisir. Tu t'apitoies sur toi-même mais tu aurais dû réfléchir avant. J'ai encore envie d'être ton amie, je ne te garderai pas rancœur, mais je ne veux pas que ça se reproduise. La nouvelle Union française, c'est l'égalité entre les Français et les colonisés, or cette égalité, elle doit concerner également les femmes.

Marie-des-Neiges sait ce qu'elle doit à l'exemple et aux paroles de sa mère, à madame Maryse Condé, et même aux récentes discussions avec Kathy. Elle a eu son enfant, son bachot, elle est partie, toute seule, en petite France. Pourtant, elle n'a su que faire au moment où Joseph l'a embrassée. Depuis que Suzanne Césaire est présidente, ces questions sont discutées publiquement. La présidente a rencontré Simone de Beauvoir, elles se sont entretenues longuement. Elles sont intervenues conjointement devant les journalistes, la présidente et la philosophe, pour dire que les femmes ne doivent plus être le deuxième sexe, elles doivent avoir les mêmes droits que les hommes.

Le pire est que si Kathy n'était pas intervenue, Marie-des-Neiges n'aurait peut-être rien osé dire, passé sa première réaction. Elle se serait convaincue qu'une histoire était possible, avec Joseph. Elle aurait eu honte. Elle aurait été mal à l'aise. Joseph est rentré dans le bâtiment des cours, elle a besoin de rester seule encore un moment. Elle ferme les yeux, se souvient de souvenirs mauvais, elle les chasse. Elle serre les poings, retourne en cours.

Marie-des-Neiges est sortie acheter le pain, elle a mis son manteau sur son habit d'intérieur, elle n'est pas apprêtée, perdue dans ses pensées. L'enfant l'attend chez elle, il est sage, elle n'en a pas pour longtemps. Marie-des-Neiges regarde ses pieds, elle a dans la tête ses cours d'histoire qui la passionnent.

Elle se cogne presque à lui, le bouscule, il retient un geste d'humeur et il la reconnaît. Le beau nervi du bar marseillais. Il est en face d'elle, stupéfait, coi du hasard qui les fait se rentrer dedans dans une rue aixoise. Marie-des-Neiges rompt le silence, vous êtes parfois à Aix, je vous croyais marseillais. Ils ne se disent pas de politesses, pas de vous rappelez-vous de moi ou de je crois bien vous avoir vu quelque part. Ils savent très bien qu'ils se plaisent. Je ne suis pas marseillais, je suis corse. Mais j'habite à Marseille, c'est vrai. Je monte parfois à Aix pour affaires. J'en repars dès que je peux, je n'y suis pas à l'aise. Marie-des-Neiges devrait dire ce fut un plaisir, nous nous recroiserons peut-être, un autre jour, les mots lui viennent dans la gorge mais ils ne sortent pas. Après un silence, c'est lui qui parle.

Je les ai réglées, ces affaires. Pardon ? Je veux dire que je les ai réglées, les affaires qui m'amènent ici. Je ne suis pas pressé. Je vous invite à boire un verre, si vous voulez, pour faire plus ample connaissance. Je veux bien boire un verre si ça ne porte pas à conséquences. Quelles conséquences ? Vous savez très bien. Il n'y aura pas de conséquences, juste un verre et une discussion. Alors c'est d'accord. Je dois remonter mes courses. Vous allez m'attendre. Combien de temps ? Le temps qu'il faudra. Vous n'avez plus rien à faire, vous m'avez dit.

Marie-des-Neiges se retourne pour partir, il la retient par le bras. Je m'appelle Ange. Marie-des-Neiges, vous pouvez dire Marie. Elle part pour de bon, se hâte de monter l'escalier. Elle se change, se maquille, coiffe ses cheveux. Dans sa tête elle se récite une phrase des Proverbes, que sa mère lui répétait souvent quand elle ne la trouvait pas assez audacieuse : ne sois point sage à tes propres yeux. Peut-être sa mère n'aurait-elle pas apprécié qu'elle s'en souvienne à cette occasion. Son fils n'a pas mangé, elle le prend par la main, descend un étage. Michèle, est-ce que je peux encore te le confier, cette nuit ? Bien sûr que tu peux. Je n'ai rien d'autre au programme que ce petit monsieur. Il n'a pas encore mangé. Ça tombe bien, je voulais faire une purée, il adore. Il donnera sa pâtée à Minette, elle sera contente.

Ange attend, il allume cigarette sur cigarette, il est nerveux, ne sait pas se donner une contenance. Elle ne viendra pas, il se dit, elle s'est moquée de moi. Il se demande pourquoi il attend cette fille qui n'est pas son genre, trop étrangère, trop éduquée, ça se sent, trop prétentieuse. Quand elle arrive, il essaye de se donner l'air de rien, mais il sourit. Je suis désolée, j'avais des affaires à régler, moi aussi. Il veut l'épater alors il se pose à une table du cours Mirabeau. Ce sont les cafés les plus chics. Il a un costume plutôt bien coupé, un qui le ferait passer pour un snob, au village, mais ici il n'est même pas sûr que ça soit si élégant. Il fera comme d'habitude, quand on le prend de haut, il soutient le regard. C'est toujours l'autre qui le détourne, ou bien ça finit en bagarre et là il n'est pas si mauvais.

Ils s'assoient, il commande une bouteille de vin et deux verres. Il en boit un de suite et il se ressert, ça lui donne plus de courage pour parler. Elle lui explique d'où elle vient, ses parents, il écoute un peu mais ça lui semble si loin. Et toi, elle dit. Moi, le village, les baignades dans les rivières, la chasse au maquis. Et puis l'armée qui donne envie d'ailleurs, Marseille où vivent de nombreux Corses. Il y en a même un qui a compté, dans les années 1930, Simon Sabiani, premier adjoint, quasi-maire de Marseille. J'ai été navigateur, comme il a été. Il reprend un verre et se penche vers elle. Elle boit le sien en toutes petites gorgées, ça n'est pas équitable, il sera ivre avant qu'elle soit étourdie. Je suis un mauvais garçon, je rends des services, ça peut être des dettes, ou bien corriger ceux qui font les malins. On se bat contre les communistes et les syndicalistes, quand il y a besoin. Faut pas croire, je suis pas une tête, mais j'ai aussi mes idées. J'ai mes combines, je suis pas un saint, mais je suis pour l'ordre, au fond. Le monde, on le changera pas, je préfère être du côté du manche. Je n'aime pas trop comment ça tourne, ces derniers temps, je préférais avant, quand la France était la France et les colonies des colonies. La famille, c'est important, et je ne veux pas que des polygames décident ce qui doit être fait pour les familles françaises. Je t'en veux pas, toi et moi, on n'y peut pas grand-chose, à tout ça. Tu as bien raison de venir ici faire tes études puisque cette foutaise d'Union française t'y invite. Moi je défends mes intérêts et ceux des miens. Je frappe pas les femmes ni les enfants. Je fais pas des trucs de maquereau, j'ai trop de respect pour ma mère. Je suis pas né avec une cuillère en argent dans la bouche, et je déteste ceux pour qui c'est tout cuit depuis le berceau. Mais je m'occupe pas d'eux. Je m'occupe de moi. Je respecte Dieu et la patrie. Je défends les Français mieux que Césaire. Qu'est-ce qu'il a fait pour ceux de Madagascar qui ont été massacrés en 1947 ? Il a récompensé les assassins en négociant leur indépendance, plutôt que de leur montrer dans quelle colère se met la France quand on touche à ses enfants. Il les a laissés se faire tuer sans les venger. Rien que pour ça je lui en veux, même qu'il soit mort, et même à sa bonne femme. Et puis c'est coquin et copain, Césaire a mis ses amis Senghor et Pompidou en ministres, et la Césaire c'est pareil, on dit qu'elle aurait fricoté avec Senghor avant de se marier. Ils se connaissent, ils étaient copains comme cochons du temps de leurs études, ils ont mijoté ensemble de s'emparer de notre pays pour en faire leur propre tambouille.

Tout ça me dégoûte. Je suis plus utile que les politicards d'en haut, à mon niveau. Je m'occupe de mater ceux qui font grève parce que je suis pour la liberté et parce qu'on me paye. Parce que ceux qui me payent, aussi, ce sont des compatriotes, des gens qui viennent de mon village et en qui j'ai confiance plus qu'en tous les rêveurs et les politiciens. Voilà qui je suis, et si ça te plaît pas, prends-en ton parti.

Il lui dit tout ça mais il ne lui dit pas le plus intime. Ça serait l'enfance à Bastia et les étés au village, les amis de son grand-père, de son père, les cousins qui se retrouvent et jouent à la guerre dans la rivière. Un certain sens de l'honneur, déjà, qui se forge, tout coup doit être rendu, on respecte Dieu et la patrie, la famille au-dessus de tout. Le grand-père est le seul rescapé de son âge, dans la famille, les frères et les cousins sont morts dans les tranchées de 14-18. Il ne parle pas de la guerre. Le père, Dominique, dit Doumé, fait celle de 39-45, un peu vieux déjà mais il sert, il est fait prisonnier, il s'évade, se cache à Marseille, dans le Panier, avant qu'il ne soit détruit. Par allégeance et fidélité familiale, il se rapproche, alors, des frères Guérini, Antoine et Barthélemy, dit Mémé, qui sont de Haute-Corse, eux aussi. Ils se partagent la pègre marseillaise avec Bonaventure Carbone, un autre Corse, et François Spirito, un Italien. Mémé est résistant. Bonaventure Carbone et Spirito appuient Simon Sabiani, passé au Parti populaire français, un parti fasciste, tous trois collaborent. Antoine est hésitant, il cache des Juifs, fait du commerce avec les Allemands. Le père d'Ange est aussi proche d'un autre voyou corse, Nick Venturi. Avec lui il participe à la libération de Marseille et au coup de main, en août 1945, pour s'emparer du journal local, *Le Petit Provençal*, au profit d'un résistant socialiste, Gaston Defferre. Doumé est plus gaulliste que socialiste, mais ce n'est pas lui qui décide. Il obéit.

Doumé organise du trafic de cigarettes, en contrebande, sur des bateaux néerlandais qui débarquent à Marseille. Il a le mal du pays, alors il rentre au début des années 1950. Mais il envoie son fils. Ange a déjà bourlingué. Ses cousins sont partis, il part aussi. Une île c'est fait pour ça, la quitter et y revenir. Il s'engage, dans la marine, il compte bien se marier à une fille du pays mais il découvre les femmes aux escales. À Dakar, il est dépucelé, et ça lui vient peut-être de cette émotion-là, son attrait pour Marie-des-Neiges. Après l'armée il navigue encore un peu mais il n'aime pas rester longtemps en mer, il se sent enfermé. Il n'a pas quitté son île pour finir encore encerclé par tant d'eau. La paye est maigre, le travail difficile. C'est à ce moment que son père lui écrit, il y a des amis qui auraient besoin de lui, à Marseille. Il n'a pas peur de se battre ou de faire le dur. Il surveille les cargaisons qui débarquent, casse la gueule, avec d'autres, d'un docker trop gourmand qui détourne la marchandise, ou d'un associé qui n'a pas compris à qui il a affaire. Il participe surtout à briser les grèves, attaque les piquets des dockers à la matraque ou à la barre de fer. Les armateurs du port payent Venturi ou les Guérini, Defferre approuve, par anticommunisme, parce que l'ordre doit régner dans sa ville. Les patrons d'Ange se fâchent quand même avec le socialiste à cause de l'Union française. Ils n'aiment pas le nouveau régime, lui s'en accommode. Venturi s'enrichit, il devient plus gros, il trafique même de la cocaïne avec les Amériques. Ange se sent bien à Marseille, il a aimé dès qu'il a débarqué. C'est une drôle de faune, cette ville, parfois ça le dégoûte un peu, mais ça reste familier, encore, la Méditerranée, tous ces Corses qui vivent ici. C'est plus grand et plus anonyme, plus libre, il n'y a pas tous les voisins pour l'épier. Plus dégueulasse, aussi, il foutrait bien dans l'eau du port les déchets humains qui y traînent. Mais c'est pas mal de possibilités, ça c'est sûr, pour gagner sa croûte.

Ange récolte des dettes, menace les retardataires, il transmet des messages dans tout le département. Il va à Aix encaisser des échéances, celles des cafés, des clubs ou des boîtes de nuit. Une protection, ça se paye. Quand ça chauffe, il va chercher des instructions chez ceux qui se mettent au vert, à Manosque ou dans le Vaucluse. On lui dit de faire des choses, mais il est libre de les exécuter comme il l'entend. Quand il s'agit de faire nombre il n'a pas le choix, on le mobilise comme un soldat, ça ne le dérange pas trop, il connaît la discipline militaire. La fidélité aux amis, c'est l'honneur d'un homme. Et puis il gagne bien, il a beaucoup de temps pour flâner, pour aller au café et sortir le soir. Il fréquente quelques poules, de temps en temps, il ne s'attache pas.

Ses chefs suivent avec de plus en plus d'inquiétude les évolutions de l'Union française, certains dans la famille travaillaient dans l'administration coloniale, ils participaient à divers trafics en profitant de leur position. Cette instabilité, ne pas pouvoir prévoir de quoi l'avenir sera fait, ça ne leur plaît pas. Ils ont aussi des liens avec l'Algérie, et puis ils sont patriotes à l'ancienne, la France, c'est l'Empire. Ange pense comme eux.

Il n'a pas l'habitude de l'imprévu. Merde, il ne sait pas ce qu'elle lui a fait, cette fille. Elle le rend fada. Elle l'a ensorcelé, c'est peut-être de la magie qu'elles ont, là-bas, elles savent y faire. Un mauvais sort, un marabout. Il ne sait pas pourquoi il pense à elle, pourquoi il la suit ou il l'attend ou il la regarde comme un clébard. Ça lui complique la vie. Ça serait plus simple avec une fille de son village, ou même une fille d'ici. Mais il s'en fout, il a trop de désir pour elle. C'est comme ça, pour le temps que ça durera.

Marie-des-Neiges est courroucée par tout son discours, son assurance mâle, son ton crâne qui cache mal ses complexes. Il suffit de voir comment il se contient, comment il mesure ses gestes, la hauteur de sa voix. Il est fier, il ne veut pas passer pour un imbécile. Elle déteste sa façon de penser mais elle est émue par sa tête de petit garçon buté, par ce corps tendu qu'elle voudrait toucher. Elle aime non pas sa violence mais sa fragilité.

Elle le regarde. Ne parlons pas politique, ça me barbe. J'en ai assez entendu avec mes parents et mes amis. Mon père est un de ces syndicalistes auxquels tu t'affrontes. Je crois que tu ne lui ferais pas bien peur. Ma mère est suffragette et catholique. Elle prie sans doute bien plus que toi, peut se reprocher moins de péchés à expier. Mes amis étudiants sont comme moi, nous croyons en l'Union française, nous voulons étendre les droits sociaux, les droits politiques. Cette révolution, elle est pour nous, elle est par nous. Nous sommes ce nouveau monde que tu crains tant, que tu ne comprends pas. Peut-être saisiras-tu un jour que nous ne sommes pas contre toi, peut-être seras-tu aussi fidèle à nous et à l'Union qu'à tes causes perdues. Car nous sommes du côté du peuple, celui de là-bas et celui d'ici. Il veut répondre, elle l'interrompt, n'en parlons pas. Peu m'importe. Divertis-moi. Parle-moi de ton pays, invite-moi à danser. Raconte tes coups de garnement. Joue au salaud si tu veux, joue au dur, mais ce n'est pas ce qui m'attire chez toi.

Il semble presque soulagé. Il n'aime pas discutailler. Il allume encore une cigarette, donne-moi une sèche, elle lui demande, il est étonné de son ton, de son audace. On pourrait partir d'ici, c'est trop snob. Je connais un petit rade sympa. Il finit la bouteille, elle son verre, ils quittent le cours Mirabeau, ils ont leurs bras entrecoudés, il l'emmène dans les petites rues. Ils entrent dans un café où ils restent debout. Il y a des gens qui parlent fort, ils ne peuvent plus vraiment discuter, ça ne les dérange pas, ils se regardent et ils sourient. Il commande une bière, elle préfère encore du vin. Un orchestre joue, ils dansent. Ange reprend une chope, il la vide. Marie-des-Neiges soudain en a marre du bruit, elle lui chuchote à l'oreille, je veux rentrer. C'est étrange pour elle de marcher avec lui. Elle n'a pas l'habitude. Elle espère ne pas croiser Kathy. Ce serait une drôle de situation. Il lui parle de son chien, son accent corse ressort, elle ne l'avait pas encore vraiment remarqué. C'est qu'il s'anime, à propos de son animal. C'est un vieux chien, maintenant, c'est lui que je regrette le plus. Ma mère me donne des nouvelles. Elle aussi, elle me manque, mais je sais qu'elle a mon père, mes frères et mes sœurs. Lui, ce chien, j'étais son Dieu. Il n'avait que moi. Je l'emmenais à la chasse, c'est un bon chien d'arrêt, même s'il est moins bon pour rapporter. Quand on rentrait je lui laissais les abats. Il se mettait contre moi quand je faisais la sieste. Il se relevait pour me protéger quand il entendait du bruit. Il pouvait mordre s'il me croyait menacé.

Quand il parle de politique, Ange récite, elle se dit. Il est convaincu, sans doute, mais il n'a pas de passion. Il perd cette monotonie quand il parle de son chien, de la chasse, de son village. Alors ses yeux brillent vraiment, sa voix s'affirme.

Marie-des-Neiges reconnaît soudain dans la rue un des royalistes qui l'a agressée, le soir de sa rencontre avec la bande. Il est accompagné de deux autres gabardines vertes, il leur parle, il la désigne du menton. Ange s'en aperçoit, il lâche son bras et se dirige vers eux. Vous avez un problème avec cette jeune femme ? Un des trois lui fait face. Si tu es français, c'est toi qui devrais avoir un problème à t'afficher ainsi. Il ne faut pas affaiblir la race. Mais peut-être est-elle un simple amusement, pour toi. Dans ce cas fais ce que tu veux dans l'alcôve, mais ne t'exhibe pas dans la rue avec une catin. Ange attrape l'homme par le collet, il colle son front au sien. Un des deux autres les sépare, arrête-toi, Jean, je le connais, ce type, je l'ai vu faire le service d'ordre à Marseille, du meeting pour les Européens d'Algérie. Il s'adresse aussi à Ange, on est du même bord, on va pas se taper dessus. C'est pas le moment. Ange relâche le collet du type, je ne sais pas ce que c'est votre bord, je ne fais pas de politique, moi, je défends la France. Et je me promène avec qui je veux. Dis-lui, à ton copain, que s'il ne s'excuse pas je lui casse la gueule. Le copain fait le fier-à-bras, son acolyte le calme, excuse-toi, bon sang, il est de la bande aux Guérini et à Venturi, ne fais pas le malin avec ça. L'autre stoppe direct son manège, il laisse retomber sa crête de coq et prend un ton plus doux. Il s'excuse et veut lui serrer la main, Ange hoche la tête, bonsoir messieurs, l'incident est clos.

Il retourne vers Marie-des-Neiges. Je n'ai pas besoin de toi pour me défendre. Ceux-là, avec mes camarades, on les a mis en fuite, il y a plus d'un mois de cela. Quant aux insultes, elles me passent par-dessus la tête. Ange se recoiffe, je n'ai pas fait ça pour toi, c'est pour moi. Je n'aime pas leurs tronches de bourgeois, je ne veux pas qu'ils prétendent pouvoir choisir ma compagnie.

Ils arrivent au pied de son immeuble. J'habite ici. Je viens chez toi, il dit Ange. Elle en a envie. Il entre, il n'est même pas essoufflé par les étages, c'est gentil, chez toi. Il remarque les jouets d'enfant, les petites affaires. J'ai un fils, c'est moi qui l'élève, je me fais aider, il n'est pas toujours là. Ange reste songeur. Tu as un enfant, toi ? Pas que je sache, mais tout est possible. Il crâne encore. Il voudrait bien quelque chose à boire. Elle n'a rien, il sort de la poche de son blouson une petite fiasque, du whisky, il lui en propose une lampée. Elle n'en a jamais bu, elle accepte et ça n'a pas très bon goût. Il reste debout, il bascule d'un pied sur l'autre, pas très à l'aise. Elle se moque, grand échalas, tu te tiens comme un flamand rose. Il ne sait pas comment il doit le prendre. Il boit encore une gorgée, il l'attrape par les épaules et il l'embrasse. Je sais pas trop dire les choses, tu sais. Mais tu me plais.

Elle ne lui demande pas plus. Il l'embrasse encore et il met une main dans son dos, sous son haut. Elle aime cette caresse. On serait mieux dans la chambre, sur le lit, elle propose. Elle le prend par la main et il la suit. Elle le déshabille, enlève maladroitement les boutons de sa chemise. Sur son torse et dans son dos il y a plusieurs tatouages, certains de l'armée, un numéro de bataillon, une ancre. Un portrait de Napoléon, un autre d'une vieille femme – sa mère. Une rose des sables et « souvenir de Tunisie ». Sous son col quatre mots : souffre mais tais-toi.

Tu ne trouves pas que ça va un peu vite, elle demande. Il parle doucement. On ne fait pas semblant, on n'a pas seize ans, tu as un fils, moi aussi j'ai vécu. Il ôte finalement lui-même sa chemise, son pantalon, il les plie méticuleusement sur la chaise. Elle aime bien cette précaution à prendre soin de ses affaires. Ils se mettent ensemble sous les draps, il a un corps dur. Elle agrippe ses fesses, elle sent les muscles sous les poils. Il est mal rasé et ses baisers l'irritent. Elle mord son oreille, comme elle fait avec Kathy. Elle n'ose pas plus. Il sent fort l'eau de Cologne. Il la caresse. Il embrasse longuement ses pieds, ses chevilles. Ça la fait frissonner, elle aime bien. Puis il ne lui demande pas, il se met sur elle et la pénètre, il fait son va-et-vient, ça dure un certain temps, ça lui plaît, à elle, ça lui fait moins d'effet que de toucher son corps dur, moins de frissons que sur les pieds, que les mains ou la langue de Kathy, c'est bien quand même. Quand il a fini il pousse un soupir, il s'affale sur le dos, elle aurait bien aimé que ça dure un peu encore. Il la prend dans ses bras, quand même, et il a des yeux qui lui plaisent, un sourire qui semble doux, très différent de son expression habituelle. Elle se persuade qu'elle a saisi quelque chose de rare, un mystère rarement révélé. Elle s'endort en pensant ça, elle est une initiée.

Marie-des-Neiges est en cours, elle pense à Ange. Elle le trouve beau. Elle voudrait encore le caresser, le toucher. C'est étrange ce désir alors qu'on ne s'y attend pas. L'enseignant parle de mathématiques, elle écoute mais elle n'entend pas. Elle copie machinalement les chiffres et les formules. Elle relira quand elle sera chez elle. Elle a pris l'habitude de déposer Daniel chez Michèle Michel aussi quand elle a besoin de travailler. Elle ne peut pas se contenter des siestes de son fils pour réviser si elle veut avoir le concours. Elle a de bons résultats, pour le moment. Un professeur l'a heurtée, en rendant des copies, étonnamment, il a dit, les meilleures notes sont pour celles et ceux qui viennent des colonies. Il s'est tout de suite rendu compte des préjugés que ça sous-entendait, il s'est excusé. Il y a encore du chemin à parcourir, si une telle remarque échappe même à un professeur de l'école normale, pleinement engagé dans l'Union française.

Marie-des-Neiges, de toute façon, ne veut pas s'endormir sur son matelas de bonnes notes. Il y a encore du travail et c'est pour ça qu'elle est venue ici. Kathy, Ange, elle n'a pas le temps de chercher à comprendre. Personne ne lui a demandé de choisir et rien ne l'oblige à le faire.

Quand le cours est terminé, elle sort avec Joseph, Armand et Lakhdar. Kathy est dehors, elle l'attend. Marie-des-Neiges est souvent surprise, avec elle. Parfois elle la vexe, puis quelque temps plus tard elle la touche par une attention imprévue. Depuis plusieurs jours, Marie-des-Neiges avait l'impression qu'elle se souciait à peine d'elle, et là elle vient la chercher sans prévenir. Les garçons sont étonnés eux aussi, ils ne savent pas qu'elle vient pour Marie-des-Neiges, et elle-même commence à se poser la question, peut-être est-elle venue pour la petite bande et non pas seulement pour elle. La façon dont Kathy la regarde dissipe ses doutes. Marie-des-Neiges est mal à l'aise parce que la veille elle était dans les bras d'Ange. Il y a un peu de gêne et un peu de jalousie, aussi, les deux sentiments lui grignotent le ventre, joignent leurs petites mâchoires. Elle se doute bien que Kathy elle non plus n'est pas exclusive, elle ne s'est même pas cachée de sa proximité avec sa compatriote blonde. Kathy en revanche ne connaît pas l'existence d'Ange, et cette situation procure à Marie-des-Neiges une satisfaction veule. Le secret lui donne la supériorité mesquine de tromper son monde, de ne pas être la tout juste arrivée, la toute fraîche, celle à qui on fait découvrir le monde. Elle aime ce partage des rôles, Kathy l'expérimentée, elle l'innocente, mais elle se garde la possibilité de ne pas être innocente jusqu'au bout. Elle a Kathy, elle a Ange, plus avertie qu'elle n'en a l'air. Elle s'approche de Kathy, lui murmure à l'oreille, à un moment où les autres ne regardent pas, j'ai bien envie que tu viennes chez moi.

Marie-des-Neiges n'a jamais autant fait l'amour et ça lui donne le courage de travailler pour ses cours, d'écrire pour son plaisir. Elle commence au petit matin, presque à l'aube, par un nouveau poème qui trotte, son cataclop dans sa tête l'empêche de se concentrer, il doit se mesurer au papier pour qu'elle puisse s'en libérer. Elle écrit plus vite que la première fois, moins de ratures. Elle se relit encore à haute voix, Daniel s'est réveillé mais elle ne le descend pas chez Michèle Michel, elle lui fait entendre ses vers, elle ne craint pas de lire devant lui son poème. Jamais elle n'aurait osé s'il était un adulte, ni même s'il était plus grand de quelques années. Il lui sourit, il tape des mains, il pense qu'elle fait le clown, peut-être apprécie-t-il aussi la musique des mots qui sortent.

Terrain vague
Broussailles sentimentales à couper
C'est un élan inexorable
Piteux détritus du temps d'antan
Beaux édifices devenus ruines sordides
Potagers abandonnés

Cœur dilaté se heurte aux limites des briques
La vigne vierge s'enroule autour des bras
Elle laisse des marques
Ne se laisse pas arracher
Blessures rouge sang
Spirales gonflées
Bras tatoués par les plantes.

Terrain vague
Ronces envahissantes et profondes
Enterrées
Il faudrait des gants pour protéger les mains
Il faudrait des bottes pour écraser la boue
Cœur naïf sèche sur le bitume
Gravats mêlés à la terre
Verre cassé et pilé
La terre bouge, il remonte
Souvenir émoussé des époques anciennes.

Terrain vague
Restes de feu de bois
Entourés de pierres plates
Il y a eu de la chaleur, ici
Il y a eu des rendez-vous
Il y a eu des bagarres.

Terrain vague
De la tendresse étalée par la pluie
Noyée
Diluée
Étouffée
Recouverte

Cœur rougi par les braises
Échelle appuyée sur les hauts murs
Pour sortir par des chemins barbelés.

Terrain vague
Cœur caché herbes folles
Boîtes métalliques
Vieilles conserves
Nécessaire de survie désormais inutile
Trésors ensevelis
Coins à pisse
Coins à merde
Alcôves et matelas d'amours fugaces
Vieux bouts de papier
Planches pourries
Clous rouillés.

Terrain vague
Ici garnements et chipies font des farces
Elles sont méchantes et cruelles
Ici troubadours et poétesses chantent des rimes
Elles sont superbes
Cœur rompu cœur à vif
Cœur bouillonnant de sang pressé
Cœur urgent.

Terrain vague
Reste à construire.

Marie-des-Neiges écrit des lettres, de nombreuses lettres à ses parents, à Maryse Condé. Elle le fait au café en attendant Kathy et la petite bande, entre deux cours, le soir quand elle ne sort pas et que Daniel dort. Ce sont parfois de courts messages, dès que le rythme se calme des missives plus longues. Elle en reçoit aussi beaucoup.

Ses parents écrivent séparément mais postent dans la même enveloppe. Certains récits du quotidien sont en double, mais en général ils ne parlent pas des mêmes choses. Ils racontent des affaires de voisinage, donnent des nouvelles des amis, questionnent Marie-des-Neiges sur ses cours et la vie en France hexagonale. Mais une bonne part de leur courrier évoque leur engagement et les débats autour de la transition de l'Empire vers l'Union française. Marie-des-Neiges y prête plus attention que quand elle était là-bas. L'éloignement est paradoxal, puisque à Dakar elle s'intéressait surtout à la France hexagonale. Désormais, son pays natal lui est cher, elle est avide de nouvelles.

Édith participe à divers comités, dont le principal a pour objectif l'application égale du système des allocations familiales dans les anciennes colonies. À Dakar et dans toute l'Afrique de l'Ouest il est question d'une adaptation des allocations aux familles polygames. Certains milieux hexagonaux veulent des aides conditionnées à la monogamie conjugale. Sur cette question, Édith est partagée entre catholicisme et pragmatisme : la polygamie lui répugne mais la pauvreté encore plus, or réserver les allocations aux couples monogames en priverait une large partie des familles. Elle milite surtout, avec le groupe de femmes qu'elle anime, pour augmenter le niveau des prestations, encore indexé au salaire moyen régional, jusqu'à celui de la petite France.

Guy, en tant que syndicaliste, participe à ses propres commissions. Là encore il est question des lois et de leur application, de retraite et de salaires, de processus vers l'égalité entre les anciennes colonies et l'ancienne métropole. En ce domaine, les principes de Guy sont bien établis : faire payer les riches, à Dakar comme à Paris. La mise en application est plus difficile et les obstacles ne viennent pas uniquement de l'Hexagone. Salif Diouf et ceux que Guy appelle ses complices mènent le combat contre des mesures sociales, au nom du réalisme et de l'économie. Guy s'inquiète beaucoup du morcellement, de la place laissée, dans l'Union française, aux entités nationales autonomes. Modibo Keita au Mali, Sékou Touré en Guinée, Houphouët-Boigny en Côte-d'Ivoire ont déjà entrepris de constituer de quasi-États indépendants. Cet éclatement nous rend faibles, martèle Guy dans ses lettres. Certains pensent pouvoir tirer leur épingle du jeu alors que nous devrions être unis.

Les nouvelles de Maryse Condé sont plus rares, mais précieuses. Elle a quitté Dakar elle aussi pour rejoindre le cabinet de la présidente Césaire, dont elle écrit les discours.

Madame Condé voulait partir, elle a reçu, d'un professeur proche de Kwame Nkrumah, une offre pour enseigner dans une université au Ghana. Elle allait accepter quand est arrivée la proposition de Suzanne Césaire et elle n'a pas hésité. L'Afrique n'était pas pour moi, elle dit dans ses lettres, je l'ai compris comme le Swann de Proust se rend compte qu'Odette, dont il a été amoureux longtemps, n'était finalement pas son genre. Cet amour m'a mue quelques années, mais il reposait sur un malentendu, une image idéalisée de l'Afrique, du continent-mère, or j'en ai eu assez de la pauvreté. Elle pose des questions à Marie-des-Neiges sur sa formation, elle insiste, à côté de l'œuvre démocratique, l'œuvre sociale. L'Union française se construira et sera solide par l'éducation, par la formation de cadres, qu'ils soient des ingénieurs, des bâtisseurs, des poètes, capables de prendre à rebours les conséquences néfastes de la colonisation, de reconstruire des sociétés longtemps empêchées par la domination, voire de renverser l'ordre des choses. Elle a l'oreille de Suzanne Césaire, qui aime s'entourer d'un cercle de femmes avisées, elle promet, elle lui parlera du programme de Marie-des-Neiges, elle ne peut assurer une visite de la présidente mais un œil attentif, c'est certain.

Marie-des-Neiges s'efforce de répondre au plus vite, elle s'imagine ses parents guettant le courrier, impatients d'ouvrir l'enveloppe et se passant les feuillets, se chamaillant peut-être la priorité, l'un d'entre eux les lisant finalement à haute voix. Elle devine madame Condé lettre à la main dans un couloir de l'Élysée, ou assise à un bureau boisé et doré. Par rapport à elle, par rapport à eux, elle a l'impression d'être décalée. Elle s'enthousiasme pour l'Union française, bien entendu, elle est fière d'y participer à sa manière, en se formant, mais elle a l'impression d'être loin des vrais combats de ses parents et de son ancienne professeure. Là où elle est, en France hexagonale, à Aix-en-Provence, elle mesure tout ce qui a changé, elle vient pour étudier, pas pour servir ou pour coudre. Parmi les gens qui vivent ici, certains posent sur elle des regards étonnés, parfois malveillants ou condescendants. Mais elle est une citoyenne à part entière, elle est instruite, elle fait des études, la présidente est Suzanne Césaire : ce sont des faits et des droits, des boucliers contre les mauvaises attitudes. Il y a encore beaucoup de maladresses, mais aussi de l'admiration, de la curiosité, quand elle discute avec des camarades étudiants, avec sa boulangère, le marchand de journaux, la fleuriste. On ne peut pas récrire l'histoire, elle pense, mais elle essaye d'imaginer ce qui aurait été autre, elle n'est même pas sûre qu'elle aurait pu venir si c'était encore le temps des colonies.

Les gens d'ici, pour Marie-des-Neiges, c'est d'abord Michèle Michel. Puis il y a ses camarades de l'école normale, mais à part Joseph, elle n'est proche d'aucun autre né en France hexagonale. Il n'y a pas d'animosité, bien au contraire, mais ils ont déjà leurs amis, leur vie, leur famille. Il a été plus facile pour elle de se rapprocher de sa petite bande, ils partagent l'exil. Et puis les questions, parfois, des passants ou des commerçants. Vous venez d'où ? Est-ce que vous parlez français ? Est-ce que je peux toucher vos cheveux ? C'est souvent inopportun ou déplacé, mais rarement hostile.

Marie-des-Neiges comprend les sous-entendus. Vous êtes de plus en plus nombreux, tout de même. On vous a colonisés, alors vous nous rendez la pareille, c'est bien ça ? Mis à part dans les confrontations avec les royalistes, elle a entendu peu d'insultes. Peut-être sont-elles lâchées dans son dos, ou bien enfouies derrière la politesse. Il y a encore des préjugés, on les oublie, parfois ils ressurgissent et c'est brutal. Une fois, une femme a changé de place alors que Marie-des-Neiges s'était installée à côté d'elle, au cinéma.

La femme était peut-être mal assise, elle s'est dit, pour se rassurer.

En arrivant, Marie-des-Neiges craignait la curiosité maladroite des enfants. Ils ne marquent pourtant pas de différence. Quand elle va au parc, ils jouent avec Daniel. Quand ils la voient, ils ne cherchent pas à toucher sa peau, ils ne posent pas les questions horripilantes de certains adultes. C'est peut-être qu'ils sont nés dans l'Union française, ils n'ont connu que ce monde-là.

Marie-des-Neiges en a discuté avec Yolande, elle a des contacts, dans la paroisse à laquelle elle s'est jointe, à Aix, avec d'autres chrétiens. On partage l'amour du Christ, elle dit. Ils m'ont bien accueillie, je communie avec eux et ils ne font pas de remarques désobligeantes. Elle s'interrompt. Elle reprend. Il y a quand même des regards, parfois. Mais je ne sais pas si c'est parce que je suis noire, ou étrangère, ou bien parce que ce sont des bourgeois et qu'ils me voient comme une ancienne bonne, une vendeuse. Ces regards-là, quand ils arrivent, ils me blessent, mais je détourne la tête, je la lève bien haute. Je prie et, face à Dieu, mes prières sont aussi infimes que les leurs.

Avec Ange, ça n'est pas toujours prévu quand ils se rejoignent. Il vient à Aix, il fait son boulot et puis il traîne en bas de chez elle, parfois il se met au café et il attend. Il espère la croiser. Si elle est avec ses amis, il ne bouge pas, pas même un signe de tête. Il ne veut pas copiner. Si elle est seule, il s'avance. Elle est toujours d'accord, elle le fait patienter le temps de caser son fils, s'il n'était pas déjà prévu qu'il aille chez Michèle Michel. Ange ne l'a jamais rencontré et il s'en soucie peu. Il ne compte pas devenir son père, alors à quoi bon. Ensuite il monte et ils font l'amour. Parfois ils vont manger avant, ou après.

J'aimerais que ça soit plus doux, elle lui dit une fois. Il ne comprend pas. Je voudrais que tu prennes plus de temps, avec moi. Ça ne lui plaît pas, qu'elle dise ça. On peut aller se promener, il propose. Ce n'est pas ce qu'elle voulait dire, mais elle accepte, parce qu'elle aime marcher dans cette ville. Elle a envie de l'épater, de montrer qu'elle en sait plus que lui, alors elle lui refait la petite visite commentée de Kate, elle a presque tout retenu. Ça l'amuse de sortir de sa bouche ses mots à elle. Elle aurait presque envie d'imiter son accent, elle se retient. Lui il écoute, il est partagé, ça l'intéresse mais il n'aime pas qu'elle lui fasse ressentir ça, elle les études et lui qui n'est pas allé loin, à l'école. Elle se moque, tu es patriote, mais j'en connais plus que toi, sur ton pays. Il proteste, je connais surtout les batailles, les généraux, je connais bien Napoléon. Il fait la tête.

Ils arrivent place d'Albertas, elle se serre contre lui, elle lui montre les balcons en fer forgé et elle minaude, regarde bien, ça ne te rappelle rien, regarde mieux, à quoi ça ressemble, tu devrais être bien placé pour savoir. Il ne sait pas, il ne voit pas, elle lui joue un tour, il n'aime pas ça, elle lui montre combien il est bête, je n'en sais rien ce que ça représente, tes balustrades, dis-le-moi ou ne me le dis pas, je m'en fous. Ce sont des viers, elle a appris ce mot d'argot marseillais, elle est presque fière de l'utiliser, il fait encore sa tête d'enfant, de poussin sorti de l'œuf, tu vois, il y a les testicules et le pénis, ça forme un vier, ça date du temps des libertins. On dirait qu'il a mal avalé, il rougit, il se fâche, arrête de dire ce mot, je n'aime pas quand tu es vulgaire. Elle ne répond pas mais il s'engatse tout seul, tu parles trop, ce soir, une vraie barcarelle, tiens-toi un peu, on croirait une radasse. Tu me fais caguer, tiens, tu crois que j'ai envie d'être avec toi, quand tu dis de ces choses-là, on n'en cause pas, on ne regarde pas. Ça me dégoûte.

Marie-des-Neiges a les larmes aux yeux de cette violence soudaine. Tu ne veux pas en parler mais tu aimes bien les faire, tu es hypocrite. Je viens de te dire que je veux plus de douceur, plus de temps, et toi tu m'insultes.

Mais tais-toi, je te dis, je ne rigole pas, mèfi, tu ne m'as jamais vu en colère. Tu ne sais pas ce que c'est un homme qui se fait respecter. Si je veux une fille avec ces mots dégueulasses à la bouche, je file rue Curiol, à Marseille, et je paye. Toi, je te sors, fadade, et pour me remercier tu me fais honte.

Marie-des-Neiges s'enfuit. Il parle plus fort qu'elle. Il la rattrape en courant, la saisit par le poignet, la fait basculer en face de lui. Quoi, quoi, elle lui dit. Il ouvre la bouche, la referme, serre le poing, le desserre, il la repousse finalement, il tourne le dos, il s'en va. Marie-des-Neiges est en larmes, elle rentre chez elle, s'arrête à l'étage d'avant, tape à la porte de Michèle Michel, elle s'effondre dans ses bras. Ce soir-là elle dort chez sa voisine, blottie contre son enfant, Minette allongée à ses pieds.

Quand Marie-des-Neiges recroise Ange dans sa rue, quelques jours après, son premier mouvement est de partir dans la direction inverse. Il la rattrape, attends, je m'excuse. C'est pas bien comme je t'ai parlé. Elle ne voudrait pas se contenter de ces piètres regrets. Elle répond froidement. C'est trop tard. C'est jamais trop tard, tant qu'on est vivants. Il lui prend la main, elle se dégage. C'est moi qui décide si c'est trop tard. Il baisse la tête. Je n'ai pas l'habitude des filles comme toi. Comme moi comment ? Je suis pas bon pour expliquer, pour dire les sentiments. Les filles comme toi, c'est tout. Tu vois bien ce que je veux dire.

Elle ne voit pas vraiment. Est-ce qu'il veut dire qui fait des études, ou qui vient d'une ancienne colonie, ou qui a déjà un enfant ? Cette formulation alimente encore sa colère, contre lui et contre elle, de s'attacher, oh mon Dieu, à un homme qui manie si mal les mots. Et puis soudain elle est émue de nouveau, il s'est tourné vers le mur, il a entouré sa cigarette d'une main, pour la protéger du vent, et de l'autre, il gratte une allumette, il a un air dur et concentré, les plis du front plissés, la tête inclinée, le visage à peine éclairé par la flamme. Il est beau et maladroit, une première allumette ne suffit pas, il en gratte une deuxième, il tient fort la clope entre ses lèvres, Marie-des-Neiges ne s'explique pas pourquoi mais elle sent la tendresse remplacer, dans son ventre et dans son esprit, la colère. Elle met ses mains autour des siennes, pour réduire encore l'espace laissé au vent, il parvient à allumer sa cigarette, il lui sourit. Elle garde ses mains dans les siennes. Il voudrait avoir l'air crâne mais il est encore honteux. Alors elle décide, elle se contente de ses excuses bancales, parce qu'elle était trop triste de ne plus le voir. Il comprend, la colère est passée, il prend bien soin de ne pas paraître victorieux.

Je t'ai préparé quelque chose, tu peux venir chez moi, à Marseille ? Venir maintenant, comme ça ? Oui je te ramène demain. Je suis venu exprès. Marie-des-Neiges accepte. Elle fait le va-et-vient habituel, elle remonte chez elle, demande à Michèle Michel, embrasse son fils, prépare une petite valise. Il la lui porte. Il est galant, chevalier servant, il est pétri de toutes sortes de principes sur la place des hommes et des femmes. Suzanne Césaire est notre présidente, elle voudrait lui dire, mais après la dernière fois elle ne veut pas en rajouter. Ça lui plaît bien d'être traitée de la sorte. Elle repense à madame Condé, il faut profiter des hommes, ils nous en font tant baver. Il a une auto pour l'emmener à Marseille. Elle est à toi ? T'occupe, elle est à moi pour ce soir. Tu ne peux pas tout savoir. C'est dit gentiment, elle n'insiste pas. Elle ne veut pas tout gâcher par une dispute.

Il habite dans un quartier qui semble bruyant et sale à Marie-des-Neiges. L'escalier n'est pas en bon état mais l'appartement est très convenable quoique petit. Il fait sombre et Ange a installé une table et deux chaises, deux verres de vin et une bouteille, des chandelles qui tamisent la pièce. Tu veux que ça soit plus doux, que je prenne plus de temps, je t'ai préparé ça. Il y a des spécialités de chez lui, des saucisses sèches, il les appelle figatelli, regarde comment on les mange, on accompagne avec du fromage frais. Je n'ai pas pu trouver du brocciu comme on utilise chez nous, alors j'ai pris du chèvre d'ici. Le souper est agréable, ils ne parlent pas des choses qui fâchent, elle ne fait pas celle qui sait tout, il ne se vante pas de ses coups de poing. Ils dégustent et ils se regardent. Il lui dit viens dans ma chambre, elle le suit, il a disposé d'autres chandelles tout autour du lit, tu vois, je me suis renseigné sur tes libertins, ceux qui ont fait les rambardes des balcons de la dernière fois. Tu nous as fait une ambiance d'alcôve, elle plaisante, je ne sais pas si c'est libertin ou si c'est romantique, je ne voudrais pas t'embrouiller. Ils s'embrassent, se déshabillent à la hâte. Ça lui a manqué de toucher son corps. Sans doute à lui aussi car il ne plie pas ses vêtements comme d'habitude. Il va sur le lit et il a gardé ses chaussettes, ça la fait rire, il pousse avec son pied pour en enlever une et réussit seulement à la tire-bouchonner. Il abandonne.

Marie-des-Neiges a envie de sa chaleur contre elle, elle ferme les yeux, il met sa bouche dans son cou, il fait vraiment très chaud, elle brûle, pousse un cri, le drap à côté d'elle commence à prendre feu, il a le pied qui crame. Une bougie a enflammé sa chaussette à demi-ôtée, puis le drap. Ange crie et il jure. Marie-des-Neiges s'écarte vivement, elle se lève, elle se précipite dans la cuisine et saisit la bouteille de vin à moitié pleine, une bassine remplie, elle revient et jette l'eau puis le vin sur les draps en feu. Une épaisse fumée noire se dégage, elle se couvre, puis ouvre les fenêtres. Ange est resté là, ensuqué, à tapoter son pied et sa chaussette brûlés avec une couverture. Marie-des-Neiges tousse à cause de la fumée, elle rit en même temps, tu es bien un homme d'action, on peut compter sur toi, c'est ça. Le petit nervi reste coi. Je crois que tu n'es pas fait pour le romantisme ni le libertinage, tu es trop maladroit. Il sourit enfin. Ça va rester, cette odeur. Je vais devoir repeindre, à tous les coups ça m'aura abîmé les murs.

Elle se rhabille, que fais-tu, je me prépare avant l'arrivée des pompiers, ne fais pas ces yeux de gobi, je plaisante, mais je ne compte pas dormir ici, avec cette odeur. Ramène-moi, et je t'inviterai peut-être chez moi, je n'ai pas prévu de bon repas, mais je n'ai pas non plus allumé de bougies, c'est moins dangereux.

Il fait comme elle a dit, les gestes piteux. Elle monte dans son auto, il est loin son comportement odieux de la dernière fois, il l'amuse avec son air contrit. Elle préfère ce fiasco à tous les moments où il est dur.

Yolande arrive soucieuse au café. Elle voudrait aller à Marseille, elle commence par livrer des explications confuses. J'étais bien contente, qu'on m'aide, alors je veux aider en retour. Il faut de la solidarité, comme Maria-Angustias avec moi, elle m'a sauvée. Elle apaise sa respiration, elle reprend, plus calme. Madame Ega, quand j'avais perdu mon emploi à Marseille, m'avait présenté celui qui s'occupe du Comité d'entente squatters. C'est un monsieur très bien et très gentil, Marius Apostolo. Avec son comité, il disait que c'était pas normal, les bidonvilles, les baraquements. Dans la Constitution, l'accès au logement est un droit, et il y en a qui travaillent et vivent dans des taudis, surtout des anciens des colonies mais aussi des Français de petite France, des pauvres, même des ouvriers. Alors on allait avec lui et on ouvrait des bâtiments vides, il y installait des familles. Je suis partie à Aix et j'avais un peu oublié, mais je lui ai donné des nouvelles, je lui ai écrit, pour lui dire que j'avais trouvé une situation, et il m'a répondu, il a besoin de nous.

Joseph voit bien de quoi il s'agit, il raconte, il y a eu pendant la guerre des réfugiés, et puis la destruction du quartier réservé tout entier, derrière la mairie, des petites rues interlopes avec des ouvriers, des prostituées, des vagabonds, des Juifs et des résistants cachés. Les Allemands ont tout détruit, en 1943. Après la Libération, il y avait tant de gens à loger, tant d'injustices, des réfugiés aux maisons détruites, des vies brisées, des Juifs rescapés du génocide, des rapatriés et des fugitifs de partout, des Gitans, des campagnards, des travailleurs nouveaux venus dans la ville. Ce Marius Apostolo, il n'était pas de mon bord, à l'origine, c'était un chrétien. Mais il a vu tout ça et il a fondé ce comité de squatters, pour faire entendre raison aux propriétaires et à ceux qui gouvernent. Il en a peut-être perdu la foi, de toute cette tristesse, en tout cas il a viré communiste. Joseph se tourne vers Marie-des-Neiges. Maintenant le comité soutient les nombreux citoyens qui ont quitté les anciennes colonies pour venir ici, ceux qui travaillent sur le chantier de ton ami, de Galim Diouf, par exemple. Marie-des-Neiges ne relève même pas, elle lui a déjà dit, que ça n'était pas son ami. Il aime la provoquer. Ce Galim Diouf les laisse moisir dans des baraques insalubres, dans des campements temporaires devenus définitifs. Il ne les paye pas assez pour qu'ils aient de bons logements, et de toute façon toute la ville en manque.

Yolande reprend la parole, une grosse action se prépare pour le lendemain, Marius Apostolo mobilise tous les soutiens, elle a pris un jour de congé pour s'y rendre. La petite bande n'a pas cours alors chacun-chacune promet de se joindre à l'action.

Le rendez-vous est très tôt le matin, ils et elles dorment chez Joseph à Marseille, ils retournent s'entasser joyeusement dans la petite maison des Aygalades. Le père de Joseph est là, il se couche tôt mais il passe du temps avec eux, il est content de les revoir. Il est plus bavard que lors de leur première visite. Vous pouvez me tutoyer, appelez-moi Rino, tout le monde m'appelle comme ça, depuis tout petit. Moi, je ne m'occupe pas des bidonvilles, je m'occupe des travailleurs, mais je suis d'accord que se loger est un droit. Simplement on ne peut pas mettre n'importe qui dans une maison, ou dans un immeuble, il faut savoir y vivre. C'est toute une affaire d'apprendre. Si vous mettez n'importe qui à côté d'honnêtes travailleurs, ça n'est pas bon. Il y a le droit à vivre tranquille, aussi. Je ne dis pas ça contre ceux qui viennent des colonies en général, ceux qui travaillent, qui sont civils, doivent pouvoir se loger. Mais pour les autres j'y réfléchirais à deux fois. Peut-être que ça sera plus pour leurs enfants, si vous parvenez, vous les futurs instituteurs, à leur en mettre dans la caboche.

Il y a eu Lamine Senghor, vous savez, elle dit Marie-des-Neiges. C'était un docker, un syndicaliste. Je le connais grâce à un livre d'un écrivain qui m'est cher, Claude McKay. Si vous le lisiez, il vous plairait, cet homme. Le père de Joseph a entendu ce nom, Senghor, il demande s'il est de la famille du ministre. Ils n'ont aucun lien familial, précise Marie-des-Neiges. Elle continue à raconter, le père ouvre les yeux grands. Elle parle de Lamine Senghor, soldat de la Grande Guerre, né à Joal, au Sénégal, venu en petite France pour combattre, poumons gazés, devenu docker à Marseille. Il a été communiste et syndicaliste, il a fondé aussi le Comité de défense de la race nègre, puis il est mort, en 1927. Le père hoche la tête, c'est bien une petite qui connaît l'histoire ouvrière, je n'ai jamais entendu parler de ce type, je t'avoue, pourtant c'était un collègue. Mais je le redis, il y a parmi ceux qui viennent des colonies de très bons travailleurs et des camarades de valeur. J'avais un camarade, Ousmane Sembène, qui a été docker et membre du syndicat pendant dix ans. Il en a même écrit un roman, et puis maintenant il est parti faire d'autres choses, il voulait faire du cinéma, je crois. Marie-des-Neiges a un cri du cœur, je le connais, il vient de Casamance, et il en a écrit un autre, de roman, sur la grève des cheminots à laquelle a participé mon père.

Rino sourit, qui sait, s'il n'y avait pas eu l'Union française, il n'aurait peut-être jamais écrit, il serait resté docker parmi nous pour développer la lutte des classes. Mais les livres, le cinéma, après tout, pourquoi pas. Par contre, ton Lamine Senghor, c'est pas ma ligne, son comité de la race nègre, parce que pour moi il y a une seule classe ouvrière, il ne faut pas diviser entre Noirs et Blancs. Nous autres dockers, nous sommes internationalistes, les camarades ont fait la guerre à la guerre quand il y a eu celle du Rif, au début des années 20, ils refusaient d'embarquer des armes sur les navires. Pendant la guerre contre les nazis, c'était autre chose, bien sûr. C'est bien si vos études ne vous éloignent pas du monde du travail, si vous restez fidèles à d'où vous venez. Marie-des-Neiges parle de son père, syndicaliste cheminot, et de l'écrivain Claude McKay, de la façon dont il a voyagé en URSS, à Marseille. Rino est intéressé, je voudrais le lire, mais je ne comprends pas l'anglais. Je ne m'intéresse pas trop à la littérature, je préfère des livres utiles, qui m'apprennent des choses. Ton père est un camarade, les cheminots, c'est un sacré syndicat, presque aussi fort que nous autres les dockers. Il bâille, il n'arrive plus à écouter. Il est trop fatigué. Je suis désolé, les enfants, je vais me coucher.

La petite bande ne tarde pas. Yolande et Maria-Angustias se serrent dans le lit de Joseph, Kathy et Marie-des-Neiges ont chacune leur matelas par terre. Elles se donnent la main, s'embrassent discrètement avant de dormir. Il faut se réveiller à l'aube pour rejoindre le camp du Grand Arenas. Il se situe en périphérie de Marseille, à la Cayolle, juste à côté des calanques. Marie-des-Neiges s'attendait à des cabanes brinquebalantes et vétustes, elle se retrouve devant de grandes tentes blanches en forme de tonneaux. Les baraques sont longues, arrondies, le camp a servi de logement d'urgence en 1945, il est désormais quasiment pérenne. Il a accueilli des soldats états-uniens, des rescapés et des réfugiés juifs, des travailleurs annamites ou algériens. Désormais y vivent les nombreux ouvriers venus des anciennes colonies, accompagnés parfois de leurs familles. Yolande leur présente Marius Apostolo, grand, sec, front dégarni, énergique et chaleureux. Ils sont une centaine, derrière lui, mélange d'habitants du camp et de soutiens, à quitter le Grand Arenas pour rejoindre la ville ; certains viennent aussi d'autres quartiers, comme Peyssonnel qui a été détruit par le maire. Il y a beaucoup d'Algériens, arabes ou kabyles, mais aussi des Arméniens, des Corses, des Italiens, des Comoriens, venus d'autres quartiers, dépourvus de logement tout autant que ceux des anciennes colonies. Marie-des-Neiges discute, beaucoup travaillent sur les chantiers de Galim Diouf, ils se plaignent des promesses non tenues, s'attristent de la façon merveilleuse dont ils imaginaient la petite France et de leur déception en voyant leurs conditions d'existence.

Ils arrivent devant un grand bâtiment du centre-ville, la porte est ouverte, Marie-des-Neiges ne sait pas par quelle opération, clef empruntée, effraction, ruse de cambrioleur ou allié caché à l'intérieur. Les squatters et les soutiens entrent et se répartissent dans le bâtiment. Les murs sont défraîchis, les sols fatigués, mais il y a plusieurs appartements et ils semblent plus habitables et confortables que les immenses tentes arrondies du Grand Arenas. Il y a tout un moment d'agitation et de joie, d'enfants qui courent dans les couloirs, car les familles ont rejoint les squatters éclaireurs. Marius Apostolo demande aux soutiens, en cas d'intervention policière, de se masser à l'extérieur, devant la porte.

La presse et la police arrivent en même temps, ainsi qu'un représentant du préfet en costume-cravate. Près de Marie-des-Neiges un homme s'étonne, c'est un Noir, un autre précise qu'il a eu droit à un article dans *Le Provençal* quand il a rejoint le cabinet du préfet, c'est un des premiers élèves de l'ENA issu des colonies. Il demande à parler à un responsable, Marius Apostolo se place devant lui et ils discutent de telle manière que tous deux s'adressent non seulement à l'autre, mais à tout un public, presse et militants rassemblés.

Marius Apostolo parle d'une voix forte, l'État doit appliquer le droit, celui de tout citoyen à bénéficier d'un logement décent. Il y a des travailleurs, des familles, dans cette ville, qui ne sont pas logés de façon digne, il y a aussi des bâtiments vides, alors si les autorités n'osent pas, les squatters remédient à la peine des uns par l'occupation des autres. Les logis insalubres, les campements sont le lot des anciens citoyens et des nouveaux, nés ici ou venus des anciennes colonies. Les squatters tranchent, ils privilégient leurs droits sur les profits et les calculs des spéculateurs et des promoteurs. Ils veulent de vrais logements, ils sont citoyens comme les autres, et refusent les logements à normes réduites comme ceux de la cité de la Paternelle, dans les quartiers Nord.

Le représentant du préfet a des mots fermes, ni lui ni les pouvoirs publics ne découvrent le problème, les logements ne surgissent pas du néant, ils se construisent, les bâtiments vides ne suffiraient pas pour pallier les destructions de la guerre, l'usure de la vieille ville, l'afflux de nouveaux citadins. L'action progressive et déterminée est plus efficace que le spectacle et le tapage, le temps est aux manches retroussées plutôt qu'aux poings levés, lui-même vient d'Abidjan et il sait bien combien pour ses compatriotes, ou ceux venus d'Algérie ou d'autres lieux de l'ancien Empire, se loger est un défi, un désespoir parfois. Il n'est pas temps d'attirer l'attention mais de faire ses preuves, de patienter, pour atteindre les justes fruits du travail entrepris.

Sous les huées, les bousculades, un représentant de la mairie intervient lui aussi, Marius Apostolo lève le doigt en l'air, il y a urgence, urgence, pour tous les mal-logés de la ville, il faut hâter les constructions, les réquisitions, les rénovations.

La discussion se calme, des policiers restent en faction, à distance, il n'est plus question d'évacuation. On amène à Marius Apostolo une sacoche, il en sort des dossiers, retourne vers les soutiens et les squatters pour leur présenter les propositions des pouvoirs publics. L'immeuble appartient à Galim Diouf, une de ses représentantes doit rejoindre l'homme du préfet, celui du maire et les porte-paroles des squatters. L'envoyée de Diouf a promis, l'immeuble était bien destiné à être rénové en habitations bon marché, Marius Apostolo ne sait pas si c'est vrai, il ne sait pas dans quelle mesure le préfet ou la mairie étaient disposés à faire appliquer la loi et assurer des prix abordables. Il soupçonne Gaston Defferre et ses services d'un double jeu, ils freinent les mesures décidées par le gouvernement pour construire les mêmes logements pour tous. Au niveau local, ils trient entre les ménages français de petite France, ceux qui viennent des anciennes colonies et les Gitans. Certains techniciens des services municipaux les appellent les asociaux. Ils parlaient, auparavant, d'îlots insalubres, désignent maintenant les quartiers de mal-logés comme des bidonvilles, terme directement hérité de la terminologie coloniale. C'est révélateur.

Marius Apostolo calme sa colère, il est satisfait, ils ont tout de même obtenu des résultats. Leur action a rendu visible cet immeuble, bien placé dans Marseille, les squatters sont autorisés à y rester jusqu'au début des travaux, le rythme devrait s'accélérer, désormais, alors que Galim Diouf aurait sans doute laissé traîner. Il en faudrait plusieurs par semaine, des actions de ce type, mais les forces sont limitées.

Marius Apostolo a l'air fatigué mais content, ça avance, ça avance, mes amis. Il remercie tout le monde, ceux qui habitent loin peuvent partir. Maintenant, c'est de la négociation. Il prend sa sacoche et ses dossiers, rejoint les parties en présence dans un bureau à l'étage, plus au calme, pour entrer dans les détails concrets. Yolande est fière d'avoir amené la petite bande, elle décide de rester encore quelques heures, pour aider les squatters à s'installer. Armand reste aussi, ils ont peut-être besoin d'un juriste, je suis là. Les autres repartent, Marie-des-Neiges n'a pas pris de bonnes chaussures, elle a trop marché, ses pieds sont gonflés. Kathy lui murmure à l'oreille, je te les masserai, ce soir, si tu viens chez moi.

Un soir Marie-des-Neiges se retrouve seule au café avec Lakhdar. C'est un de ces jours où Kathy est mystérieuse, elle est partie en lui disant à peine au revoir. La petite bande s'est effilochée, Marie-des-Neiges est allée aux toilettes, et quand elle est revenue, il ne restait plus qu'eux. Lakhdar a les yeux dans le vague. Marie-des-Neiges est mal à l'aise, il n'est pas le plus bavard du groupe, elle l'apprécie mais elle le connaît peu, finalement. Ce soir-là pourtant il a envie de parler. Pourquoi il la choisit elle, elle se le demande ensuite. Sans doute parce qu'elle sait écouter. Je ne me sens pas très bien, il lui dit. Tu sais, je n'ai pas raconté aux autres, mais j'étais à Alger, en 56, quand il y a eu les ratonnades. Ça s'est passé juste après l'assassinat, à Alger, du maire de Boufarik, Amédée Froger, un de ceux qui s'opposaient avec le plus de vigueur aux droits égaux. Le lendemain, pour ses obsèques, une foule s'est rassemblée en cortège, il n'y avait que des Européens d'Algérie, les plus ultras, parmi eux des étudiants, les plus forcenés. La procession longeait la Casbah et d'autres quartiers musulmans, à un moment ça a dégénéré, ils se sont attaqués à tous ceux qui passaient et qui leur semblaient arabes.

Lakhdar halète, il transpire.

J'étais encore adolescent, presque un jeune homme, je travaillais pour un marchand d'étoffe de la Casbah, je lui servais de coursier. Il ne savait pas pour l'enterrement, il m'a envoyé pour une course, je suis tombé en plein dedans. Je ne cherchais pas à provoquer, je travaillais, d'abord je n'ai pas compris, j'ai cru qu'ils cherchaient un voleur, ils étaient dix autour de moi.

Lakhdar ferme les yeux.

Il y a dans sa tête des visages déformés,
des rictus
la haine.

Il prend un coup derrière la nuque et il est sonné.

Un homme est face à lui,
Il lui parle
fort.

Lakhdar ne comprend pas ce que l'autre éructe,
Il ne saisit pas les insultes.

Il prend un autre coup, dans l'épaule, il lève les mains pour se protéger,

un coup de pied dans la cuisse,
ne pas tomber
ne surtout pas tomber et finir comme un chien,
on le tient par le col, on le secoue,
un crachat s'étale sur sa joue,
ou du sang,
un coup dans la tempe, il vacille.

Un homme a un revolver à la main.

Il le pointe.

Un coup part, il frôle son oreille.

D'autres le retiennent, tu es fou, tu vas blesser l'un d'entre nous.

Un homme fouille ses poches, il a un couteau, je suis sûr qu'il a un couteau, ce bougnoule.

Lakhdar se laisse faire, étrangement,
étranger au sort qu'on lui inflige,
simplement concentré sur cette volonté
ne pas tomber.
Il s'appuie contre une voiture, c'est sa chance
car lorsqu'il tombe
malgré sa volonté
ne pas tomber
lorsqu'il tombe, il roule dessous.
Il ne sait pas comment lui vient cette intuition.
Elle le sauve.
Elle préserve son corps des coups et de la colère.
Il est bien amoché, déjà, mais vivant.

Il est presque mort, il suffirait que l'homme au revolver lui tire dessus, que la voiture appartienne à un musulman et que les forcenés la renversent, il suffirait que l'un d'entre eux se penche et le voie, que ceux qui l'ont frappé ne l'aient pas déjà oublié, ne soient pas passés à un autre, interchangeable.

Il y a des cris, des coups de matraque, les régiments de tirailleurs sénégalais interviennent, ils repoussent les Européens fous de rage, ils sont aux ordres, les ordres sont de protéger les quartiers musulmans, alors ils s'exécutent.

Lakhdar en profite pour sortir, il s'enfuit, il rentre chez lui où sa mère le soigne. Il ne va pas à l'hôpital, il ne porte pas plainte, ses côtes et sa tête sont douloureuses, il ne s'en tire pas si mal, mais il a une seule idée, partir de ce pays, laisser cette violence derrière lui.

Lakhdar a tout déballé, ce qu'il a dit et ce qu'il a montré, sa respiration, sa peur, sa voix altérée par le terrible souvenir.

Je suis désolé de te dire tout ça, je me sens bien, ici, avec vous, je ne voudrais pas tout gâcher en ressassant des pensées mauvaises. Il se lève brusquement, n'en parle pas aux autres, s'il te plaît. Merci. Il part, sa silhouette s'éloigne, Marie-des-Neiges a l'impression de voir disparaître un fantôme.

La lettre arrive dans sa boîte aux lettres. Marie-des-Neiges se demande si c'est une invitation ou une convocation. Geneviève de Nerval lui donne rendez-vous pour dîner à son hôtel particulier la semaine suivante. Marie-des-Neiges lui a écrit, sur une nouvelle exhortation de sa mère. Elle te loge, tu peux bien lui écrire. Raconte-lui tes études, transmets-lui toute ta gratitude. Elle est ta bienfaitrice. Marie-des-Neiges partage les préventions de son père contre les plus riches, forcément oppresseurs, mais elle est reconnaissante d'avoir un toit et pas de loyer. Alors elle a écrit, une lettre très polie pleine de remerciements. Geneviève de Nerval lui a répondu en l'invitant. Elle doit y aller maintenant, toute défection serait malvenue. Elle est curieuse, toutefois, de voir à quoi ressemble cette dame.

À l'heure dite, elle se présente à la demeure, accueillie par le domestique d'un âge avancé, celui qui l'avait emmenée dans son appartement. Il la conduit à l'intérieur, la débarrasse de son manteau. Madame de Nerval vous reçoit bientôt, il dit d'une voix compassée. Marie-des-Neiges attend dans une antichambre poussiéreuse. Une étagère ploie sous les livres, ils semblent n'avoir plus été ouverts depuis longtemps, tellement serrés qu'en enlever un serait arrachement. Les bibelots sont comme incrustés dans les meubles et ont oublié la caresse du plumeau. Marie-des-Neiges n'ose rien toucher, elle s'ennuie et commence à regretter cette visite de courtoisie.

Enfin le domestique la fait entrer, Geneviève de Nerval est telle que Marie-des-Neiges l'imaginait, vieille et sèche, lourdement maquillée, un collier de perles blanches autour du cou. Son mince sourire a l'air de lui coûter. Elle lui souhaite la bienvenue et sans plus de cérémonie l'invite à passer à table. Le vieux domestique sert le dîner, lui seul sans doute a cuisiné. La vaisselle est belle et les couverts d'argent, les plats peu copieux et trop cuits.

Marie-des-Neiges doit se concentrer pour entendre ce que dit Geneviève de Nerval, sa voix coule doucement, elle a le faible débit des fontaines aixoises, mais son ton laisse deviner l'habitude de commander et de ne pas se laisser interrompre. Marie-des-Neiges l'écoute. Ainsi vous êtes la fille d'Édith. Je suis contente de vous voir. Édith écrit beaucoup sur vous, dans ses lettres. Elle est très fière. Je suis fière de mes deux fils, moi aussi. Mais ils sont morts pour la France libre. Voyez dans quel état leur disparition me laisse. J'ai quelques biens, mais il n'y a plus d'âme ici. Il n'y a que du chagrin. Aussi suis-je heureuse de pouvoir vous aider. Vous êtes courageuse de venir jusqu'ici pour vos études. Tout le monde n'aime pas les Noirs, savez-vous. Et encore moins les Arabes. Je suis vieille France, vous savez, et je mentirais si je vous disais que je suis à l'aise d'en voir autant dans les rues. C'est qu'ils viennent, vos compatriotes, maintenant qu'ils sont citoyens.

Tout ça ne me concerne plus, je suis trop vieille. Je vous le dis franchement, je ne croyais pas que vos semblables pourraient gouverner. J'ai défendu qu'on les traite mal, pourtant, quand nous étions aux commandes, quand mon mari avait son poste aux colonies. Parce que j'ai du cœur et je n'aime pas l'injustice, qu'elle concerne un Blanc ou un homme de couleur. Votre mère l'avait bien compris, elle m'appréciait. Ainsi l'ai-je rencontrée et je dois avouer qu'elle m'a fait forte impression. Elle a du caractère et elle est pieuse. Elle pourrait en remontrer à certaines grenouilles de bénitier que je croise ici. Je ne croyais pas tellement à l'Union française, je penchais pour de Gaulle à la Libération, mais votre Césaire m'a convaincue. Et sa femme Suzanne encore plus, je dirais. Pour moi c'est un progrès qu'une femme soit présidente. Moi-même je n'ai jamais travaillé mais je me suis occupée, j'ai abattu du travail dans mes œuvres, j'ai aidé des gens. Je voulais être une bonne chrétienne. Votre mère ne réclamait pas la charité, elle voulait faire à égalité. Ça me choquait à l'époque et puis j'ai compris.

Je suis une femme du passé, je maintiens les apparences, mon hôtel, Jacques, mon vieux valet. Vous avez vu comme ma maison pourrait être mieux tenue, que ce soit pour la propreté ou la nourriture. Jacques fait ce qu'il peut, il maintient les apparences, lui aussi. J'ai quelques biens qui m'assurent ce petit train de vie. Ainsi puis-je être généreuse avec vous. Sans doute êtes-vous l'avenir, même si je ne comprends pas bien où tout cela va. Vous êtes jeune, je suis vieille, je contribue, à ma mesure. Tout ce que j'ai connu disparaît. Vous êtes gentille d'être venue, je vous en suis reconnaissante, je ne vous demande pas de venir souvent. Je ne suis pas très amusante. Laisse les morts ensevelir les morts, disait saint Matthieu – exactement la même citation, note Marie-des-Neiges, que celle qu'affectionnait sa mère. Vous avez votre route à faire. Je vous ai vue, je voulais me faire une idée.

Geneviève de Nerval parle, elle laisse peu de place à la discussion. Marie-des-Neiges voudrait lui raconter ce qu'elle pense de sa mère et de ses combats, la façon dont elle découvre l'Hexagone, elle pourrait parler de son fils qui l'émerveille. Elle n'est pas sûre que son hôtesse pourrait entendre. Elle tente, il y a eu des temps immuables, des temps de résignation, et il y a des temps de révolution, où tout change très vite, où ce qui était impossible s'impose. Je suis enthousiaste et inquiète comme on l'était, sans doute, en 1789, en 1793, en 1848. Sauf que c'est une révolution qui dure depuis plusieurs années. Je suis plus enthousiaste qu'inquiète parce que j'entrevois ce que dit la chanson, les mauvais jours finiront. Tout peut brutalement s'achever à coups de crosse et de canon, dans des cachots. Mais cette joie que j'ai en moi, cette liberté, et pas seulement en moi, je ne suis pas la seule, d'autres en Afrique de l'Ouest, en Algérie, dans les Antilles, la ressentent ; elle sera dure à effacer. Elle peut être écrasée car parfois le désespoir triomphe des plus grandes ardeurs. Il y a bien eu, dans l'histoire, des reculs et des restaurations. Mais on ne nous enlèvera pas ce sentiment d'avoir été là, d'avoir construit, d'avoir partagé.

Marie-des-Neiges cesse de parler, elle craint d'avoir froissé Geneviève de Nerval, de l'avoir importunée ou choquée. Elle la regarde, un peu inquiète. La vieille femme s'essuie la bouche avec sa serviette, elle sourit. Je suis ravie de vous avoir vue, vous êtes bien la fille de votre mère, vous me faites penser à Édith. Marie-des-Neiges sait qu'elle ne reviendra pas, pas avant longtemps, elle n'aime pas cette demeure ancienne, ces meubles lourds, les sentiments tristes qui hantent la maison. Elle n'a pas la même patience ni le même désir d'être reconnue que sa mère, pour entretenir une telle relation. Mais elle est contente, elle aussi, d'avoir rencontré Geneviève de Nerval. Elle parvient même, alors que ça n'est vraiment pas très bon, à terminer son assiette.

Marie-des-Neiges devrait travailler ses cours mais elle a un poème en tête. Elle doit s'en débarrasser, le poser sur le papier. C'est un poème d'amour, elle l'écrit en pensant à Kathy et à Ange.

J'ai deux amours
Irréconciliables
Insolents
Impatients
Incompatibles.
Je me cogne
Mistral
Lourdes façades de pierre carrée
Pluic à verse.
J'ai un petit coffret précieux
Deux clefs
Deux serrures.
Je me heurte
À la peau
Au doux rebondi des lèvres
À des pieds fermes

Des fesses tout autant.
Yeux piments
Cheveux de soie
Menaces sucrées de goyave
Sourires pointus
Bonheur
Je m'abandonne
Je viens, temps éphémère
Je me plais à t'affronter, terrible joie
Je savoure
Impossible
Rivière glacée sur mes membres
Peu importe.

Ange invite Marie-des-Neiges au restaurant, comme souvent quand il est à Aix. Ange ne la laisse jamais payer, et ça ne lui plaît pas, elle ne veut pas se sentir une dette envers lui. Puis elle pense encore à madame Condé, à son : prends tout ce que tu peux prendre, d'un homme, et si sa fierté mal placée ou sa conception masculine de l'honneur le pousse à trop te donner, prends encore, tant pis pour lui.

Quand ils mangent en tête à tête, elle sent parfois qu'on les observe, ou bien elle se l'imagine. Elle ne sait pas ce que les Aixois, les Marseillais, les habitants de petite France peuvent penser de leur couple, forcément certains doivent se dire, une fille de là-bas, elle vient ici pour trouver un homme, un Blanc. Elle a bien réussi son affaire, elle est maligne.

Ange a l'habitude d'être pris pour un voyou, il a sa témérité crâne, sa satisfaction d'être comme il est en toutes circonstances, sa posture de défi du mauvais garçon. Pourtant, et c'est contradictoire, elle sait bien à quel point il aspire à devenir respectable, à ne pas laisser place au soupçon du manque d'honneur. Elle n'est pas sûre qu'il l'emmènerait chez lui, en Corse, dans son village, s'il en avait l'occasion. Elle ne s'en préoccupe que par moments, pas certaine de toute façon qu'elle aurait envie d'y aller voir.

Un homme à quelques tables les observe, il leur sourit. Le serveur leur apporte deux apéritifs, de la part du monsieur, là-bas. L'homme lève son godet, à distance, il se rapproche, trinque avec eux. Vous êtes beaux, il leur dit, vous êtes le futur, pour moi, vous êtes l'Union française. Je vous laisse, mais je voulais vous offrir ce petit verre. Il a déjà tourné le dos, il est retourné à sa place. Marie-des-Neiges est mal à l'aise, elle ne veut rien symboliser du tout, et surtout pas avec Ange. Son amant est furieux, de quoi il se mêle, celui-là, s'il croit que j'ai besoin de sa bénédiction. Moi, je sors avec toi, pas avec l'Union française. L'Union française, je lui chie dessus, je vais aller lui expliquer, à celui-là, avec mon poing entre ses dents, il va comprendre. Marie-des-Neiges le calme, ne nous affiche pas plus, ne fais pas de scandale, s'il te plaît, je déteste ça.

Ange apaise sa colère, mais il n'a plus faim, Marie-des-Neiges non plus. Il règle l'addition, ils n'ont pris qu'une entrée. Ils sortent dans la rue. Viens, il dit, on va dans ton appartement, on sera mieux. Marie-des-Neiges est soulagée de s'éloigner du restaurant, elle ne peut se retenir de rire, maintenant, d'imaginer Ange en représentant modèle de l'Union française. Il la regarde sans comprendre, mais de la voir joyeuse à ce point, il rit aussi. Marie-des-Neiges ne sait plus si elle est heureuse ou si elle se moque, de leur situation, de l'homme du restaurant et de sa bienveillance déplacée, de la réaction outrée d'Ange, de leur repas tronqué. Ils ne se retiennent plus, désormais, ils marchent dans la rue, côte à côte, et ils déploient leurs gorges à grand bruit.

Kathy lui a prêté du maquillage, elle lui a rosi les joues, passé du rimmel sur les cils, mis du rouge à lèvres. Ce soir, on se fait belle. Ça ne fait pas pareil sur leurs deux peaux, ça n'est pas très adapté pour celle de Marie-des-Neiges. Pourtant, il existe à Dakar, bien sûr, des produits de beauté pour les femmes noires. Ils commencent à se développer dans l'Hexagone mais manifestement ce type de gamme n'est pas encore arrivé à Aix-en-Provence. Marie-des-Neiges est quand même en joie. Viens, on sort ensemble, elle a dit Kathy, toutes les deux seulement.

Elles marchent bras dessus bras dessous dans la rue, Marie-des-Neiges et Kathy. Elles ont des écharpes et des pulls, un manteau, parce qu'il commence à faire vraiment froid.

Une heure avant, elles étaient chez Kathy, où Marie-des-Neiges l'avait rejointe, car elle ne se lasse pas de voir le logis de son amante, un appartement de trois pièces, très coquet, même si les toilettes sont dans l'escalier commun. Kathy s'était presque excusée, tu sais, je ne suis pas riche, aux États-Unis, mais j'ai ma bourse pour étudier. Le taux de change nous est favorable, avec des dollars, ici, je vis comme une reine. Kathy avait décoré son appartement. Elle avait accroché aux murs des portraits que Marie-des-Neiges avait trouvés fort beaux. Kathy en était gênée, ils étaient de sa main, et elle se promettait bien d'en faire un de son amie. On pouvait voir aussi, dans de petits cadres, la constitution des États-Unis, et deux textes de Suzanne et Aimé Césaire. Le premier était en réalité signé collectivement, mais Kathy avait bien précisé à Marie-des-Neiges qu'il était de la plume de la présidente, du temps où la revue fondée avec son mari et quelques autres, *Tropiques*, avait été interdite par le lieutenant de vaisseau Bayle, chef de la censure pour l'amiral Robert, gouverneur délégué par le régime de Vichy. Suzanne Césaire lui avait répondu de façon aussi sèche que nette :

« *Monsieur,*
Nous avons reçu votre réquisitoire contre Tropiques.
"Racistes, sectaires, révolutionnaires, ingrats et traîtres à la Patrie, empoisonneurs d'âmes", aucune de ces épithètes ne nous répugne essentiellement.
"Empoisonneurs d'âmes", comme Racine au dire des Messieurs de Port-Royal.
"Ingrats et traîtres à notre si bonne Patrie", comme Zola au dire de la presse réactionnaire.
"Révolutionnaires", comme l'Hugo des Châtiments.
"Sectaires", passionnément, comme Rimbaud et Lautréamont.
"Racistes", oui. Du racisme de Toussaint Louverture, de Claude Mac Kay et de Langston Hugues – contre celui de Drumont et d'Hitler.
Pour ce qui est du reste, n'attendez de nous ni plaidoyer, ni vaines récriminations, ni discussion même.

Nous ne parlons pas le même langage. »

Signé : Aimé Césaire, Suzanne Césaire, Georges Gratiant, Aristide Maugée, René Ménil, Lucie Thésée. Fort-de-France, le 12 mai 1943.

L'autre texte était le fameux discours d'Aimé Césaire aux jeunes filles du Pensionnat colonial, un orphelinat, en Martinique, alors qu'il venait d'être élu maire de Fort-de-France et allait être nommé ministre des Colonies :

« Mesdemoiselles, je n'ai pas la naïveté de croire que quelques paroles officielles prononcées devant quelques jeunes filles d'une île petite et en marge du monde puissent en quoi que ce soit influencer le destin du monde. Cependant, je dois l'avouer, à vous voir réunies pour les entendre, je me sens plus confiant en l'avenir. À vous voir assemblées pour attendre la récompense d'une année de travail, de courage, d'intelligence, à vous voir heureuses d'avoir évité plus d'un récif et doublé plus d'un cap, je me sens plus certain de demain. La nuit a beau japper lugubrement à la face de la terre, demain brille déjà de ses bourgeons mal éclos, de ses promesses lucides. »

Marie-des-Neiges avait plaisanté, tu as finalement plus de références à la France qu'aux États-Unis accrochées à ton mur. Kathy avait pris la remarque au sérieux, elle avait acquiescé, tu sais que le monde entier fonde de grands espoirs dans l'Union française. Vous êtes peut-être une troisième voie, entre le capitalisme de mon pays et le communisme autoritaire de l'URSS. Les mouvements noirs, aux États-Unis, se sont emparés de l'égalité réelle que vous essayez de construire. La présence d'Aimé Césaire aux obsèques d'Emmett Till, le jeune garçon lynché par des ségrégationnistes dans le Mississippi, côte à côte avec notre président, Adlai Stevenson, a marqué le monde entier, tu sais. Je m'intéressais déjà à la France, mais à partir de ce moment-là j'ai décidé que je viendrais y faire mes études, si je pouvais. Tu vois la statue de la liberté noire, celle que Césaire a commandée à Picasso, qu'il a construite à Fort-de-France, où elle semble répondre à celle des États-Unis, celle de New York. Eh bien j'ai eu l'impression qu'elle m'appelait vers la France, cette statue. Alors je suis venue.

Elle avait mis ses bras derrière ses épaules, l'avait embrassée sur les lèvres, avait conclu : et je t'ai rencontrée. Puis il y avait eu la séance de maquillage, Marie-des-Neiges avait trouvé ça agréable. Enfin elles étaient sorties.

Elles avancent sur le cours Mirabeau et Marie-des-Neiges se plaît à imaginer leur fière allure, une démarche et une dégaine de magazine de mode, si ses parents la voyaient, aucun des deux n'apprécierait. De sous leurs bras entremêlés la main de Kathy lui presse le poignet, c'est bien qu'on puisse se toucher, si on était deux hommes, on devrait se cacher, mais nous on passe pour deux bonnes amies. Je pourrais presque t'embrasser sur la bouche, dans un recoin, on n'y verrait pas de mal, ça passerait pour l'enthousiasme de, comment vous dites, des jeunes filles en fleurs. C'est un livre de Proust, n'est-ce-pas, je ne l'ai pas lu mais j'aimerais.

Marie-des-Neiges serait gênée, si elles s'embrassaient dans la rue, elle garde une retenue, en public. Ce serait pareil avec Ange, presque pire qu'on l'imagine avec un mauvais garçon. Pourtant, quand ils sont ensemble au restaurant, c'est évident. Tant pis. Elle est contente d'avoir Kathy à son bras, de sentir contre elle le chaud de sa hanche quand elles se frôlent ou se collent. Kathy fait sa mystérieuse, j'ai quelque chose à te montrer, c'est poétique, tu verras.

Elles s'installent sur la terrasse des *Deux G*, le café de Galim Diouf, sur le cours Mirabeau. Elle le voit de loin, toujours aussi bien habillé, il la salue d'un geste de la main. Elle sourit, il ne se doute sûrement pas qu'elle a participé à l'action avec les squatters. Elle racontera à son père dans sa prochaine lettre, il sera content d'imaginer ce bon tour joué à la famille Diouf.

La nuit vient de tomber, autour d'elles les clients commandent l'apéritif. Elles préfèrent choisir un thé. Il fait froid, elles rapprochent leurs chaises. Les platanes du cours sont mis à l'état de squelettes par l'automne, seules leurs branches se dressent vers le ciel. C'est cette direction qu'indique Kathy à Marie-des-Neiges. Une masse sombre tournoie et spirale, fuse vers le sol puis remonte, ce sont des volutes d'oiseaux en forme de fumée. C'est presque une vague effrayante, une force terrible qui surplombe les petites préoccupations des humains. Marie-des-Neiges n'avait jamais pris garde aux mouvements des étourneaux, ils remplissent le ciel, se posent sur les branches des platanes. Regarde comme c'est beau, ça s'appelle une murmuration, on dirait qu'ils dansent. Ils sont des milliers et ils volent ensemble sans se cogner, ils changent de sens. Ils s'amusent peut-être. Ou bien ils communiquent avec des figures, d'une façon mystérieuse, merveilleuse. Je suis émue quand je les vois. Les gens sont assis au café, ils boivent et ils discutent et ils ne lèvent pas les yeux, ils ne se rendent pas compte du spectacle. Ils se rappellent les étourneaux seulement quand ils marchent dans la rue et que soudain leur manteau ou leur chevelure sont souillés par leurs déjections. Alors ils leur en veulent sans penser à leur beauté collective. Moi je veux voir en haut avec toi les ballets des oiseaux. Je pourrais m'allonger sur le sol. Je me contente d'avoir le menton en l'air, le cou tordu vers le haut, ma main sur la tienne.

En ce moment je suis heureuse, vois-tu. Je ne voudrais pas que ça cesse. Mais peut-être que c'est éphémère, peut-être demain j'en verrai une autre, ou bien ce sera toi qui auras une autre amante. C'est sans doute ça l'amour, une murmuration, une trajectoire belle et imprévisible, soudée, des tours et des tours, on se déploie, on se rassemble, on s'écarte, on pique, on cabre. Il y a une logique profonde et secrète, une cohérence, sans doute, mais on ne la saisit pas. Ce sont mille petits points qui se rassemblent puis se dispersent.

Marie-des-Neiges trouve ça très beau, les mots de Kathy. Elle divague, elle aussi, sur la murmuration, sur l'amour.

Il est spectaculaire, le vol de ces oiseaux, ils se tiennent côte à côte comme une armée, ils ont confiance et ils sont des soldats. C'est peut-être pragmatique, une simple question de sécurité, voler ensemble, compact, pour ne pas être une proie. Si c'est ça, au-delà des courbes et des arabesques, il y a d'abord la peur, le danger et la nécessité, quand on est si petit oiseau, de se mettre en sûreté. Et puis c'est un bien vaste amour, celui à plusieurs milliers.

Kathy lui sourit.

Peut-être, on ne saura pas. Il y a des spécialistes des oiseaux, sans doute, qui pourraient tout nous dire. En tout cas, folie ou raison, moi je veux encore bien murmurer avec toi.

Marie-des-Neiges est chez Kathy, elle a encore envie de beauté, après l'amour. Kathy prépare un bon repas, elle chantonne. Marie-des-Neiges saisit un livre dans la petite étagère-bibliothèque, elle l'ouvre et relit un poème de McKay, où il parle de son exil :

« So much have I forgotten in ten years,
So much in ten brief years ; I have forgot
What time the purple apples come to juice
And what month brings the shy forget-me-not ;
Forgotten is the special, startling season
Of some beloved tree's flowering and fruiting,
What time of year the ground doves brown the fields
And fill the noonday with their curious fluting
I have forgotten much, but still remember
The poinsettia's red, blood-red in warm December. »

« J'ai oublié, en dix ans, tant de choses,
Tant de choses oubliées en dix brèves années,
À quel moment se gonflent de jus les pommes
pourpres,

Et quel mois nous apporte le timide myosotis.
J'ai oublié la saison sans pareille, étonnante
Où le piment devient fleur, devient fruit ;
À quel moment de l'année les ramiers dorent les aires
Et emplissent midi d'étranges notes flûtées
J'ai beaucoup oublié mais me souviens encore
Du rouge du poinsettia, rouge sang dans la douceur de décembre. »

Marie-des-Neiges est partie de sa terre natale depuis moins longtemps mais elle a déjà oublié des odeurs, des couleurs, des bruits. Elle entend encore la voix de ses parents mais certains détails parfois lui échappent. Elle se remplit de tout ce qu'il y a de nouveau, ici, c'est comme si son esprit était occupé à faire de la place.

Ses pensées s'éloignent de Kathy pourtant toute proche. Dans son autobiographie, McKay raconte l'un de ses amis blancs, un voleur, jeune homme rencontré dans un bar alors qu'il fuyait la police. Ce Michael emprunte à McKay sa casquette pour que les policiers ne le reconnaissent pas, il est pickpocket de profession, cherche un endroit où dormir, où se cacher, McKay lui propose de le suivre à Harlem, il lui prête son appartement quand il est en voyage. La compagne de McKay, Manda, vient du Sud, elle n'aime pas, habituellement, « les petits Blancs de merde », mais elle lui prépare à manger. Elle est tellement honnête qu'elle apporte son propre savon pour laver son linge, sur son temps de pause, à la blanchisserie new-yorkaise où elle travaille. McKay est lui aussi un homme de confiance, même si plus tard il vole le vin aux barriques dans les hangars du port, à Marseille, avec ses camarades vagabonds. Pourtant il devient ami avec ce petit voleur.

Peut-être y a-t-il plus qu'une amitié, Marie-des-Neiges se dit, peut-être que McKay ne dévoile pas tout, peut-être lui aussi, même s'il est avec une femme qu'il aime, est-il attiré par un mauvais garçon. McKay n'est pourtant pas dupe, il se dit que sans doute, si les émeutes raciales gagnaient New York, ils se retrouveraient face à face, chacun dans un camp. « Il pourrait arriver qu'on se tire dessus », lui dit Michael. McKay vient de vivre la Première Guerre mondiale, le grand massacre entre empires dits civilisés, il sait bien que tout est possible, ça peut aller très vite. Marie-des-Neiges a conscience que c'est pire aujourd'hui, après la Seconde Guerre mondiale et ses horreurs sans pareilles, malgré les espoirs de l'Union française. Elle pense à Ange, son amant blanc, à leurs deux camps irréconciliables, plus encore que McKay et Michael.

Brusquement ses parents lui manquent, sa maison lui manque, son ancienne école, Maryse Condé, Dakar lui manquent. Elle se demande, si les souvenirs se détachaient, si les moments se gommaient, quel serait son rouge du poinsettia, de quel rouge sang elle se souviendrait dans la douceur de décembre.

Sur la carte imaginaire de la petite bande, Marie-des-Neiges ne sait pas où se situer. Elle n'est ni la plus prolixe ni la plus drôle. Elle a peur, selon les situations, de paraître hautaine ou transparente. Son enfant, ses réticences à dérouler l'intime, quand ils sont en groupe, ses parents pionniers, pourraient faire d'elle une mystérieuse. Du moins le croit-elle parfois. Elle se l'imagine surtout quand les discussions sont très vives et qu'elle reste coite, elle fume, elle observe, différemment, se dit-elle, de Yolande ou de Lakhdar. S'ils savaient pour Kathy, s'ils savaient pour Ange. Elle ne sait pas comment ils réagiraient. Ce serait peut-être la fin de la belle amitié. Elle espère que non, bien sûr.

Joseph semble avoir abandonné ses avances. Armand en revanche s'est dévoilé, il l'a surprise. Il lui a fait tout un discours, un jour qu'ils étaient seuls à la bibliothèque, sur la nécessité pour un homme noir, dans le contexte de l'Union française, de sortir avec une femme noire. Sinon, les femmes noires seront désespérées, tant, dans la société actuelle, les femmes blanches disposent d'avantages sur elles. Il faut construire l'Union et défendre la race contre les préjugés, et un des préjugés consiste à penser que les hommes noirs qui s'élèvent s'attachent à une femme blanche. Il cite Blaise Diagne et son fils métis Raoul qui a joué pour l'équipe de France de football. Il cite Senghor, pourtant d'abord marié à une femme noire. Il ne pouvait plus la voir jusqu'à la gifler, on dit même que si Suzanne Césaire avait déjà été présidente, cette violence lui aurait coûté son fauteuil de ministre. Quand elle l'est devenue, du temps avait passé et Senghor avait quitté sa femme noire pour une femme blanche et normande. Armand poursuit, en ce qui le concerne, il est venu se former en France hexagonale, il doit devenir un exemple, ne pas laisser reproduire la honte d'être noir. Alors il la demande en mariage, elle éclate de rire, elle ne sait pas s'il est sérieux ou si c'est une blague. Si tout ce discours avait pour but cette déclaration, ou si elle en est une conséquence, rationnelle et logique. Face à ce rire, Armand n'insiste pas, il ne clarifie pas si la proposition était futile ou profonde. Il change tout simplement de sujet, puis les autres les rejoignent aux tables de travail, il n'en est plus question.

Quelques jours après, il leur présente dans un bar sa petite amie provençale, apprentie infirmière brune et blanche qu'il a invitée dans un dancing. Marie-des-Neiges ne fait aucune allusion cruelle à la conversation, elle est charmante avec la jeune fille, fort sympathique. Elle ne veut pas savoir si Armand était sincère quand il l'a demandée en mariage. Claude McKay raconte un débat semblable entre un patron de café sénégalais et Lamine Senghor. Le vétéran de la Première Guerre mondiale, intoxiqué au gaz moutarde, est devenu chef communiste des dockers noirs de Marseille, puis dirigeant de l'éphémère Comité de défense de la race nègre. Le patron de café a été soldat lui aussi, jusqu'au grade de sergent, il est allé après la guerre aux États-Unis pour travailler, y a amassé un pécule qui lui a permis d'ouvrir son rade. Il reproche à Senghor sa femme blanche alors qu'il est un leader noir, et l'autre fait remarquer qu'il est lui aussi marié à une Blanche. Mais je n'essaye pas d'être un leader, il répond, et puis sa femme arrive, et McKay est ému, parce qu'elle s'appuie affectueusement sur l'épaule de son mari. Marie-des-Neiges n'en veut pas à Armand, ni de l'avoir demandée en mariage ni d'avoir si vite abandonné, et elle est émue comme McKay quand il embrasse à la dérobée, presque du bout des lèvres seulement, dans le cou, sa petite amie.

Kathy la sort de sa rêverie. Elle secoue tout le groupe, chers amis, nous nous endormons, à force de faire nos études et de parler politique. Sans parler du vin et des cafés. Moi, ce que je vous propose, c'est une grande ascension.

Ils sont plusieurs à se demander pourquoi ils ont accepté, à le regretter au vu des efforts qui s'annoncent.

Je vous promets que ça sera superbe, elle a dit Kathy. Nous allons grimper la Sainte-Victoire et ça sera comme entrer dans un tableau de Cézanne.

Robert s'est plaint, je n'ai pas d'habits pour faire de la randonnée, je ne veux pas salir mon costume.

Pourtant l'exercice te ferait du bien, je te prêterai des vêtements de sport.

Je ne suis pas cet énergumène de Senghor, qui pratique ses exercices de culture physique tous les matins.

Tu maîtrises le latin juridique sans doute aussi bien que lui, mais sa silhouette est plus gracieuse que la tienne.

Si je mets tes habits de sport, cher Armand, j'aurai l'air d'un guignol plus que d'un ministre, vu notre différence de taille.

Robert se laisse convaincre, l'enthousiasme de Kathy est communicatif. Joseph a déjà fait la balade, il recommande aussi. Le matin ils se retrouvent avec leurs chaussures de montagne, leurs chandails bien chauds pour attendre le bus. Dans leurs sacs à dos du pain, du fromage, des couteaux. Maria-Angustias a réussi à emmener Yolande, elle lui a parlé de la grande croix du sommet, point culminant de la montée, et Yolande a eu envie de faire ce pèlerinage. C'est étrange, cette amitié d'une anticléricale et d'une dévote, ça rappelle à Marie-des-Neiges ses parents.

Le bus les laisse sur le bord de la route, parmi les pins. Kathy et Joseph se disputent la carte et envisagent divers sentiers. Elle la saisit et l'emporte, elle marche droit devant, les autres la suivent. Joseph maugrée mais il a peu de souvenirs de sa première ascension, alors il accepte le commandement américain. C'est à peu près plat au début, le paysage a des airs de canyon, la terre est rouge et encaissée. Robert et Yolande se plaignent déjà, leurs godasses les font souffrir. Maria-Angustias desserre les lacets de son amie, Armand fait mine de masser les chevilles de Robert, qui rue comme un âne, ça le chatouille. Lakhdar se moque. C'est rien du tout par rapport aux montagnes de chez moi. Venez en Kabylie, dans les Aurès, par exemple. Vous verrez la caillasse. Et la sécheresse. Ici c'est facile.

Ils repartent, ils continuent, et ça grimpe. Marie-des-Neiges a pensé emmener l'enfant, elle ne regrette pas de l'avoir laissé chez Michèle Michel. Le bon air lui aurait fait du bien, mais la pente est trop forte pour ses petites pattes. Pour celles de Robert et Yolande également, le premier respire bruyamment, la seconde ne se plaint pas mais elle est à la traîne. Maria-Angustias qui s'inquiète fait deux fois le chemin, elle rattrape Joseph et Kathy devant et leur demande de ralentir, elle redescend pour soutenir Yolande, remonte, finit par rester à l'arrière. Au bout d'une heure, elle convainc le groupe de faire une pause. Ils s'assoient sur un gros rocher, la vue est belle, tous et toutes sortent les biscuits et les gourdes.

Armand et Joseph se moquent des pieds déjà fatigués de Robert et Yolande. Elle se vexe, prétend que tout va bien. Je marchais bien plus quand je faisais le ménage chez ma bourgeoise. Elle me faisait aussi chercher les enfants à l'école et aller aux commissions. À Marseille, ça grimpe bien plus que cette petite montagne. Je suis même montée jusqu'à Notre-Dame et je peux vous dire que c'est pire. Arrête de te moquer, tu me dis de garder mon souffle, je vais le dépenser, si je veux, le gaspiller, si ça me plaît. Laissez-moi vous raconter l'histoire de Nanie-Rozette collée à son rocher.

Il y a du mistral, alors la petite troupe s'abrite du vent en se collant au rocher. Ça peut bien attendre un peu avant de repartir.

Yolande raconte et la jeune fille effacée prend de l'assurance, sa voix monte peu à peu, à travers ses lèvres un bout de son pays si lointain, c'est une histoire et une nostalgie, ça lui manque, elle ne camoufle plus son accent.

Nanie-Rozette est collée à son rocher et elle pleure, elle se repent bien fort d'avoir désobéi, de s'être éloignée de sa maison. Nanie-Rozette est une petite fille gourmande, la plus grande de sa famille, elle ne veut plus partager avec ses frères et sœurs, alors elle remplit son panier de bonnes choses, du migan de fruit à pain, des avocats et de la farine-manioc, du court-bouillon crabe cirique, un beau bleu que sa mère a pêché et qui a failli lui couper le doigt, elle n'a pas eu peur, elle l'a attrapé, tué et vidé. Elle y met de la morue en pimentade pour réveiller la gorge, quelques fruits bien juteux. Elle quitte la maison pour chercher la solitude et elle cherche loin, très loin, un gros rocher au milieu d'un ruisseau. Elle se met dessus et c'est une maison, un chez elle sans sa famille, elle s'assoit et elle se nourrit, elle attrape avec ses doigts et remplit son ventre de tout ce manger, rien que pour elle cette fois. Elle ne laisse pas une miette, elle lèche bien ses doigts, ramasse les petits morceaux tombés sur la pierre.

Elle ne sait pas, la malheureuse, où elle est vraiment. Elle ne sait pas qu'elle a choisi le rocher du diable. Un endroit où il invite les quimboiseurs et les zombis, les soucouyan et les loups-garous. Quand la nuit tombe, ils viennent tous la tourmenter. Les morts-vivants lui adressent leurs râles, la sorcière soucouyan la pointe de ses doigts tordus, des mages mauvais marmonnent formules et sortilèges. Elle est terrifiée, elle voudrait s'enfuir mais elle est collée par le phosphore, l'huile de trépassés, la graisse de serpent, tout ce que le diable a déposé sur la surface de la roche et qui la retient.

Nanie-Rozette crie et c'est son seul espoir, que sa mère loin loin loin, avec son cœur de celle qui l'a faite, avec son ventre, sente son malheur et la sauve. Et elle entend, sa mère, elle entend son effroi et voilà qu'elle vient, en grande panique, elle comprend la situation, elle pourrait avoir peur et laisser la vilaine fillette à son pauvre sort, mais c'est une mère-sang-froid, une femme qui a souci de sa progéniture, elle tente de la sauver. Pour que le diable ne l'emporte pas, elle construit une maison autour du rocher, elle dresse des murs qui éloignent les créatures, elle bouscule celles qui s'obstinent, elle affronte celles qui s'en prennent à sa fille.

Nanie-Rozette crie, elle est toujours collée à son rocher, elle ne voit plus sa mère derrière les hauts murs mais elle entend ses paroles qui la réconfortent. Le combat de sa mère dure toute la nuit, elle place pierre sur pierre, les cimente avec de la boue et des herbes, elle éloigne les *majolè* et les morts-vivants. Le jour point et Nanie-Rozette cesse de crier, elle retrouve courage et elle se dit peut-être, peut-être que ma mère m'a sauvée. Mais le diable la prend au petit matin, il ne craint pas les misérables murs de la mère, il est plus fort que tout l'amour qu'elle a dans sa poitrine. Tout le courage de toute cette nuit n'y fait rien, il n'a pas suffi. Le diable est vainqueur, il n'est pas simple soucouyan ou zombi à balayer, il saute par-dessus les hauts murs, il bondit sur son rocher, s'empare de Nanie-Rozette et la dévore comme une chevrette, aussi proprement qu'elle avait avalé la mangeaille de son panier. Il passe sa langue sur ses babines et il repart, et la mère de Nanie-Rozette reste avec le jour qui se lève et le cœur brisé.

La petite troupe est bouche close quand l'histoire s'arrête. Pendant un petit temps on entend seulement le mistral, puis Robert le premier transforme le récit en discussion.

Elle est superbe, ton histoire, Yolande. Pour moi elle a un sens politique. Nanie-Rozette c'est la France hexagonale et la tentation de tout garder pour elle. Ç'aurait été une voie possible, si l'Union française ne s'était pas faite. La famille de l'Empire français aurait éclaté. La France aurait été entourée par les soucouyans et les zombis, coincée entre l'URSS et les États-Unis, elle aurait fini emportée et dévorée par un diable.

C'est bien vrai ce que tu dis là, elle aurait été collée à son rocher et coincée entre ses hauts murs, par péché de gourmandise et refus de partager.

Vous autres futurs grands hommes et grands théoriciens, vous faites de toute fable une parabole. Laissez donc un peu de mystère.

Je ne comprends pas que tu mettes sur le même plan les États-Unis et l'URSS, un pays impérialiste et raciste et un pays communiste.

Ne vous querellez pas, reconnaissez plutôt que Yolande est une conteuse et une poétesse qui s'ignorait.

Que tu ignorais, plutôt.

C'est normal qu'elle raconte si bien, elle vient du pays du président-poète, celui qui faisait à son peuple des poèmes-discours.

Yolande s'anime encore. Je peux vous réciter celui de son investiture, je le connais par cœur :

Je bâtirai de ciel d'oiseaux de perroquets de cloches de
foulards de tambour de fumées légères de tendresses
furieuses de tons de cuivre de nacre de dimanches de
bastringues de mots d'enfants
De mots d'amour d'amour de mitaines d'enfants
Un monde
Notre monde
Mon monde aux épaules rondes
De vent de soleil de lune de pluie de pleine lune.

Kathy, Joseph, Lakhdar applaudissent la tirade de Yolande. L'Algérien ne peut s'empêcher d'ajouter :

Les mots d'amour, on ne les voit pas trop encore en Algérie, on entend plutôt des chants de haine et les tambours de la guerre.

Césaire était un poète mais aussi un grand politique. Il a, pour son investiture, rendu hommage à la fois à de Gaulle et à Félix Éboué, l'homme du 18 juin et le gouverneur du Tchad, le premier à avoir rallié la France libre avec ses territoires. Un homme blanc et un homme noir pour symboliser l'Union française.

Adieu de Gaulle, il est parti, il n'a jamais accepté de ne plus jouer le premier rôle.

Les Français savaient bien que sans les armées coloniales, il n'y aurait pas eu de France libre. Ils nous devaient l'égalité, c'était la monnaie de la pièce, payée par notre sang.

Poésie pour poésie, je préfère encore celle de Suzanne Césaire, et au niveau politique elle me semble encore plus déterminée.

Ils se sont arrêtés longtemps, il faut repartir. Kathy prévient, nous n'entamerons pas les pique-niques avant d'être au sommet. Ils marchent en longue file étirée, les plus alertes font moins groupe, tracent leur route devant, les autres ne forcent plus pour les rattraper. Ça n'est pas mauvais signe pourtant, aucune fâcherie ni exaspération, la possibilité pour chacun de grimper comme il l'entend, sans obligation ni performance. Marie-des-Neiges tient bonne allure, elle est derrière Kathy et Joseph, à côté d'Armand. Il y en a pour qui la marche est source de contemplation, lui n'est pas de ceux-là. Il parle. Marie-des-Neiges n'en est pas dérangée. La discussion la dispense de compter ses pas, de ressentir chaque caillou sous sa semelle, de penser à ses parents, si loin. Armand ne parle pas tout seul, il la questionne et elle est soulagée de constater qu'elle ne manque pas de souffle, elle a la capacité de répondre.

Tu te souviens de ce que tu faisais quand tu as appris la mort de Césaire, je crois que tout le monde s'en rappelle.

Oui, c'est un souvenir bien précis. J'étais en classe, les chuchotements bruissaient l'annonce d'un événement grave, nous étions nous autres jeunes filles à la fois inquiètes et excitées, les fronts de nos professeurs étaient barrés par des plis, ils nous sommaient de nous taire, d'être raisonnables, nos nerfs nous trahissaient par des rires. Eux ne savaient pas comment nous l'annoncer. Le directeur est arrivé et nous a demandé de nous mettre debout, là plus personne ne parlait ni ne riait, il nous a dit sans détour, le président Césaire est mort, il a été assassiné d'un coup de revolver, il y a eu des cris, des pleurs, je n'ai pas bougé ni pleuré. On ne nous a pas donné de détails, mais quand je suis rentrée chez moi mes parents m'attendaient et m'ont tout raconté. Ils pleuraient. Les colons d'Algérie ont eu sa peau, a dit mon père. Si on ne fait rien ils auront celle de l'Union française. Mon père devait repartir au syndicat, la ville grondait à l'orage, j'avais bien vu les mines sombres, les cris, les rassemblements qui déjà s'ébauchaient. Le soir il y a eu les émeutes. L'annonce rapide du choix, par le conseil de l'Union française, parmi les députés, de Suzanne Césaire pour succéder à son mari, a permis de calmer les choses.

Tout le monde garde en tête des images de l'assassinat, tant elles sont passées et repassées aux actualités. Le bain de foule d'Aimé Césaire, pour l'arrivée du Tour de France, puis ce bras qui surgit de la foule, celui de Jean Lopez, et tire deux balles dans la tête du président. Il s'écroule instantanément, un membre de la sécurité se couche sur lui tandis que les autres désarment et arrêtent le meurtrier. Ils le protègent de la foule qui veut le lyncher, il y a des gens qui pleurent, même certains des policiers chargés de protéger Césaire car ils savent bien qu'il est mort, qu'il n'y a plus rien à faire.

Armand s'arrête de marcher, il ferme les yeux, il les ouvre, parle à son tour. Moi, mais j'avais fait le mauvais élève, je séchais l'école et je m'amusais avec mes amis quand nous avons vu des gens qui couraient, ils s'arrêtaient puis repartaient aussi vite, et à chaque fois des lamentations, des bouches tordues, des poings levés. Nous avons eu peur mais nous ne pouvions rentrer chacun chez soi car nous aurions dû avouer notre école buissonnière. L'un de nous a été courageux, il a osé aborder des adultes, qui lui ont dit. Il n'y a pas cru et a couru lui aussi, demander à d'autres confirmation. Ce soir-là je n'en suis pas fier, mais nous avons pris des bâtons et des pierres et cherché des Français. Heureusement nous n'en avons pas croisé, et dès les jours suivants nous étions soulagés que Suzanne devienne présidente. Tu sais ce qu'on dit, elle voulait se séparer d'Aimé, reprendre son nom de jeune fille, Roussi. Elle avait un nouvel amour, il paraît, elle l'a abandonné pour faire son devoir. Malgré sa maladie, car elle est malade, c'est vrai, elle a accepté cette charge, pour que subsiste le nom de Césaire, pour que personne ne puisse dire : nous en sommes venus à bout. Cela seul, peut-être, ce sacrifice de Suzanne Roussi pour rester Suzanne Césaire, le temps qu'il faudra, a permis que l'Union française n'éclate pas dans la violence. Elle est la dame aux yeux verts, celle qui soutient le regard. Elle n'a pas peur et elle tient bon. Moi-même, j'ai reçu du plomb dans la tête, plus sûrement que si l'assassin de Césaire avait tiré sur moi, et j'ai compris mon devoir, abandonné mes bêtises pour me lancer plus sérieusement dans les études. Me voici.

Il prend conscience, alors qu'il parle, du côté trop grandiloquent de son propos, en pleine montée de la Sainte-Victoire, alors il termine par une courbette-pirouette, il incline son grand corps en avant et manque trébucher.

Lakhdar les rattrape, il a entendu qu'il était question de l'assassinat de Césaire et il en profite pour parler de l'Algérie. Il n'est pas optimiste, il craint les blocages dans son pays. Les Européens ne veulent rien lâcher, même ceux de bonne volonté sont muselés, parce que des brutes les terrorisent, quiconque contredit leurs menées est en danger de mort. Suzanne Césaire parle d'une loi pour imposer l'Assemblée unique mais elle va céder, je pense, comme tous les gouvernements ont cédé. Ils ont assassiné Aimé Césaire, ils ne reculeront pas devant sa femme.

Tu la sous-estimes, elle a encore plus de volonté que son défunt mari.

Il y a la volonté et il y a les faits. Je suis parti car il n'y a là-bas que la mort et la guerre. Elle arrive, cette guerre, et tout ce dont j'ai peur c'est qu'elle me rattrape.

Kathy, bien devant eux, s'est arrêtée, les poings sur les hanches. Elle sort une gourde de son sac et boit, Joseph est à ses côtés. Ils attendent que tous les autres soient à leur hauteur. Nous sommes presque au sommet, elle dit, nous allons voir la croix. Elle leur montre un trou sombre un peu plus loin, comme l'entrée d'une grotte, et elle fait encore son historienne, ou plutôt son Américaine si cultivée qu'elle connaît mieux que quiconque l'histoire d'Aix-en-Provence et ses environs.

Voici le gouffre du Garagaï. On dit que les Romains vainqueurs d'un combat y ont précipité leurs prisonniers germains. Malheur aux vaincus, aujourd'hui comme avant.

Vae Victis – Robert ramène son latin.

Je vous promets, si je suis le premier là-haut, je ne vævictiserai personne et je partagerai mes sandwichs.

La perspective de l'arrivée redonne de l'énergie, même à Yolande qui transpire du front en abondance et craint de refroidir son visage, en ce mois de novembre.

Ils sont en haut et ils ont trouvé un rocher en guise de banc de pierre, au soleil. La croix paraissait toute petite, d'en bas, et elle est très grande, bien sûr. Ils ouvrent les sacs, sortent les victuailles. Maria-Angustias a ramassé en chemin des herbes odorantes, elle en a rempli ses poches et elle en parsème son fromage et ses tranches de pain, elle partage avec les autres.

Joseph a une grande nouvelle. Il a entendu le directeur de l'école normale l'annoncer : Suzanne Césaire doit venir, il est prévu une visite officielle pour encourager les nouveaux hussards de l'Union française, les futurs artisans de la République fédérale et universelle. Yolande tourne ses mains jointes vers la croix, elle prie, Dieu fasse que même moi, qui ne fais pas d'études là-bas, je puisse la croiser.

Marie-des-Neiges a tellement aimé grimper la Sainte-Victoire, elle raconte à Michèle Michel, avec enthousiasme, elle raconte à Daniel. Elle lui fait la promesse que la prochaine fois il viendra avec elle, il marchera de ses petits pas, elle le portera. Ils auront comme sa bande du pain et du fromage pour pique-nique, quelques tranches de saucisse. Elle rédige un poème pendant qu'il joue, elle est aussi heureuse d'écrire qu'elle était heureuse de marcher. Elle se relit, elle aime le rythme, elle le déclame à Daniel qui lui caresse la main.

J'ai entrepris une grande ascension
Montagne grise, aileron surgi de la terre
Ne nage pas
Fend l'air
Laisse prise au mistral et au ciel bleu
Aux efforts de ceux qui s'entraident
De ceux qui s'exhortent et s'encouragent.
Au sommet une croix
Peu importe qu'elle soit chrétienne
Elle est la croix de souffrance

Des peuples
La croix d'espoir,
Aller en haut
Marcher
Progresser à son rythme.
J'ai caressé la pierre grise, la pierre blanche
Une pierre à peintres
Une montagne à tableaux bleutés
À mouvements de nuages
À cyprès penchés
À herbes odorantes.
Pas la plus haute
Pas la plus spectaculaire
Mais une montagne à peintres
Un mouvement du sol saugrenu
Jaillissant.
J'ai caressé cette pierre
Et j'étais très loin de mon pays
Très loin de ceux qui m'ont donné la vie
De ceux auprès de qui j'ai grandi
J'étais loin mais j'étais haute
De plus en plus
Je voyais en bande joyeuse le sentier parcouru
J'entendais les rires fiers
Les plaintes heureuses de bonne fatigue
Tout au long du chemin.
Le sang battait mes tempes
Une sueur ourlait ma lèvre
Une autre coulait dans mon dos
Le temps d'hiver me refroidissait pourtant.
Je ne tremblais pas
J'avançais, confiante.

Ainsi je marchais ce jour-là
J'avais entrepris une grande ascension
Mais j'aurais tout entrepris
J'aurais tout réussi.

Marie-des-Neiges reçoit un télégramme de Maryse Condé. Elle accompagnera Suzanne Césaire lors de sa visite à l'école normale d'Aix-en-Provence, elle a d'ailleurs chaudement recommandé ce déplacement pour célébrer les ambitions éducatives de l'Union française. Elle espère bien y voir Marie-des-Neiges et elle l'invite au restaurant le lendemain de la réception officielle, à midi précis.

Marie-des-Neiges pose sur sa table le petit papier bleu, elle a du mal à envisager les conséquences de cette nouvelle, pas tellement la perspective de croiser la présidente Césaire, mais l'idée de déjeuner, ici, avec quelqu'un de sa vie là-bas. Sa perplexité, néanmoins, se manifeste en large sourire. Elle est impatiente.

La direction de l'école normale le leur a annoncé officiellement : Suzanne Césaire leur rend bien visite, accompagnée de ministres. Les élèves, futurs instituteurs et institutrices, seront mis à l'honneur par un discours puis une réception. La présence de chacun est requise. Il n'y aurait pas eu besoin de le dire, tant les élèves sont enthousiastes. Ça n'empêche pas certains de faire les crâneurs, les blasés. À la pause, ils prennent les paris, sur les ministres. Il y aura Gerty Archimède la rouge, c'est certain, elle ne quitte jamais Suzanne Césaire. Moi je vois bien Georges Pompidou clope au bec. Ou alors Pierre Mendès France, mais les déplacements et la foule ne sont pas ce qu'il préfère. Plutôt Jean-Toussaint Desanti, il est question d'éducation. C'est un vrai Corse, il paraît qu'il ne sort jamais sans son flingue. Elle n'est pas ministre mais la présence de Simone de Beauvoir serait un beau symbole. Jean-Paul Sartre, c'est impossible, il y a trop de jeunes filles à reluquer parmi nous, ce serait gênant et mauvais pour son cœur.

Le professeur d'histoire retient Marie-des-Neiges à la fin de son cours. Après les politesses d'usage, c'est un grand honneur pour vous et vos camarades de recevoir la visite de la présidente, la récompense du travail accompli, les espoirs qui reposent sur vous, il entre dans le vif du sujet. Jeune fille, il dit, vos résultats sont brillants. Il a bien perçu son goût prononcé pour l'histoire. Ne voulez-vous pas voir plus loin, il demande. Elle ne comprend pas. Institutrice, c'est un beau métier. Encore plus dans un tel contexte. Mais vous avez une âme d'intellectuelle, de chercheuse. Continuez, faites une maîtrise, une thèse. Je vous recommanderai en fac d'histoire.

Elle est décontenancée. Elle ne s'attendait pas à cette proposition. Ça n'est pas très raisonnable, elle devrait finir ses deux années d'études, passer son concours, repartir chez elle enseigner. Ce serait déjà bien, et utile. Elle ne veut pas se donner de faux espoirs, mais elle brûle d'envie de continuer, d'étudier encore. Elle se pose des questions, elle a envie d'apprendre toute sa vie, de découvrir, la recherche lui fait envie. De toute façon, depuis qu'elle est ici, elle tente tellement de choses. Elle ne devrait pas y penser, il y a Daniel, il y a ses parents. Ils seraient très inquiets mais fiers. Institutrice, ils connaissent, universitaire, docteure en histoire, ça serait un autre monde. Surtout pour son père, car sa mère a côtoyé quelques surdiplômées dans ses alliances avec des femmes françaises. Peu nombreuses, il y avait plus de bigotes ou de femmes de militaires.

Marie-des-Neiges sent bien comment bat son cœur, depuis que l'enseignant lui a parlé. Fort et vite. À la même vitesse que lorsqu'elle a connu Kathy, passé les premiers moments avec Ange. Elle a entre la gorge et l'estomac un sentiment de tout est possible, tout est beau, qui ressemble aux premiers moments d'un amour.

Marie-des-Neiges se tient debout sur l'estrade devant la mairie d'Aix-en-Provence. À ses côtés Joseph, Armand et Lakhdar, et presque toute la promotion de l'école normale, élèves des colonies et de petite France réunis. Tous en costumes, les plus neufs, les moins défraîchis. Marie-des-Neiges a mis une robe, elle a froid malgré le foulard autour de son cou, car elle n'a pas voulu le recouvrir du vieux manteau acheté aux puces lors de son arrivée. Une foule remplit la place, Marie-des-Neiges aperçoit Kathy, Maria-Angustias, Yolande et Robert, elle leur fait un signe timide de la main, Kathy répond par des gestes de bras enthousiastes. Marie-des-Neiges sourit de ses clowneries et en oublie la solennité du moment. Les élèves de sa promotion de l'école normale l'entourent et ils sont aussi tendus qu'elle. La présidente se fait attendre. Elle est ici pour célébrer le rôle majeur de l'éducation dans la construction de la nouvelle Union française. Elle l'a déjà répété dans de nombreux discours et elle le prouve en venant ici. Elle doit parler sur cette estrade, devant les élèves, puis les rencontrer dans une plus grande intimité dans la salle des États de Provence, à l'intérieur de la mairie, autour d'un buffet-déjeuner.

Une rumeur vient et frémit depuis la rue des Cordeliers, ça y est, elle est là, elle arrive. La foule bruisse et se fend, il y a des policiers en première ligne puis on devine plus loin le groupe qui entoure la présidente Césaire. Lakhdar attrape le bras de Marie-des-Neiges, elle est étonnée par ce contact, lui d'habitude si prude, regarde, il lui dit. Il est blême, il tremble. De l'autre côté de la place, depuis la place des Cardeurs, des cris et du mouvement. Une bande passe sous le beffroi, bouscule, s'incruste. À bas Césaire, on entend. À bas la République bougnoule. Non à la Chambre unique. Marie-des-Neiges porte une main à sa bouche, de surprise mauvaise, elle a reconnu l'uniforme vert graisse des royalistes. Ils tiennent haut leur journal, *L'Action française*, avec en une « La République veut faire crever l'Algérie, non à la Chambre unique ». Il y a des insultes et des cris, des matraques sorties. Deux policiers en faction sont renversés. Un étudiant annamite, l'air ébahi, tient sa tempe qui saigne.

La bande se rapproche de l'estrade, le service d'ordre les repousse, ils reculent et font un cercle, un homme prend un microphone tandis qu'un de ses complices tient la sono. Les mots, amplifiés, s'élèvent salement, rebondissent contre les pierres de la mairie et du beffroi. Suzanne Césaire, tu n'es pas notre cheffe, la race française ne se rend pas, notre civilisation millénaire ne saurait être dirigée par celle qui descend d'un esclave, par une demi-savante tropicale. Suzanne Césaire abandonne nos frères en Algérie, elle les laisse aux mains des Arabes, on ne peut pas mettre le monde cul par-dessus tête, c'est un crime de donner tant de pouvoir à des peuples qui ne sont pas prêts, qui ne le seront peut-être jamais, qui se laissaient jusque-là diriger sans problème par le sage gouvernement de l'homme blanc. Suzanne Césaire, tu as écrit que tu étais cannibale, nous ne voulons pas de cette Union française anthropophage, contre-nature, de ce gouvernement des plus arriérés. Suzanne Césaire, tu finiras comme ton mari, une balle dans la tête, Suzanne Césaire, tu finiras au poteau.

Alors qu'il parle la foule se cabre en échauffourées, agitée par des mouvements de lasso, la foule jabbe et esquive, et le groupe autour de Suzanne Césaire avance vers l'estrade, son service d'ordre est une épée qui progresse jusqu'à la garde, il sépare nettement les chairs et elles se reconstituent juste derrière. Marie-des-Neiges reconnaît la silhouette élancée de Suzanne Césaire, elle lui semble imperturbable, mais peut-être est-ce un effet de son imagination ou de l'éloignement. Elle aperçoit, pas loin d'elle, son ancienne professeure, Maryse Condé, et elle en frémit de revoir ce visage aimé, sans pouvoir bien distinguer dans son sentiment ce qui relève de l'émotion, aussi, de voir la présidente, et de la peur et la colère face aux agissements des fauteurs de troubles. Quand la présidente parvient à l'estrade, les royalistes sont repoussés entre la mairie et le beffroi, coincés dans un angle, ils ont reçu quelques soutiens mais aussi des horions, et dans l'ensemble l'assemblée gronde contre eux. Marie-des-Neiges retient Joseph qui fait mine de bondir de l'estrade, reste à ta place, elle dit, la présidente arrive. Soudain, Marie-des-Neiges tangue et chavire, elle s'appuie sur Lakhdar pour ne pas tomber. Elle vient de reconnaître Ange parmi la bande de perturbateurs. Il n'est pas du même côté que les royalistes, il est avec deux camarades du même acabit, gueules de voyous, ils semblent protéger celui qui porte le micro. Il ne crie pas, il est calme, ses yeux seuls s'agitent, ils se portent de part et d'autre, il surveille. Elle devine les muscles tendus sous son chandail. Il l'a vue, lui aussi, mais ne manifeste pas le moindre trouble.

Marie-des-Neiges sent que ses jambes deviennent faibles, elle ne veut plus Ange dans ses yeux, elle se retourne, et face à elle, Suzanne Césaire. Elle est montée sur l'estrade, elle prend le temps de saluer les élèves, elle leur serre la main, tape sur leur épaule. Elle a bien les yeux vert ambre, ce regard qui impressionne, ce corps tellement mince qu'il pourrait vaciller, mais il tient, la volonté plus forte que la fatigue et la maladie. Marie-des-Neiges la trouve belle. Maryse Condé, qui suivait la présidente, serre brièvement Marie-des-Neiges dans ses bras, on discutera plus tard, elle lui chuchote à l'oreille, puis elle reprend sa place, du côté des officiels.

Suzanne Césaire prend le micro, sa bouche est peinte avec délicatesse, elle rassemble derrière sa tête ses cheveux finement nattés, et sa voix s'élève, les cris s'apaisent, elle couvre les vociférations de l'homme à la sono dont la bande est repoussée, recule et à un moment du discours Marie-des-Neiges craint de les voir encore mais ils sont partis, ils ont disparu, fantômes de mauvais augure. Autour de la présidente il y a des gardes du corps et une de ses plus proches conseillères. Marie-des-Neiges reconnaît le visage bourru de Gerty Archimède, l'avocate des pauvres et des coupeurs de canne, la première femme députée de la Guadeloupe. Elle se tient près de Jenny Alpha, la comédienne, devenue vedette internationale et représentante de l'Union française dans le monde entier. Jenny Alpha est superbement vêtue, les oreilles et le cou chargés de perles et d'or, Gerty Archimède a l'habit bien plus sobre et uniquement deux créoles aux oreilles, mais toutes deux portent leurs cheveux à la nouvelle mode, attachés et très haut sur la tête, de sorte que leur épaisseur bouclée les grandit. Un peu plus loin, Maryse Condé écoute attentivement, se prépare à entendre des mots qu'elle a en partie rédigés.

Suzanne Césaire se place au bord de l'estrade, elle contemple la foule. Elle lève un bras, comme si elle demandait le silence. Elle colle le menton contre sa poitrine, puis le relève. Suzanne Césaire parle.

Je suis devant vous avec joie, avec fierté. Si mon regretté mari avait fait un de ses premiers discours politiques devant un orphelinat, c'est bien qu'il attachait de l'importance à cette mission pour la nation, s'occuper des plus faibles, des abandonnés, des enfants. Aussi n'est-ce pas un hasard si j'ai choisi de me déplacer ici pour rencontrer de futurs maîtres d'école. L'éducation est au centre des tâches immenses qui nous attendent pour fonder l'Union française.

Vous le savez bien, des forces du passé s'y opposent et j'ai été accueillie par leurs cris. J'ai entendu, parmi les invectives, femme cannibale. Ce mot anthropophage je l'ai bien écrit, dans la revue que nous avions fondée avec Aimé, *Tropiques*, pendant la guerre. Je parlais plus précisément de poésie, en disant zut à l'hibiscus, à la frangipane, aux bougainvilliers, en affirmant, et la formule était provocatrice, que la poésie martiniquaise sera cannibale ou ne sera pas. Je répondais ainsi, d'une manière poétique et surréaliste, aux stéréotypes dont on nous affuble, en Martinique. Vous le savez, je suis venue à cette charge par devoir, comme Aimé l'avait fait, et ma vocation première était la poésie. Ma destinée était celle de ma famille, les six enfants de l'amour. Mais il y a des obligations auxquelles on ne peut se dérober.

Je pourrais reprendre mot pour mot ce que nous avions écrit dans le premier numéro de notre revue, en pleine guerre mondiale : « Il n'est plus temps de parasiter le monde, c'est de le sauver qu'il s'agit. Où que nous regardions, l'ombre gagne. L'un après l'autre, les foyers s'éteignent. Le cercle d'ombre se resserre, parmi des cris d'hommes et des hurlements de fauves. Pourtant nous sommes de ceux qui disent non à l'ombre. Nous savons que le salut du monde dépend de nous aussi. Que la terre a besoin de n'importe lequel d'entre ses fils. Les plus humbles. »

Voilà pourquoi j'ai accepté la charge qui est la mienne, voilà pourquoi j'ai pris la relève de mon mari tombé. Voilà pourquoi mes enfants acceptent que leur mère ne soit désormais plus seulement la leur, mais celle de la nation et de l'Union. Par malchance et ruse de l'histoire, ils ont dû tôt faire deuil et derechef apprendre à partager. Je ne renie pas ces mots prononcés dans ma jeunesse : « Notre tâche d'homme, la flèche de l'histoire nous l'indiquait vertigineusement : une société tarée en ses origines par le crime, appuyée en son présent sur l'injustice et l'hypocrisie, rendue par la mauvaise conscience peureuse de son devenir, doit moralement, historiquement, nécessairement disparaître. » Je parlais alors de la Martinique, mon île. Je parle désormais, en reprenant ces mots, de l'Empire français. Un empire fondé sur le crime de la colonisation, sur l'hypocrisie de la civilisation, argument des plus sordides conquêtes et spoliations. Un empire qui, parmi d'autres, a forgé le racisme, la domination, les inégalités. Les espaces conquis n'en étaient pas exempts, mais y a été ajoutée une stricte volonté de délimiter et de hiérarchiser des races humaines, après avoir fait du meurtre et de la déportation le fondement d'un système économique. Cet empire établi sur des bases aussi incertaines a montré sa faiblesse quand il a cédé aux nazis, mais aussi sa capacité de sécréter, depuis ses marges les plus méprisées, l'honneur et le courage qui ont permis la reconquête.

Tel est notre projet. De cette société tarée, de ce projet destructeur, faire non pas table rase, mais nouvelle union. Une Union française qui verrait reconnaître l'égalité et cesser l'injustice. Un tel projet ne peut s'accomplir en un jour. C'est une tâche de longue haleine. Tout au plus peut-on, quand on tient la barre, fermement indiquer une nouvelle direction. Le reste peut suivre. Encore faut-il ne pas s'écarter du chemin éclairé par les étoiles.

Toute autre voie serait périlleuse. Imaginez nos nations, notre Union, dans cent ans, même pas, disons soixante-dix ans. Pouvez-vous imaginer un empire qui délaisse ses parties, les abandonne à une indépendance misérable sans rien réparer des torts causés. Sans faire une nouvelle place à la jeunesse florissante. Pouvez-vous imaginer, autre funeste voie, un empire qui par la force maintient l'injustice et l'inégalité en son sein, pouvez-vous voir combien coûteuse, et combien vaine, serait la guerre qui, forcément, en résulterait, et conduirait inexorablement, au prix de grandes souffrances, à la défaite et au déshonneur.

Notre solution est la plus raisonnable. L'autre est la barbarie. Je rappelle ce que disait mon mari. Nul ne colonise impunément. Une civilisation malade appelle son Hitler. Il y a un coût à contrecarrer les destins maudits. La démocratie, aujourd'hui, est indissociablement institutionnelle et sociale. Il y a un prix à payer pour rattraper des années de ravages. Il y a un prix à payer pour laisser advenir ce qui a été empêché. Il y a aussi, ne nous y trompons pas, sinon de la guerre, du conflit. Nous le voyons en ce moment, avec le projet de chambre unique en Algérie. L'Algérie c'est l'Union française, l'Algérie n'est pas une exception. La loi doit s'y appliquer, les citoyens d'origine européenne doivent accepter que leurs compatriotes musulmans disposent des mêmes droits. Aller contre serait s'opposer à l'humanité et à la nation.

Nous devons affronter ce destin commun. Je reprends les mots que j'écrivais pendant la guerre : « Il est temps de se ceindre les reins comme un vaillant homme. » Et encore : « Il s'agira de transcender enfin les sordides antinomies actuelles : blancs-noirs, européens-africains, civilisés-sauvages : retrouvée enfin la puissance magique des mahoulis, puisée à même les sources vives. Purifiées à la flamme bleue des soudures autogènes les niaiseries coloniales. Retrouvée notre valeur de métal, notre tranchant d'acier, nos communions insolites. » Je ne suis pas mahouli moi-même ni prophétesse pour vaticiner. Simplement ayez la bonté de me laisser prononcer ces mots du passé parce qu'ils reflètent notre programme pour l'avenir.

Ce programme n'est pas le mien, il est celui de toute l'Union qui fonde ses espoirs sur la capacité qu'a la France de se dépasser, de faire monde comme elle n'a pas su le faire en colonisant, parce qu'on ne fonde pas un avenir commun par la force. Nous pouvons faire de la désolation un espoir, recoudre les injustices, rassembler ce qui est épars par un nouveau projet. Ces jeunes hommes et ces jeunes femmes autour de moi sont essentiels à cette tâche. Ils en sont conscients et j'admire leur valeur, leur courage. Pour tout dire, peut-être me sentirais-je plus à ma place parmi eux et parmi ma famille qu'à la très haute fonction qui est la mienne. J'accepte cette destinée, et je suis sûre que beaucoup ici acceptent mêmement ce qui n'est pas prévu mais forge au bout du compte l'enthousiasme.

Mesdames, messieurs, vive l'Union, vive la France.

Suzanne Césaire lève les bras, elle mime dans les airs deux mains qui s'étreignent, geste devenu symbole de l'Union française, Maryse Condé, Gerty Archimède et Jenny Alpha font de même, Joseph d'un côté et Lakhdar de l'autre entraînent Marie-des-Neiges dans le mouvement, avec tous les élèves. La foule applaudit, puis joint les mains, chante *La Marseillaise.* Les opposants ont abandonné le terrain. La présidente et sa suite, le service d'ordre et les élèves de l'école normale entrent dans la mairie. Marie-des-Neiges est troublée, à la fois enthousiasmée par le discours et triste d'avoir vu Ange. Elle sait bien qu'elle n'a pas pu se tromper. Sa présence dans ce groupe est logique ; ce qui ne l'est pas c'est que malgré sa colère il ne lui paraît pas moins désirable.

Chaque élève a le droit d'inviter une personne pour la réception et Joseph, Lakhdar et Armand ont proposé à Kathy, Yolande et Maria-Angustias. Robert n'a pas eu besoin de leur aide, il est homme de ressource et de réseau, ses amitiés de la fac de droit lui ont permis d'obtenir une invitation. Dans la petite foule à l'intérieur de la mairie d'Aix-en-Provence, Marie-des-Neiges aperçoit bien sûr Galim Diouf, dans son costume parfaitement ajusté. Il s'approche du groupe autour de la présidente, il se place, déterminé et discret, se retrouve en face de Suzanne Césaire, engage la conversation avec elle.

Dans la salle des États de Provence les comtes et les personnages illustres, sur les tableaux accrochés aux murs, les impressionnent. De même que celles et ceux, bien réels, qui se pressent autour des petits fours et des boissons. Robert discute avec des enseignants et des juristes, les autres restent campés dans un coin de la salle, un verre à la main pour se donner une contenance. Kathy a une bosse sur le front, héritée de la bagarre, elle y presse un mouchoir humide et reprend pour Marie-des-Neiges la leçon d'histoire de leur première balade nocturne. Tel homme laid, habillé de noir, est le fameux Mirabeau. Tel autre en sandalettes, en armure et en toge est le fondateur de la ville, le Romain Sextius, attiré par les eaux chaudes environnantes, propices aux thermes. Il lui a donné son nom, *Aquae Sextiae*, les eaux de Sextius.

Maryse Condé interrompt la petite leçon d'histoire et elle prend Marie-des-Neiges par les épaules. Tu n'es plus ma petite élève, tu es une femme maintenant. Je suis flattée de te retrouver et de manger avec toi demain. Marie-des-Neiges est heureuse de tant d'attentions, Kate est impressionnée alors qu'il lui en faut beaucoup, et elle ne peut s'empêcher d'éprouver un certain plaisir à l'épater. Marie-des-Neiges présente ses camarades à madame Condé. Gerty Archimède les rejoint. Elle s'arrête franchement, s'adresse à eux sans chichis. C'était mouvementé, pas vrai ? Il nous a manqué Pompidou, il aurait fait le coup de poing comme pendant sa jeunesse, en 1934, contre les ligues fascistes, avec les étudiants socialistes. Marie-des-Neiges ignorait ce passé aventureux du ministre débonnaire.

Gerty Archimède les questionne sur leurs cours et sur l'endroit d'où ils viennent. Elle plaisante avec les jeunes filles. Mon conseil, ne vous mariez jamais. Maryse Condé sourit, difficile de savoir si elle approuve ou trouve le conseil exagéré. Gerty Archimède poursuit. Les enfants, pourquoi pas, mais encore. Obéissez avec modération. J'ai trop obéi à mon père, il ne voulait pas que je fasse d'études. Et je suis quand même devenue avocate, puis députée, aujourd'hui ministre, mais j'ai tardé. Vous autres vous permettrez plus, plus vite, je l'espère.

Marie-des-Neiges connaît les rumeurs, Houphouët-Boigny aurait été son grand amour, il l'aurait demandée en mariage, elle aurait refusé. Ils siégeaient alors tous les deux sur les bancs communistes de l'Assemblée, et cet épisode d'Houphouët-Boigny communiste faisait toujours tressaillir, vu la mauvaise opinion qu'il avait de lui, le père de Marie-des-Neiges. Gerty Archimède ne s'imaginait pas suivre un homme, abandonner ses électeurs de Guadeloupe pour aller vivre sur le continent africain.

Elle est fort sympathique, à vrai dire, blagueuse et intéressée par les trajectoires de ces jeunes gens, plus bavarde que madame Condé. Quand Yolande vient à se présenter, Gerty Archimède fait de grands signes à Suzanne Césaire, qui parle maintenant, après Galim Diouf, avec le maire de la ville. Regarde qui j'ai trouvé, une de tes compatriotes. Suzanne Césaire arrive à petits pas, les paupières tombent sur ses yeux d'ambre, elle a l'air plus fatiguée que sur la tribune, elle a donné toutes ses forces pour le discours. Elle se tient la tête, traversée par une douleur soudaine, puis elle prend sur elle, sourit, interroge. Elle comprend que Yolande n'est pas étudiante à l'école normale, elle l'écoute, elle déplore le sort qui lui a été réservé quand elle était bonne. Elle espère que l'Union française permettra à toutes ses composantes un développement social et économique, personne ne doit être contraint au départ pour mieux vivre, au risque de se faire exploiter. Elle leur présente une de ses jeunes conseillères, Gertrude Omog, venue de

Yaoundé. La jeune femme leur sourit. Suzanne Césaire leur explique. Elle était infirmière, mais avant tout c'est une militante, dévouée à sa nation et à l'Union française. J'aime m'entourer de femmes talentueuses venues de tous les horizons, peut-être, dans quelques années, serez-vous à sa place et elle à un autre poste, dans un hôpital ou un dispensaire, ou dans quelque assemblée.

Suzanne Césaire ferme les yeux, le mal parfois la prend, il résonne dans sa tête et constelle de taches l'intérieur de son crâne. Gerty Archimède lui agrippe le bras, elle la soutient, c'est passé. La présidente recommence à discuter, elle s'adresse maintenant tout particulièrement à Lakhdar. L'Algérie nous préoccupe, nous ne vous abandonnerons pas, vous les musulmans. Sachez que je discute régulièrement avec le docteur Fanon, il me tient au courant des derniers développements de la situation, je suis inquiète, bien sûr. L'Algérie m'a coûté mon mari, je ne voudrais pas qu'elle mette en péril l'Union française. Sachez que nous sommes déterminés, que je suis déterminée.

Lakhdar est soudain timide, il la remercie en baissant la tête. Joseph et Armand auraient été plus bavards, si elle leur avait prêté autant d'attention. Peut-être a-t-elle cet instinct des personnalités publiques, de déceler le discret et l'importun, d'éviter de laisser libre champ à qui pourrait s'accrocher. Elle se tourne vers Marie-des-Neiges, lui prend les mains, Maryse Condé m'a parlé de vous, vous étiez son élève, je crois, je sais que vous êtes boursière, fille de pionniers, c'est bien ça, vous serez à la hauteur de vos parents, je n'en doute pas, rappelez-leur, si vous leur écrivez, à quel point l'Union est redevable à celles et ceux qui ont su, dans les périodes les plus terribles, agir avec courage et conviction.

Suzanne Césaire est fatiguée, sa voix s'altère, Marie-des-Neiges est touchée par ses mots, mais ils sont moins précis, débités à partir du standard. Elle y reconnaît une langue de remise de médaille, de discours officiel. La présidente semble loin, à l'intérieur de sa tête, en sa douleur. Gerty lui donne le coude, Jenny Alpha fait pareil de l'autre côté, Maryse Condé suit, juste derrière. Elles font barrière entre les invités et leur amie, leur camarade. Elles la conduisent vers le buffet, piochent pour elles des petits pains et du fromage, un verre d'eau, car elle n'aime pas le vin. Elles allument sa cigarette, la présidente repart, à pas lents cette fois, elle doit se reposer, elles s'en vont toutes les quatre, complices, joyeuses, on croirait presque des collégiennes qui sortent de classe.

Marie-des-Neiges a quitté la mairie, il reste des invités à la réception mais elle veut se coucher tôt, être en forme pour le lendemain, son déjeuner avec Maryse Condé. Elle est encore émue de sa rencontre avec la présidente. Furieuse aussi d'avoir vu Ange en si mauvaise compagnie. Elle doit récupérer Daniel, elle a promis de tout raconter à Michèle Michel. Depuis une encoignure de porte, on lui saisit le bras. Elle se retrouve face à Ange, qui la tient fort. Je t'ai vue sur l'estrade, il dit. Elle répond moi aussi, je t'ai vu. Il la regarde bien dans les yeux : ça ne change rien, pour moi, c'est de la politique, c'est tout, entre nous c'est autre chose.

Elle voudrait lui envoyer une claque, tourner le dos et ne plus jamais le revoir. Pourtant, si elle se dégage bien de son bras, elle prend ses mains dans les siennes, elle pose ses lèvres sur les siennes. Sa colère s'est évaporée. Elle recule un peu sa tête, j'aurais aimé ne jamais te voir parmi eux, mais il l'embrasse encore et elle accepte. Ils sont blottis contre cette porte, indifférents aux autres qui passent sans non plus leur prêter attention, deux amoureux serrés l'un contre l'autre.

Viens, on marche. Il l'entraîne loin du centre-ville où les passants sont encore nombreux, trafic ordinaire à cette heure et badauds revenus de la cérémonie avec Suzanne Césaire. Ils ne parlent presque pas mais ils se tiennent la main. Ils marchent un petit moment, se dirigent vers le parc Jourdan, un peu à l'écart du centre-ville. Ils se promènent dans les allées et les pelouses. Ils s'assoient sur un banc dans un endroit isolé du parc, ils se collent l'un contre l'autre. Marie-des-Neiges est gênée, elle trouve ça indécent. Puis elle oublie qu'ils sont dans un parc, elle s'enhardit à mettre une main sous sa chemise, l'autre sur ses fesses.

Quand ils ne s'embrassent pas, ils reprennent leur souffle, échangent quelques mots. Tu lui as parlé à la Césaire ? Oui. Ah, tant mieux, c'est bien pour toi. Tu sais, ça me met en rage, ce que vous avez fait, avec tes petits compagnons. Ne cherche pas à comprendre, je suis un homme, tu sais, un homme d'honneur, c'est sûr que ça ne me plaît pas beaucoup de venir faire le cirque à un événement auquel tu participes, tu devais être fière et je ne voulais pas tout gâcher, mais il fallait que j'y sois. C'était presque un amusement, pas encore de choses vraiment sérieuses. On s'est un peu bousculés avec la police, avec ceux qui défendent ta présidente, c'est tout. Y a pas mort d'homme. Même pas quelques dents cassées. Faut pas te mettre dans tous tes états. On est bien, là, c'est gentil, nous deux.

Marie-des-Neiges ne sait pas si c'est gentil ou si c'est furieux. Il y a de la folie dans ce qui lui arrive, avec Kathy, avec Ange. Encore plus avec Ange qu'avec Kathy, car rien ne devrait lui plaire, dans cet homme-là. Pourtant, la nuit elle rêve de lui. Quand ils sont ensemble elle ne pense plus à ses activités de nervi. Elle se demande comment elle peut se fourrer dans une situation pareille, elle, la grande étudiante, l'élue de ses professeurs, la future thésarde. C'est bien la peine de gamberger autant pour ne plus penser du tout quand il s'agit d'amour.

Il doit y aller, il la raccompagne vers le centre-ville, puis il la quitte, il a son train. Il n'est plus là et bien sûr que ce n'est pas gentil, eux deux, c'est traître et faux jeton, c'est charnel, c'est inconséquent. Il ne sera jamais un père pour son enfant, jamais un homme qu'elle pourrait présenter à ses amis de l'école normale, à ses parents. Mais elle ne veut pas se passer de lui comme amant.

Elle est presque chez elle quand Kathy la rattrape. Son amante a les yeux rougis. Elle la prend par le bras, la retourne pour lui parler, très sérieusement. Il sera trop tard pour Daniel, ce soir encore, il dormira chez ma voisine, elle pense Marie-des-Neiges, elle se doute de la discussion désagréable qui l'attend avec Kate. L'Américaine a la voix tremblante. Je t'ai vue avec cet homme, c'était qui, je l'ai reconnu, tu sais, il était parmi ceux qui ont voulu attaquer Suzanne Césaire, ce n'était pas le chef, mais il faisait peur. Il était très froid, il ne se laissait pas aller aux cris et à l'indignation comme d'autres fascistes, il savait exactement ce qu'il devait faire. Je l'ai vu porter des coups. Cet homme-là est capable de tuer. Comment tu peux me faire ça ? Marie-des-Neiges ne sait pas si elle est en colère pour des raisons politiques ou par jalousie, les deux se mêlent. Elle se défend, Kathy l'a suivie, ce n'est pas acceptable, elle aussi a une autre amante, Marie-des-Neiges ne le lui a jamais reproché, pourtant elle n'aime pas ça, elle non plus.

Kathy est encore plus en colère, comment elle peut comparer son amante, une autre étudiante américaine, et ce fasciste. Elle ne l'a pas suivie, elle voulait lui faire une surprise, la rejoindre chez elle, pour célébrer ensemble, dans l'intimité, la visite de Césaire. Elle pleure désormais, elle lui reproche tout et elle s'excuse en même temps, elle n'aurait pas dû la suivre, peut-être, mais alors elle n'aurait jamais su, elle ne veut pas la partager avec un fasciste.

Marie-des-Neiges ne sait pas comment lui expliquer, ce qu'il se passe c'est physique, avec lui, il n'est pas question de politique. Avec Kathy aussi, c'est physique, bien sûr, et plus que ça, parce qu'elles s'entendent bien, elles discutent, mais elle ne lui enlève rien en allant avec Ange. Elles ne vivent pas ensemble, elles vont chacune de son côté. Kathy lui dit c'est sans issue pour toi, avec ce salopard. Marie-des-Neiges n'est pas sûre qu'un long amour soit davantage possible, entre elles. Elle aime, c'est tout, elle ne cherche pas d'issue, ce serait quoi, une issue, une fin, une séparation, un mariage, des enfants ? Une promesse réciproque et intenable d'amour éternel ? Une histoire sans issue, ça lui va très bien, elle ne cherche pas à sortir, ni à choisir. Bien sûr, Ange n'est pas dans le bon camp, mais elle ne discute pas avec lui, il ne la convaincra pas, elle n'est pas sûre de ce qu'il pense vraiment, il est lié par ses origines, sa famille, ses amis, une position dans la société, par un sens désuet de l'honneur et de l'amitié, toutes sortes de dispositions inextricables. Elle n'a pas l'intention de le changer, ce serait dépenser tellement d'énergie pour un résultat impossible. Certains hommes ont des greluches, elle a son grelot, son petit minet qui la touche, parce que derrière tout ce fatras il y a un garçon franc, un caractère d'enfant, un corps à déclencher les frissons.

Je le fréquente et alors, il y a la politique et il y a le corps, il y a la raison et les sentiments, je ne trahis nulle cause, je pense toujours pareil, et surtout j'agis, je travaille mon concours pour ensuite rentrer chez moi, enseigner aux enfants de mon pays afin qu'ils sachent autant que ceux d'ici, ou bien peut-être que je resterai et que je transmettrai le savoir aux enfants des Blancs, je montrerai que dans l'Union nous valons autant. Je me demande même si je ne devrais pas continuer, faire une thèse peut-être. Dans tous les cas, rien ne change parce que je couche avec cet homme. Marie-des-Neiges trouve Kathy injuste, elle n'a exigé nul serment, s'est bien gardée d'en faire de son côté, et maintenant voilà qu'elle se vexe. Elle ne doit pas être jalouse, il y a tant de choses qu'Ange ne peut lui apporter.

Kathy la coupe, elle ne peut pas supporter d'imaginer qu'un fasciste lui serve à quelque chose. Peut-être Marie-des-Neiges veut-elle un homme, peut-être a-t-elle tellement soif de conventions qu'elle s'imagine davantage marcher dans la rue avec lui. Marie-des-Neiges se fâche, elle n'aime pas les amours impudiques, ne s'affiche pas plus avec Ange qu'avec elle, et à choisir, elle aurait encore plus honte qu'on l'imagine en ménage avec lui. Les conventions, c'est Kathy qui les a dans la tête. Marie-des-Neiges a un enfant sans père, elle est habituée au regard des autres, elle peut tout supporter.

Kathy pleure de plus belle, parce qu'elle pensait Marie-des-Neiges sous sa coupe et la découvre plus indépendante, parce qu'elle n'est pas fière de sa scène, parce qu'elle se voudrait libre de toute jalousie, aimer et laisser aimer, mais elle en est incapable. Elles vont chez elle. Marie-des-Neiges sent venir les larmes, elle aussi, parce que la réaction de son amante la déçoit, parce que tout serait plus simple si elle pouvait écarter, par une opération de l'esprit, Ange et ses gestes, Ange et son corps.

IV

Le coup

Marie-des-Neiges presse le pas, elle ne veut pas être en retard à son déjeuner avec Maryse Condé. La nuit a été dure, elle n'a presque pas dormi, entre les discussions avec son amante et la réconciliation. Ses pensées, alors que Kate dormait à ses côtés, serpentaient, louvoyaient, partaient et revenaient, empruntant des chemins détournés, exhumant des détails, des questions sans réponse. Elles l'ont troublée jusqu'à l'aube où enfin elle a perdu conscience.

Quand elle arrive au restaurant, madame Condé est déjà installée et Marie-des-Neiges se sent honteuse de ne pas être arrivée la première. Sa professeure ne lui en tient pas rigueur, elle lui demande de raconter ses études, ses amis. Marie-des-Neiges ne parle pas de son histoire avec Kathy et encore moins de celle avec Ange. Elle est intimidée. Quand les plats arrivent, Maryse Condé ferme les yeux, Dieu que c'est bon de retrouver enfin, en ta compagnie, un peu de calme, car ma vie s'est précipitée, aux côtés de la présidente. Elle plisse les paupières, savoure le repas et ce temps passé avec sa jeune élève. Elle parle et Marie-des-Neiges ne pense plus à son amante ni à son amant, elle s'occupe l'esprit d'autre chose que sa propre existence et cet intermède vaut bien la nuit réparatrice qui lui manque.

Le chemin est long, tant est inégale la situation entre la France hexagonale et les colonies. Notre programme est de transition, nous voudrions aller vite mais les évolutions sont lentes, il n'y a pas que du spectaculaire. Il y a du symbolique bien sûr, Aimé Césaire puis Suzanne à la présidence. Une femme présidente, c'est important, et ça s'est joué à peu de voix après l'assassinat. Si son mari n'avait pas été ministre en 1945, si elle n'avait pas été élue à ce moment-là sur son poste de député, ç'aurait été impossible. Voilà pour le symbolique, mais il ne remplit pas une assiette, il ne change pas la vie quotidienne. Il y a toutes sortes de problèmes et de questions qui se posent. Nous ne les avions pas imaginées, nous ne savons pas comment les résoudre. Il y a une part de l'ancien monde, les Defferre, Mitterrand, par exemple, qui prétendent participer mais freinent tout changement des quatre fers. Heureusement Gaston Monnerville, qui aurait pu prétendre devenir président à la place de Césaire, a refusé d'être instrumentalisé. Il se tient tranquille, il est content de présider son Conseil de la République. C'est un modéré et un républicain. Mais il y a la menace des ultras, en Algérie et ici, de Gaulle et la droite nostalgique des milieux coloniaux qui attendent leur heure. Il y a le patronat que certains parmi nous voudraient séduire, en lui promettant des profits nouveaux, que d'autres souhaitent museler, en alliant nos forces à celles des travailleurs et travailleuses. Personnellement, je ne comprends pas bien comment on pourrait lutter contre les inégalités du colonialisme sans s'attaquer à celles du capitalisme, car elles sont intimement liées. On ne peut pas financer l'égalité réelle, entre anciennes colonies et petite France, sans attaquer le capital. On ne peut convaincre de la révolution coloniale que si on accepte de faire une révolution sociale. La présidente écoute mon avis, mais à mon poste, je ne décide pas, j'observe surtout.

Ce que nous voulons faire est inédit, à notre époque, transformer un empire colonial en démocratie, pas seulement formelle mais sociale, économique. J'ai beaucoup de respect pour tes parents, parce que sans des mouvements sociaux comme ceux auxquels ils participent, nous serions seules, notre tâche serait impossible. Ce que je te dis là, ça vaut pour tout l'Empire. Nous devons convaincre, dans les actes, l'ouvrier français qu'il a tout intérêt, lui aussi, à défendre l'Union française, que ceux qui se battent dans les anciennes colonies ne sont pas des concurrents mais des appuis. Et au sein de l'Empire, il y a tant à faire également : inscrire la population sur les listes électorales, réduire l'influence des anciens chefs, des complices et des bénéficiaires de la colonisation. Il y a tous ceux qui voient pour leur territoire un salut hors de l'Union, prônent une indépendance qui les mettrait dans le giron de l'URSS ou des États-Unis. Tout est fragile, c'est un chemin long, mais aussi escarpé, un vrai sentier de chèvre d'où l'on peut basculer à tout moment et retomber dans le gouffre avant même d'avoir entrevu le sommet.

Elle s'interrompt, elle est parvenue, tout en parlant, à terminer son assiette. C'était très bon, j'aime la nourriture du sud de la France, vois-tu. Je pourrais peut-être un jour finir mes jours ici. Quand la pression à la présidence est trop forte, je me relaxe en cuisinant. J'aime couper les légumes, les faire revenir à la poêle, j'aime inventer des recettes. La cuisine est une création, je suis démiurge. Dans ces moments, les enfants me manquent. Je les ai laissés à Condé quand je suis partie, il boit moins, il s'occupe bien d'eux, même si le premier n'est pas de lui, il ne fait pas de différence. Je compte bien les récupérer quand ma tâche sera accomplie.

Il faut que je te dise, aussi. Avant de partir, j'ai rencontré un homme, à Kaolack, un professeur anglais, Richard. Il était le petit ami d'une amie, il m'a tutoyée la première fois qu'il m'a vue, ça ne m'a pas plu, mais je l'ai mis sur le compte de son anglophonie. Il me dit que je devrais écrire, pas seulement les discours de Suzanne Césaire, ça c'est bien, mais des romans, de véritables romans que j'inventerais. Je l'aime bien, il a un terrible accent mais ça se travaille. Il me soutient. Il s'occupe de moi. Peut-être a-t-il raison, pour l'écriture. Peut-être mon grand œuvre n'est-il pas dans l'enseignement, ni dans l'Afrique, ni dans mes enfants, ni dans la politique. Il y a le concret mais il y a aussi des histoires à raconter. Cela aussi pèse, quand on ne se satisfait pas du monde.

Marie-des-Neiges voudrait parler de tout, des passionnants débats de l'Union française, de la possibilité de l'écriture, de sa vie et de ses cours. Il est tard, déjà, le temps de madame Condé est compté, elle s'apprête à rejoindre l'entourage de Suzanne Césaire, partie la veille en avion. Après sa nuit hantée par Ange et Kathy, Marie-des-Neiges crie, presque, une question lui brûle : vous êtes amoureuse ? Madame Condé n'est pas interloquée. Oui, elle répond, malgré tout, les enfants, le travail pour la présidence, les enjeux, les dangers, les incertitudes, l'Union française, oui, je crois que j'aime. Elle sort déjà du restaurant, son chauffeur lui tient la porte, elle se dirige vers la voiture officielle, une DS rouge et puissante, carrosserie rutilante. Elle ordonne, je conduis jusqu'à Paris, elle monte devant, le chauffeur s'installe à côté d'elle et Marie-des-Neiges lui trouve un air inquiet et bien blanc.

Yolande a quitté son travail, elle s'ennuyait, à force, dans la boutique de tissus. Elle n'aurait jamais imaginé, quand elle est arrivée en France hexagonale depuis son île natale, se permettre un jour de faire la difficile, mais c'était avant le soutien affirmé de madame Ega, avant les discussions avec la petite bande. Je ne veux plus me faire exploiter, elle dit. Tant qu'il n'y aura pas de révolution communiste, tu le seras, il répond Joseph. Maria-Angustias le coupe avant qu'il ne se lance dans un discours : il y a quand même de la marge, sans attendre la révolution. Son futur emploi devient le sujet de conversation. Elle voudrait trouver vite, car elle ne peut pas se permettre de rester trop longtemps sans travail. Elle craint plus que tout d'aller à l'usine, elle préfère le commerce, parce qu'elle est coquette, parce qu'elle ne veut plus user son corps après ses mois de femme de ménage. Malgré sa timidité, elle aime le contact avec la clientèle, elle l'a découvert dans la boutique.

Yolande se pose des questions. Vous êtes des étudiants, des intellectuels, vous vous en sortirez toujours. Pour moi, ça change beaucoup de choses, cette histoire d'Union française, mais je pars de plus bas que vous. Je faisais ici des métiers que les gens de France hexagonale ne veulent plus faire : le ménage, et si j'étais un homme ce serait sans doute dans le bâtiment ou manœuvre. Maintenant j'aspire à mieux et je vois bien qu'on me considère parfois comme une intruse. Et pourtant aux Antilles nous sommes citoyens depuis plus d'un siècle, même nous autres descendantes d'esclaves. J'ai des droits, je l'ai compris, grâce à madame Ega, grâce à vous, mais si je les exerce, on me regarde de travers, pour qui elle se prend. Union française ou pas, je serais venue faire le sale boulot. Mais là, je peux m'appuyer sur tout ce qui change pour espérer mieux.

C'est pas facile. J'ai commencé à faire le tour des commerces du centre-ville pour trouver un nouvel emploi, il faut voir comment on est reçue, parfois. Il y a des gens jaloux, des racistes qui nous en veulent. On m'a dit que nous autres colonisés nous coûtions cher, qu'il n'y avait plus d'argent pour les pauvres Français à cause de nous. Je ne me laisse pas faire, j'ai dit qu'on était français depuis plus d'un siècle en Martinique. J'ai dit la France est un gros gâteau, elle prend sa farine, son sucre, ses épices, ses œufs et son chocolat dans tous les coins et recoins de son empire, elle se gardait les plus grosses parts et jusqu'ici ne donnait aux colonies que des miettes. Car si les ingrédients viennent de toute part, la cuisine était dans l'Hexagone. Désormais, j'ai dit, on partage mieux, les parts ici sont plus minces, mais si on construit de vraies cuisines dans les colonies, il y aura plus à partager.

Auparavant j'aurais baissé la tête et je serais partie, jamais je n'aurais tenu tête ni n'aurais répondu. Maintenant, je sors la langue de ma poche. Je mets mon chapeau et je parade, la tête haute. Si la présidente est de mon pays, je ne vaux pas moins que n'importe qui, ici même. J'aime bien cette petite France. Je m'imagine une vie *alé-viré*, avec des voyages entre ici et là-bas. Simplement c'est long le bateau, alors ça ne serait sans doute pas possible et je suis ici pour longtemps. Il faudrait gagner plus d'argent et passer des mois à ne pas travailler, à voyager, à s'instruire. C'est ce qui me manque par rapport à vous, le savoir. Je ne suis pas tête de linotte pour autant, mais il y a beaucoup de choses que je ne sais pas. Ce que je voudrais, c'est faire du droit comme Robert, pour pouvoir me défendre. Et aussi trouver un bonhomme gentil et honnête avec qui me mettre en ménage. Peu importe d'où il vient tant qu'il est catholique. Mais je crains d'être laide et que ça n'arrive jamais.

Marie-des-Neiges trouve Yolande belle, au contraire. Elle a un air sérieux et entêté, sa timidité pourrait laisser croire qu'elle est hautaine. Marie-des-Neiges aime ses sourcils joliment froncés, ses pommettes hautes, la façon dont elle tient sa tête, bien droite, la grandeur de ses yeux et comment elle les écarquille quand elle est surprise. Elle se penche vers elle, ne t'inquiète pas, elle lui dit, je suis sûre que tu vas retrouver un travail, quelque chose qui te plaira, dans le commerce, peut-être, et rencontrer un bonhomme ça je ne sais pas, mais si c'est le cas, un gentil, c'est sûr, sinon il aura affaire à nous. Yolande est heureuse, je ne suis plus seule, je sais que vous êtes là, et si je rencontre un mauvais garçon, vous me le direz. Ça me donne confiance, sans vous, je ne sais pas si je serais restée ici, je serais peut-être rentrée et ça aurait été difficile, de revenir là-bas après être partie. Marie-des-Neiges fixe son amie mais elle n'écoute plus, sourire mécanique, elle laisse ses pensées s'enfuir, elle voudrait être moins secrète, parler aussi spontanément que Yolande, au lieu de garder en dedans d'elle ses deux relations.

Depuis peu, Joseph a une amie, comme Armand, il en était presque gêné au début. Comme si Marie-des-Neiges risquait d'être jalouse, comme si le baiser forcé les avait liés. Peut-être a-t-il honte de son désir volage, prêt à s'attacher à la première femme qui veut bien de lui. Il l'a présentée à la bande, elle est un peu plus âgée, vendeuse dans un magasin, elle sourit beaucoup à Joseph, elle le regarde, elle est impressionnée qu'il fasse des études, qu'il ait ses opinions sur tant de sujets.

Marie-des-Neiges en discute avec Kathy. Il semble que pour beaucoup d'hommes autour d'elles, trouver une femme et la présenter à leurs amis soit un objectif à court terme. On parle de femmes publiques mais il y a des couples publics. Ça les hante, ces hommes, les rend malheureux tant qu'ils ne peuvent offrir au monde entier le spectacle de leur réussite amoureuse, bras autour de la taille ou des épaules d'une fille gracieuse, baisers dans le cou, apartés complices. Heureusement pour eux, il existe aussi des femmes qui ont besoin de s'affubler pareillement d'un homme. Marie-des-Neiges pense à Yolande qui a tellement peur de ne trouver personne. Robert, trop centré sur sa carrière, Lakhdar, trop timide, échappent seuls à cette destinée implacable, à moins qu'ils ne camouflent sous le désintérêt et la peur des inclinations discrètes et moins avouables.

Kathy apprécie Joseph, en définitive, mais elle aime aussi être méchante avec lui. Tu comprends, elle dit à Marie-des-Neiges, Joseph voudrait être un chef. Il a quitté le monde ouvrier donc il ne sera pas chef des dockers, grand leader syndical, comme son père. Il pourrait être chef communiste mais ce n'est pas une place assurée, il y a des purges, des plus doués que lui, plus manœuvriers. Peut-être un jour sera-t-il directeur d'une école, il est encore un peu jeune, le seul domaine où il peut cheffer sans merci, c'est sa famille. Du moins celle qu'il doit se créer, parce que avec son père, encore, la place de chef est déjà prise. Avec sa petite femme, il sera chef de famille, il pourra commander, ordonner ses enfants, son logis, leurs loisirs. Marie-des-Neiges rit, sauf si c'est elle qui prend l'ascendant. Alors il sera encore sous-chef et jamais chef. Marie-des-Neiges l'imagine avec une casquette de capitaine, des galons sur l'épaule. Et pourquoi pas un tricorne, une plume colorée et des fanfreluches sur le poitrail. Il vaut mieux se moquer que s'énerver.

Les nouvelles de l'Algérie ne sont pas bonnes. Lakhdar et Maria-Angustias ont la mine mauvaise. Il y a de plus en plus de tensions, là-bas, des meurtres et des attentats. À Oran les musulmans ne peuvent plus entrer dans la ville européenne, des tireurs postés sur les toits font des cartons. Même les employées de maison se retrouvent ciblées. Suzanne Césaire est encore intervenue, pour dire que la loi sur l'Assemblée unique, indifféremment élue par les Européens et les musulmans, doit passer. Nul ne sait si elle est prête à aller jusqu'au bout, à envoyer l'armée, ou si elle préférera tolérer une exception algérienne. Et si elle envoie l'armée, rien ne dit que les officiers suivront. Il y en a, dit-on, qui font passer le *statu quo* avant la République, les Européens d'Algérie avant l'Union.

Même Robert, d'ordinaire confiant, est inquiet. L'Union est fragile, il répète. L'agitation née en Algérie peut gagner la France hexagonale et, de là, toute l'Union. Les jaloux, les ambitieux, les revanchards, les nostalgiques, les racistes, tous ils peuvent la faire vaciller. Des affiches sont apparues sur les murs d'Aix, elles proclament la volonté de retour à l'Empire originel, à l'hégémonie de la France et des Français, à la centralité hexagonale. Elles revendiquent l'Algérie pour ceux qui l'ont faite, les colons. Elles insultent la bonne femme Césaire et toute sa clique de métèques. Marie-des-Neiges passe devant dans la rue, elle a peur. Elle est choquée par ces affiches, mais elle ne sait pas ce qu'en pense la population. En attendant, elles se répandent, elles inquiètent, elles exsudent la haine revancharde de tous les réactionnaires. Marie-des-Neiges essaye de se rassurer, elle se dit que même les pires restaurations ne peuvent revenir totalement en arrière.

Dans son autobiographie, Claude McKay raconte qu'il part vivre à Londres et perd de vue, pendant deux ans, son ami Michael, le voyou. Quand McKay revient à New York, il est embauché comme rédacteur adjoint dans une revue proche du Parti communiste, *Liberator*. Michael voit son nom en la lisant et il lui rend visite au siège de la revue. Il a vieilli, porte une cicatrice sur un sourcil et des rides presque aussi creusées. Après avoir été conducteur de tramway quelques mois, il est redevenu un bandit, il a fait de la prison et rejoint une bande de criminels endurcis. Quand McKay lui suggère de retrouver un travail, l'autre sourit, c'est trop tard, il ne changera pas, il est engagé avec des types qui ne plaisantent pas. Quelque temps plus tard, il est arrêté pour un braquage et condamné à neuf ans de prison. McKay est désolé pour lui.

En lisant ces mots, Marie-des-Neiges a peur. Elle a envie de pleurer. Ça sera peut-être pareil avec Ange, elle se dit. Il sera toute sa vie un nervi, je ne le verrai plus et quand je le recroiserai je constaterai les blessures, la figure de gamin abîmée, la peau boursouflée ou flétrie. Elle s'est moquée avec Kathy de la volonté de Joseph de faire couple absolument, de tomber amoureux d'une fille, la première qui veuille bien de lui. Elle se demande si son attirance pour un dur n'est pas tout aussi risible et désespérante. Les temps changent et elle s'amourache d'un homme-vestige, coincé dans la pensée de l'Empire colonial, un homme d'action, violent.

Tu mérites mieux, elle voudrait dire à son cœur, ne te jette pas à corps perdu vers cette chimère, ne te condamne pas à l'échec, ne bats pas foutrement, bêtement, ménage-moi, ménage-toi, tu vas finir sanguinolent sur une table, ou bien décharné et tout sec, tu comptes sur mes larmes, sur la farouche volonté de vivre qui me tient. J'aurais dû t'enfermer dans une boîte et te laisser voir seulement à mon fils, à mes parents, à mes amis, ou bien t'apprendre à voler et à te poser uniquement dans des lieux trop hauts pour craindre le danger. J'aurais aimé te proposer des promenades tranquilles, des chemins sans obstacles et sans pièges, te laisser gonfler paisiblement comme un moine. Au lieu de ça je t'embarque aux trousses d'un voyou et d'une caractérielle.

Il est l'heure d'aller se coucher et elle contemple le petit visage de son fils endormi dans son lit, elle le fait chaque soir qu'elle peut et en est toujours autant émue.

Marie-des-Neiges s'est installée, seule, aux *Deux G*, elle lit. Finalement, elle aime bien ce café, malgré le ressentiment de son père contre toute la famille Diouf, malgré ce qu'elle en pense, elle aussi. Ça lui plaît néanmoins de se dire qu'il appartient à un homme qui a grandi dans la même ville qu'elle, a connu le même grand voyage, a pu attirer les mêmes regards de commisération, d'incompréhension ou d'hostilité, ici. Envers et contre tout, il affiche sa réussite. Jamais elle n'avouerait ce sentiment à son père ou à Joseph.

Une femme d'une trentaine d'années est assise à la table d'à côté, elle la fixe. Elle est vêtue d'une robe de couleurs vives, elle est la seule autre femme noire dans ce café. Marie-des-Neiges continue à lire. La femme se lève, elle s'assoit en face d'elle. Elle parle avec un fort accent américain, plus fort que celui de Kate.

Je peux m'assoir avec toi ? Je suis américaine, je m'appelle Faith Ringgold, tu sais ce mot en anglais veut dire confiance, ou bien foi, il en faut pour ce que j'ai choisi.

Marie-des-Neiges est intriguée par cette entrée en matière, elle comprend que la femme a envie de parler, alors elle pose la question attendue, elle lui demande quel est ce choix mystérieux. Faith Ringgold sourit, elle prend son temps pour répondre.

Je suis une artiste, une femme noire américaine et artiste. C'est une vocation, je ne serai pas mariée, je ne veux pas d'un mari qui m'empêcherait de peindre ou de dessiner, qui trouverait que c'est futile, ou que je doive, s'il peignait lui-même, me dévouer à la sienne, de vocation. Alors j'enseigne et je peins. Et je voyage, je voulais voir ce pays dont la présidente est une femme noire, dans ce café dont on m'a dit que le patron est noir, je voulais voir votre révolution, parce que c'est une révolution.

Elle se penche vers elle, comme si elle voulait chuchoter, à la fois très sérieuse et amusée par ses propres effets.

Je voulais venir ici, en Provence, parce qu'il y a eu Cézanne, il y a eu Van Gogh, il y a Picasso, et cette lumière qui inspire les peintres.

Marie-des-Neiges est impressionnée par son aplomb. Elle a la voix traînante et complice, agréable, presque envoûtante. Faith Ringgold lui pose des questions et Marie-des-Neiges explique sa vie, ses parents, ses études. Faith Ringgold parle beaucoup.

Je voulais aller en France parce que ici, c'est l'origine de la peinture occidentale de notre temps. Une terre-mère, en quelque sorte. Mais ces peintres blancs, ils ont leurs yeux et leurs mains de peintres blancs, ils ont ce corps blanc. Ils ont leurs préjugés. On dit un Charlie quand on parle d'un Blanc, par chez moi. J'en ai peint, des Charlie. Ces peintres blancs, même marginaux, même géniaux, ils sont et ils restent des Charlie. Ils sont ignorants de beaucoup de choses. Picasso a peint *Les Demoiselles d'Avignon*, c'est une œuvre importante. Il s'est inspiré de masques africains, il s'en est emparé comme il s'est emparé du corps des femmes qui posaient pour lui. Il est pillard ignorant et artiste puissant à la fois, il nie forcément ce qu'il ne reconnaît pas, mais peu importe ce qu'il dit, peu importe ce qu'il pense, c'est l'art qui dit la vérité, pas l'artiste. Alors avec ce que je sais je prends l'œuvre du peintre blanc, toutes les œuvres de tous les peintres blancs, leur lumière et leur technique, leur vie et leurs sujets. Je viens ici, sur leurs terres. Elles sont miennes. Je ne me fais pas de bile, j'y ai droit.

Marie-des-Neiges vient de la rencontrer mais elle aime déjà cette femme, elle trouve un écho entre cette ambition artistique et la sienne, elle veut se saisir du savoir, de la poésie, de la beauté, de l'histoire, de la géographie et des mathématiques, des sciences, elle veut happer le français, et si ces disciplines, si cette langue ont été des outils pour coloniser, pour asservir, le retournement en est encore plus juste, l'ironie plus frappante. Elle le dit à Faith Ringgold et l'artiste rit fort dans le café, elle se préoccupe peu des autres clients qui se retournent, il n'y a plus qu'elle et Marie-des-Neiges.

Je suis ta lumière noire, dans tout mon spectre je t'éclaire, et tu m'éclaires aussi. Nous autres aux États-Unis avons connu l'esclavage, et la ségrégation, notre destin est commun, nous nous regroupons, nous nous entraidons. Notre révolution noire est en marche, on raconte souvent, chez les Afro-Américains, que la France est différente, qu'on n'y rencontre pas les préjugés et la violence qui pèsent sur notre vie. Votre présidente, c'est très bien. Mais plus vous prendrez de la place, plus vous serez nombreux sur ces terres, plus vous aurez à affronter, car vous deviendrez une menace pour l'ordre blanc. Et non plus une menace lointaine, dans les colonies, mais sur ce territoire même de l'ancienne métropole. Peut-être alors aurez-vous le besoin, comme nous, de vous regrouper, de vous protéger, de vous unir. N'oublie pas, aussi, que tu es une femme, et pour les femmes encore plus que pour les hommes, une révolution reste à faire. Je dois partir maintenant, j'ai vu Aix, je dois voir Arles, Avignon, je dois voir Antibes. Je suis une chasseuse et une artiste, je cours pour vivre, je poursuis ma quête de lumière et ma traque des peintres blancs. J'accomplis ce grand voyage avec ma mère et mes filles, je dois les rejoindre, j'aurais aimé te les présenter, j'ai besoin d'elles à mes côtés, celle qui m'a précédée, celles qui me suivront. Faith Ringgold se lève et prend Marie-des-Neiges dans ses bras, elle sort du café et s'éloigne dans la rue, à grandes et souples enjambées.

Marie-des-Neiges aurait aimé que Maryse Condé soit là elle aussi. Elle a l'impression d'avoir vu passer une énigme, d'avoir croisé la Joconde, elle n'a envie d'en parler à personne, elle veut garder en elle cette rencontre et la lumière noire qui en a irradié.

Yolande a retrouvé un travail, elle est vendeuse dans une boulangerie. Elle doit se lever très tôt et ça ne lui déplaît pas, elle cite différents proverbes pour faire de contrainte vertu. Néanmoins, elle propose à la petite bande d'aller danser, pour fêter la bonne nouvelle. Il y a suffisamment de sujets d'inquiétude, on ne va pas en plus se laisser abattre. Elle leur propose une discothèque. Robert ne connaît pas ce sens nouveau du mot, il s'étonne, on ne va pas aller s'amuser dans un meuble. Elle explique, ça n'est ni un meuble ni une boutique, c'est l'équivalent d'un dancing, un lieu où on se retrouve pour danser. Il faut payer l'entrée, il y a un bar, un orchestre ou un disquaire qui passe la musique. On dit aussi boîte de nuit, parce qu'on y est bien serrés. Bon, il dit Joseph, à l'ancienne, on appellerait ça un *baleti*.

Ils se retrouvent tous et toutes dans un établissement minuscule, il y a des lumières qui font mal aux yeux mais on s'habitue. La concentration en fumée racle la gorge et fait tousser, les corps sont luisants et collent. Marie-des-Neiges déteste cet endroit, elle danse rarement, ici elle n'a pas envie, pourtant on l'invite souvent. Un homme insiste, les filles comme toi, elles ont ça dans la peau, Marie-des-Neiges détourne la tête avec mépris. Ses amis de la petite bande se prennent au jeu, Yolande est heureuse de les avoir amenés là et ils remuent, lancent leurs bras en l'air, ils bougent la tête et se regardent dans les yeux en souriant, ils bondissent, un désordre joyeux sur la figure. Parfois ils dansent en couple sur un air particulièrement entraînant. Il y a des chansons des yéyés, celles d'un groupe d'adolescents londoniens, les Kinks, apprécié par Joseph qui aime l'aspect social de leurs chansons. Et surtout le joueur de disques passe la musique de Myriam Makeba, la chanteuse sud-africaine qui a rejoint l'Union française pour fuir l'Apartheid. Parfois, le rythme se calme et Dalida chante : *Ciao ciao bambina/ Dis-moi je t'aime, pour la dernière, dernière fois/ Bientôt, petite, je vais te perdre/ Embrasse-moi/ Ciao bambina/ Un jour l'on s'aime et l'on se quitte/ L'amour c'est ça.* Un bref moment, Marie-des-Neiges sent monter des larmes, dans la chanson les yeux sont tristes et le ciel pleure. Elle se reprend.

Marie-des-Neiges ferme les paupières pour se préserver un moment de la fumée, elle se laisse entraîner à remuer la tête. Elle décide de se concentrer sur la musique, elle oublie le reste, elle finit par rouvrir ses paupières, elle n'y voit pas grand-chose, sinon des silhouettes en mouvement, son nez est obstrué par les volutes épaisses, la musique est trop forte et bat dans ses oreilles, mais elle sourit, elle déplace lentement ses pieds d'un côté puis de l'autre, sa danse est étrange, ralentie, en suspens. Ils ne sont pas beaucoup, cette nuit-là, de jeunes femmes et de jeunes hommes venus des anciennes colonies, dans la discothèque, à part leur petite bande. Et quand Marie-des-Neiges sort peu à peu de sa transe, elle s'aperçoit qu'ils sont nombreux à avoir arrêté de danser, à les regarder ou les dévisager avec elle ne sait quel sentiment, de la curiosité ou de la malveillance, de l'admiration ou de la sympathie. Elle s'imagine, peut-être, ils ont dansé sur Myriam Makeba, après tout. Mais elle les voit se parler à l'oreille, tourner leurs faces vers leur petit groupe, pointer du doigt ou des mains. Alors elle se rassoit, mal à l'aise.

Plus tard, elle se rappellera cette nuit dans la discothèque, ses mouvements identiques quel que soit le rythme, sa danse lente d'allégresse anxieuse, les mouvements de ses pieds petit petit, la vision très distincte de l'ombre de ses propres doigts, agités au-devant de ses yeux. Puis le froid du petit matin, la fatigue qui s'abat d'un coup, les viennoiseries chaudes, sorties du four, offertes par Yolande qu'ils avaient accompagnée pour prendre son service à la boulangerie. Elle aura mal au ventre en pensant, dans la Bible, aux paroles terribles de Mical, fille de Saül, à David. Elle lui reproche sa frivolité après qu'il a dansé devant tout le peuple assemblé, à peine ceint d'un éphod de lin, à l'entrée de l'Arche d'Alliance dans Jérusalem. Peut-être, pensera Marie-des-Neiges, quelques semaines après le coup du général de Gaulle, peut-être nous sommes-nous donnés en spectacle, cette nuit-là, alors que tout risquait de s'effondrer. Dans le récit biblique, David se défend, il répond à Mical, je ne m'exhibais pas, je dansais devant l'Éternel. Alors Marie-des-Neiges aura L'Ecclésiaste à l'esprit, il y a un temps pour tout, un temps pour pleurer et un temps pour rire ; un temps pour gémir et un temps pour danser.

Marie-des-Neiges monte l'escalier à la hâte, elle n'a pas donné d'heure précise à Michèle Michel pour son retour. Elle tape doucement à la porte, la vieille dame sort et s'affaisse dans ses bras. Elle pleure, ce sont des sanglots silencieux qui secouent son corps. Elle parvient à articuler, le petit dort, il est dans ma chambre, et puis elle explique, c'est pas possible, les gens sont tellement méchants, on vit dans quelle époque.

Elle est allée aux commissions avec Daniel, il était aussi mignon que d'habitude et il marchait, elle le tenait d'une main et son sac à provisions de l'autre, et puis il y avait ces hommes sur le marché qui distribuaient des tracts pour soutenir les Français d'Algérie, ils les ont entourés, ils l'ont insultée, pute à Césaire, ils ont dit, moricaud, négrillon, en parlant de l'enfant. Elle ne s'est pas laissé faire, honte à vous, elle a dit, vous vous en prenez à une vieille et à un enfant, racistes nazis, salauds, vous êtes des pleutres. Ils l'ont alors bousculée, son panier est tombé, ils ont ramassé des légumes abîmés, les ont lancés sur elle et sur l'enfant, en leur crachant encore d'autres mots terribles. Des commerçants sont intervenus, elle a réussi à partir en retenant ses larmes, parce que Daniel avait peur, il pleurait.

Marie-des-Neiges la réconforte comme elle peut, Michèle Michel ne s'arrête pas de pleurer, ça va mal finir, s'ils s'attaquent à un enfant, je crains pour toi et pour tes amis. Il va y avoir des morts, c'est sûr, il y en a déjà en Algérie. On ne sait pas comment ça va finir, tout ça. J'ai déjà connu la guerre, et maintenant ça sera quoi, la guerre civile, il y avait de la haine dans les yeux de ces hommes, ils m'auraient tuée s'ils avaient été seuls, ils auraient tué Daniel, ils nous ont jeté des légumes mais ça aurait pu aussi bien être des pierres. Je ne sortirai plus avec lui, je le garderai dans cet appartement, et toi non plus tu ne devrais pas sortir, je te le dis mais je sais bien que tu n'en feras qu'à ta tête, car tu es jeune, tu as tout ton enthousiasme et tu ne crois pas que le pire soit possible, mais moi j'ai connu le pire dans ma vie et, crois-moi, ces hommes en font partie. J'ai connu ce temps où on manifestait contre les ligues fascistes, et il y a eu les grandes manifestations antifascistes et le Front populaire, ça a été l'espoir. Mais ensuite sont venus Édouard Daladier et Paul Reynaud qui ont vengé le patronat des grèves de 36, ils ont mis en pièces les 40 heures, ils ont fait virer les grévistes. Et ensuite il y a eu Vichy, et la vengeance a été pire encore, contre les étrangers, contre les Juifs, contre ceux de 36, contre les syndicats. Chaque bonne chose qui arrive charrie son exact contraire, la réaction qui menace et qui tue. Je te le garantis, jeune fille, rien n'est acquis, tout peut se perdre, même les victoires les plus belles. Toi et moi nous sommes le peuple qui se bat toujours et jamais n'a droit à la paix. Nous sommes des femmes. Nous ne pouvons jouir avec certitude d'aucune position, et si notre vigilance baisse, si on se laisse aller au bonheur, envahir par la quiétude trompeuse de l'espoir, si on a la naïveté coupable de se dire ça y est, alors on ne s'y attend plus et pourtant resurgissent ceux qui nous dominaient, désormais ils insultent, ils bafouent, ils rabaissent, ils blessent et ils tuent. Et ils nous ramènent à la peur et à la défaite, et je suis devant toi tremblante et chialante et honteuse.

Marie-des-Neiges est embarrassée de la tristesse de sa vieille voisine, de son amie, elle est en colère du sort réservé à son fils, elle est inquiète. Elle murmure à l'oreille de Michèle Michel, je ferai attention, je te promets. Je serai sur mes gardes.

La veille, toute la petite bande est allée chez Kathy pour écouter à la radio le discours de Suzanne Césaire. Elle a réaffirmé sa volonté d'imposer une Assemblée unique en Algérie, comme dans tous les États qui composent l'Union française. Lakhdar a eu les larmes aux yeux, pour la première fois, j'y crois, il a dit, elle peut y arriver. Avant d'aller en cours, ils se sont cotisés pour acheter la presse, lire les réactions des forces politiques. Le Comité d'action de la colonisation française, bien sûr, le cocof, crie à la trahison. L'un de ses orateurs parle le soir même en meeting à Marseille, une contre-manifestation est organisée et ils ont tous décidé de s'y rendre. Lakhdar, Joseph, Armand et Marie-des-Neiges rangent leurs affaires, les déposent chez elle pour ne pas être encombrés. Elle a tout juste le temps d'embrasser Daniel, de le descendre chez Michèle Michel, qui l'exhorte, manifestez pour moi, je suis trop vieille, dites-leur votre façon de penser à ces balayures du cocof. Puis ils retrouvent les autres à la gare et attrapent le train de justesse.

Ils sont dans l'une des dernières voitures, Robert et Joseph rassurent Yolande, qui ne voulait pas venir et craint la rue. Armand n'arrive pas à caser son corps sur les banquettes exiguës. Marie-des-Neiges est assise à côté de Kathy, elles se touchent et ça réchauffe car il fait froid dans le train. Kathy a placé son bras derrière le dos de son amie et elle a posé sa main juste au-dessus des hanches, elle ne fait rien de plus que la laisser posée et chaude à travers le tissu. Marie-des-Neiges aime cette camaraderie joyeuse, elle apprécie quand elles sont nues dans un lit, bien sûr, mais elle aime aussi ces moments plus chastes, de simple tendresse quotidienne. Maria-Angustias et Kathy sont lancées dans une conversation animée sur les qualités respectives de la mer Méditerranée et de l'océan Atlantique, elles s'amusent de leurs désaccords, offusquées que l'une préfère les vagues et l'autre le calme. Marie-des-Neiges est la première à voir les roicos qui arrivent de l'autre côté de la voiture. Ils ont leur tenue habituelle, la longue veste de chasse au col en velours, la petite mèche sur le devant et les tempes rasées.

Les royalistes les ont repérés et ils avancent, certains sortent de leurs poches des petites matraques, des poings américains. Marie-des-Neiges alerte ses amis, ils se lèvent, ramassent leurs affaires et se hâtent de quitter la voiture, pour aller vers l'avant du train. Les roicos ricanent, ils se dépêchent eux aussi, lancent des insultes. Pas de chance, elle dit Marie-des-Neiges, ils doivent aller au meeting, nous à la contre-manifestation, c'est le même train. Un des royalistes sort *L'Action française*, il la brandit comme un étendard, un autre fait des moulinets avec sa matraque. Robert est le dernier du groupe, il reçoit un coup sur l'épaule, il presse et il pousse. La petite bande court, désormais. Elle traverse les voitures, bouscule les passagers debout entre les rames, ceux et celles qui sont assis remarquent à peine ce qui se joue. Robert place derrière lui une grosse malle entre deux compartiments, les royalistes sont ralentis, la petite bande arrive dans l'avant-dernière voiture. Elle est occupée par un orchestre, cuivres en majorité, trompettes, trombones, tuba et cors divers, et aussi un hautbois, un basson, un tambour, deux maracas. Un gigantesque soubassophone s'enroule autour du corps de son musicien. Joseph reconnaît la fanfare des amis de *L'Humanité*, en route pour la manif elle aussi, tous instruments sortis, pour ne pas s'encombrer des boitiers, prêts à l'emploi.

Robert se retourne. On va pas se laisser faire, quand même, on arrête de fuir. En quelques mots, Joseph explique la situation à ses camarades musiciens, ils se lèvent, ils jouent leurs morceaux. La petite bande s'est regroupée, d'autres militants les ont rejoints, on avance, il dit Armand, on se met en chaîne. Marie-des-Neiges se retrouve devant, à son bras. Ils ne peuvent pas être plus de deux de front, et encore, bien serrés, dans le couloir exigu. Derrière cette première ligne, Robert, Lakdhar, Maria-Angustias, Joseph et encore derrière Kathy, Yolande et des inconnus qui leur prêtent main-forte. Les roicos, méfiants, se sont arrêtés dans la voiture précédente, le temps de se concerter. Quand ils déboulent enfin, les camarades avancent lentement face à eux, la musique leur donne du courage. Le son grave du soubassophone fait trembler les corps, il donne du courage aux antifascistes. Un premier royaliste se jette sur eux, il est costaud, Marie-des-Neiges a le bras tordu mais elle ne rompt pas, derrière elle les autres poussent, repoussent. Un autre royaliste lève sa matraque, il est gêné par l'espace étroit, il tente un premier coup puis il tombe lourdement en arrière face à la résistance des camarades. Il y a autant de bruit dans le train que pour la statue d'or du roi Nabuchodonosor de la Bible, quand il exigeait du peuple de se prosterner au son de la trompette, de la flûte, de la harpe, du hautbois, de la lyre, et ceux qui refusaient étaient jetés dans les flammes de la fournaise. Tout le train est bouillant de course, de bagarre, de transpiration et de musique.

Désormais la tendance s'est inversée, les royalistes refluent, désordonnés, ils reculent dans le même ordre des voitures que la petite bande précédemment. Ce sont eux qui ont peur et trébuchent, malgré leurs armes. La fanfare lance *L'Internationale*, certains passagers la reprennent, il y en a qui s'écartent et frémissent de se retrouver dans pareille affaire, d'autres font des croche-pattes, lancent des insultes aux roicos. Ils sont plus rares à huer la fanfare. Le soubassophone retentit encore, c'est un son qui retourne, une alarme profonde, un ralliement du fond des âges, les parois du train vibrent. Les trompettes sont plus moqueuses, les trombones font aussi leur mélodie joyeuse. Et puis encore ce soubassophone qui remue les tripes.

Les royalistes ont reculé de trois ou quatre voitures, ils ont eu peur, puis ils se sont repris, un chef leur donne des ordres, les exhorte à ne plus céder. Marie-des-Neiges a pris un coup sur le front, elle sent la grosse bosse se former. Elle espère ne pas trouver Ange parmi leurs adversaires, elle se dit que ce n'est pas possible, il n'a pas de raison de venir d'Aix, et puis il n'apprécie guère les royalistes, même s'il était avec eux lors de la visite de Suzanne Césaire. Il y a des risques, malgré tout, qu'il assure à Marseille la sécurité du meeting. Les bras accrochés à ceux de ses camarades, elle sent la force du groupe, de celles et ceux qui l'entourent. Elle a envie d'en découdre, s'il était en face de moi, elle se dit, amant ou pas, je le frapperais, je lui enverrais mon tibia dans l'entrejambe ou mon pied dans la poitrine.

Les deux groupes sont maintenant au milieu du train, en vis-à-vis, on pourrait croire à ces jeux dans les férias, où on se pousse, ou bien on tire une corde, mais c'est sérieux, il y a des cris et des coups. La fanfare joue *Avanti popolo, alla riscossa*. Passé la stupeur de la riposte, les royalistes se sont organisés, ils reviennent à la charge et lèvent les genoux de façon militaire. Des barres de fer sont apparues, Marie-des-Neiges a peur et elle est en colère, désormais ; derrière elle Joseph a blêmi, on va s'en prendre plein la gueule, il dit. Les royalistes n'ont pas de musique mais ils chantent, des chansons militaires et coloniales, leurs voix sont graves, elles interfèrent avec les notes de la fanfare, avec le bruit du train. L'ambiance est à la cacophonie bagarreuse, aux bras et jambes mêlés, aux pieds écrasés, aux furieux piétinements, à la sueur terrifiée et hargneuse. Les barres de fer des royalistes se préparent à l'action, elles sont amenées vers l'avant, pour fracasser des têtes, casser des bras, briser des instruments.

Alors un homme que Marie-des-Neiges ne connaît pas, derrière elle, sort un revolver, il le lève bien haut, il le pointe, il crie je vais tirer. La musique s'arrête, les chants aussi, les royalistes s'enfuient en désordre, certains abandonnent leurs barres. Marie-des-Neiges a vu l'arme à feu, autour de celui qui la tient il n'y a plus personne, ça fait peur, un revolver brandi, de ce côté aussi ça part en courant. La voiture dans laquelle les deux camps étaient prêts à s'affronter s'est vidée, l'homme au revolver recule lentement, il passe dans la voiture suivante, ferme la porte. Le militant inconnu n'a pas tiré, il s'en est fallu de peu.

Maria-Angustias tient farouchement en trophée l'exemplaire de *L'Action française* déchiré qu'elle a réussi, nul ne sait comment, à subtiliser aux ennemis. La suite du voyage est rapide, la voiture de l'affrontement reste vide, chaque camp de son côté du train. La bande et leurs camarades sortent les premiers, la fanfare joue et ils chantent, ils ont l'impression d'avoir remporté une victoire, petite. Une victoire quand même. Marie-des-Neiges se demande, et s'il avait tiré.

La fanfare marche devant et ils rejoignent la manifestation en musique. De la gare au point de rendez-vous, leur cortège est joyeux, cadencé, il grossit de celles et ceux que la musique attire. Il y a des drapeaux, des journaux vendus à bout de bras. Beaucoup de citoyennes et de citoyens des colonies, mais pas seulement, des syndicalistes, des lycéennes et des lycéens. Des élus et des élues, la poitrine ceinte de leur écharpe bleu-blanc-rouge, se mêlent au cortège. La manifestation commence à l'heure, celles et ceux qui sont là piaffent d'aller vers le meeting. Un homme crie, on ira le plus près possible de l'endroit où ils se réunissent, où ils nous provoquent, pas de racistes, pas de colonialistes dans notre ville.

Le temps pleurniche une bruine glaçante et inhabituelle, ici, mais le cortège est jeune, déterminé, presque désordonné. Il s'étale trop, Joseph est inquiet, on va trop vite, le service d'ordre est dépassé, il faut calmer l'allure. Marie-des-Neiges entend la fanfare de loin, elle est restée plus en arrière, ne peut avancer à leur rythme, impossible de jouer et marcher aussi vite à la fois. Soudain ils aperçoivent, par-delà les manifestants, la salle où a lieu le meeting, une rangée de nervis devant, et devant eux encore plusieurs lignes de policiers. On entend des cris, crosses en l'air, collabos, très vite les premières lignes sont au contact, le service d'ordre tente de ralentir, de réfréner les ardeurs d'attaque du meeting. Les policiers frappent leurs matraques sur leurs boucliers, la manifestation recule, elle crie, elle insulte.

Quand éclatent les premières grenades lacrymogènes, la cavalcade reprend, dans l'autre sens. Les policiers chargent en même temps. Le service d'ordre encaisse le premier choc, laisse le temps aux manifestants de prendre un peu de distance, puis il se rompt, pris entre la fougue manifestante et l'agressivité de la police. Armand, Joseph, Yolande et Marie-des-Neiges se donnent la main, au début, essayent de refluer ensemble. Les autres de la petite bande, Kathy, Lakhdar et Robert, sont perdus, balayés par le mouvement de fuite qui les a pris. Il ne faut pas courir, il dit Joseph, on part tranquillement, on reste calme. Marie-des-Neiges sait qu'il a l'habitude, elle est rassurée par sa présence. Une nouvelle salve de gaz irritant les fait tressaillir, Armand tousse, il crache, il ébroue son grand corps et lâche leurs mains, il court de toute la vitesse de ses grandes jambes, ils ne peuvent le retenir ni le rattraper. Malgré les consignes de Joseph, Yolande et Marie-des-Neiges courent aussi, il leur donne toujours la main et les entraîne vers une porte cochère, il tambourine, une habitante compatissante ouvre la porte, ils se réfugient à l'intérieur, deux ou trois autres les suivent, ils referment. Marie-des-Neiges a la gorge et les yeux qui brûlent, ne te frotte pas le visage, il dit Joseph. Yolande tremble, appuyée contre le mur. Celle qui leur a ouvert apporte des serviettes humides, des verres d'eau. Ils entendent, assourdis, les cris et les détonations. Joseph est essoufflé, il a le dos courbé, les mains sur ses cuisses, il crache. Au moins, on sait de quel côté est la police.

L'immeuble est traversant et au bout d'une heure, quand les clameurs se sont calmées, la femme de l'immeuble leur montre une sortie dans une petite rue parallèle au boulevard où ils ont manifesté. Ils marchent en silence, Marie-des-Neiges a l'impression de raser les murs, je n'ai pourtant rien à me reprocher, elle se dit. D'autres ombres remontent les rues, venues de la manif elles aussi. Elles sont nombreuses arrivées à la gare, échangent des regards et des sourires, se rassérènent de la pluie, du froid, des coups de matraque et des gaz. Marie-des-Neiges, Joseph et Yolande retrouvent Robert, qui s'est foulé la cheville dans la fuite. Il est soutenu par un homme qu'ils ne connaissent pas et qui disparaît aussitôt qu'ils prennent en charge leur ami. Peu à peu ils se retrouvent, à part Kathy qui manque. Seul Robert est blessé. Le retour en train est plus calme et plus morne que l'aller. Joseph a le ton grave, la police a protégé les fascistes, elle a choisi son camp. Robert pleure, de nervosité, de douleur, ou de colère. Il a gardé son costume habituel pour manifester, il est souillé de boue et humide car il est tombé dans une flaque quand il s'est fait mal. Armand et Maria-Angustias l'entourent, le consolent. Marie-des-Neiges ne pleure pas mais elle sent que ses yeux brillent. Elle est inquiète pour Kathy, avant de la voir apparaître, elle sort de la nuit, elle est belle, elle est sauve, transpirante, échevelée, elle lui sourit. Elles se prennent dans les bras, moins pudiques que d'habitude, mais les autres ne remarquent rien, ou font comme si. Marie-des-Neiges est rassurée, même si elle tremble encore un peu. Elle s'imagine avec au cou un petit médaillon doré, orné de deux matraques croisées, son petit baptême de répression.

Depuis longtemps Joseph a promis, il les emmènera voir un match de football de l'Olympique de Marseille. Ça leur changera les idées après la manifestation réprimée. Il aime ce sport et cette équipe. Kathy est intéressée, elle connaît le sport aux États-Unis, base-ball et football américain, elle veut connaître les coutumes françaises. Lakhdar adore aussi le ballon. Leurs amis ne les ont pas suivis, le football les préoccupe peu. Joseph a expliqué le maillot bleu et blanc, la fierté de l'équipe et de la ville mêlées. L'Olympique de Marseille a joué plusieurs années en deuxième division, cette relégation a réduit l'enthousiasme des supporters, plus nombreux dans les années 1930. Il en reste, pourtant, et Joseph est de ceux-là. Kathy se moque un peu, est-ce que ça n'est pas contradictoire, de défendre le communisme tout en cédant au chauvinisme sportif. Joseph se défend, le communisme, s'il advient, ne pourra en aucun cas faire disparaître le sentiment d'appartenance local, tant qu'il est tourné non vers la haine et la guerre mais vers une saine émulation, sportive en l'occurrence. D'ailleurs, l'Union française en est la preuve, la possibilité pour chaque nation de s'épanouir dans une fédération.

Le stade de l'Huveaune est situé près de la plage du Prado. Selon Joseph, certains matchs ont lieu dans un autre stade, le Vélodrome, mais le loyer est trop cher et le club rechigne à payer, préférant ce vieux stade, plus petit. Il y a quand même une belle ambiance, des chants et des cris. Dans la tribune officielle, Marie-des-Neiges est étonnée d'apercevoir Galim Diouf, en pardessus et chapeau. Joseph la trouve naïve, il fait de la politique, ton Galim Diouf, il aimerait bien racheter le club. Comme son père a fait à Dakar, à ce qu'il paraît. Il construit la mosquée, il rachète le club, tout ça est cohérent. Mais ils sont deux sur le coup, il y en a un autre, Marcel Leclerc, un gars qui possède *But*, un journal sportif, il doit penser que c'est suffisant pour se payer l'Olympique de Marseille. Ils sont deux ambitieux à s'engatser pour le club, alors tu comprends bien qu'ils sont obligés de se montrer au stade.

L'équipe entre sur le terrain, les acclamations redoublent. Marseille joue contre une ville dont Marie-des-Neiges ne connaissait pas le nom et qu'elle ne parvient pas à retenir, mais elle tenait à voir le match, puisqu'elle en avait l'occasion. À l'annonce des équipes, Lakhdar applaudit particulièrement Abdelhamid Bouchouk, un milieu de terrain. Il se croit obligé de justifier son enthousiasme, c'est un Algérien, il a joué à Toulouse et il est revenu à l'OM.

Le match commence, Marseille domine mais ne parvient pas à marquer de but. Marie-des-Neiges s'ennuie, au bout d'un moment, elle n'apprécie pas la tactique dont Joseph et Lakhdar lui parlent ; pour elle, il ne se passe pas grand-chose. Joseph confirme, c'est une rencontre fermée. Il parle de football avec autant de gravité que de la politique, Marie-des-Neiges s'en amuse. Elle n'ose le lui faire remarquer de peur de le froisser. Kathy, contrairement à elle, est emportée par le jeu. Il n'y a pas assez de points, mais j'aime bien les dribbles et les passes, elle dit.

Et puis ça va très vite, Fanfan Milazzo s'empare de la balle, il remonte le terrain, dribble deux défenseurs, centre vers Abdelhamid Bouchouk qui contrôle et marque. Les deux joueurs se tombent dans les bras, leurs coéquipiers les entourent, et puis Bouchouk, très distinctement, lève son pouce, il fait le signe un. Les acclamations, auparavant unanimes, se partagent en huées. Il l'a fait, il l'a fait, répète Lakhdar, Joseph aussi est très excité, Marie-des-Neiges ne comprend pas. Lakhdar essaye d'expliquer, là ce n'est plus du sport, c'est de la politique, Bouchouk a fait le signe un après avoir marqué, un pour l'Assemblée unique, c'est un soutien très clair à la politique de Suzanne Césaire en Algérie. C'est un grand sportif mais il n'a pas oublié d'où il vient.

Le match reprend, après le coup d'envoi de l'équipe adverse, mais dans le stade éclatent des bagarres. On soutient tous la même équipe, mais il y a des colonialistes et des partisans de l'Union française. Le geste de Bouchouk n'a pas laissé indifférent, ça tourne mal. Autour d'eux des spectateurs s'invectivent, Lakhdar, Joseph et Kathy s'en mêlent, ils insultent eux aussi. Joseph et un adversaire furieux se prennent par le col, ils se secouent. D'autres interviennent pour les séparer. Marie-des-Neiges n'a plus du tout envie de voir le match. Il ne reste que quelques minutes, la fin de la rencontre est sifflée, elle attrape par la manche ses camarades, on y va, s'il vous plaît, pas de bagarres aujourd'hui. La joie de la victoire semble avoir calmé les affrontements politiques du stade. Les spectateurs sortent dans le calme. Marie-des-Neiges a rarement vu Lakhdar aussi content. C'est un héros, ce Bouchouk, il risque gros. Il y a des chances qu'il soit sanctionné par le club. Il a pris position, c'est important. Ce qui se passe en Algérie, en ce moment, c'est crucial, c'est important de le rappeler même dans un match comme ça, même si c'est du sport et pas de la politique. Nous, musulmans d'Algérie, on est muselés dans notre propre pays, on doit bien trouver des moyens pour s'exprimer.

Kathy elle aussi est très contente, elle a aimé le match, l'ambiance du stade ; le geste de Bouchouk. Elle aime la contradiction, la confrontation, elle ne peut s'empêcher d'interroger Lakhdar sur les attaques contre les Juifs, par des musulmans, en Algérie. Elle ne comprend pas, les Juifs aussi sont victimes, en Algérie, de l'antisémitisme des colons, les musulmans devraient faire cause commune avec eux. Lakhdar n'est pas à l'aise, il rappelle le décret Crémieux, qui depuis un demi-siècle a distingué les Juifs algériens des musulmans en leur donnant la citoyenneté française. Il y a des frères et des sœurs qui se trompent en s'en prenant aux Juifs, mais les Juifs eux-mêmes se rangent dès qu'ils le peuvent du côté des Européens, pour être enfin aux côtés des plus forts. Et puis il y a la situation en Palestine qui cause souci et renforce la haine des Juifs. Kathy est dubitative, il y a un rabbin, un commerçant, un musicien qui ont été tués. Ils ne sont ni des colons ni des Israéliens. Il y a une volonté de s'en prendre aux Juifs parce qu'ils ont toujours été considérés, en de multiples lieux du monde, comme des parias. Lakhdar essaye de tempérer, on ne sait pas qui a commis ces meurtres, il est possible que ce soient des colonialistes, Kathy n'est pas convaincue, Marie-des-Neiges la voit au bord de la colère, elle ne veut pas que cette conversation se poursuive, il y a eu la violence au stade et maintenant des tensions entre eux. Elle change de sujet, elle surjoue l'enthousiasme après le match, Lakhdar est soulagé, Kathy elle aussi veut éviter la dispute, ils quittent le stade en parlant du jeu, du sport, du championnat, c'est beaucoup plus futile et ça leur fait du bien.

Marie-des-Neiges a moins envie de voir Ange. Elle sait que s'il est là, elle voudra faire l'amour avec lui, mais dans le contexte actuel, aussi tendu, ça lui semblerait une trahison, encore plus qu'avant. Il serait trop difficile de faire abstraction de la situation politique, de l'agitation latente contre l'Union française.

Leur dernière nuit a tourné court à cause de ça. Après les caresses et les baisers, elle a voulu raconter la manifestation et la charge policière, Ange préférait qu'elle se taise, tu sais bien qu'on ne doit pas parler de ça. Puis, plus agressif, ta présidente ne fait plus confiance à notre police, à leurs chefs, qui sont de notre côté, à nos troupes, on dit qu'elle veut faire quadriller la France par des troupes noires et arabes. Tu veux dire celles qui vous ont libérés des nazis, Marie-des-Neiges a répondu directement, Ange n'a pas apprécié. À Marseille c'est mon père et les siens qui ont libéré la ville, nous les nervis, on nous oublie quand ça va bien, et quand il y a des troubles on se souvient qu'on existe et qu'on est utiles. Marie-des-Neiges trouve qu'il confond tout, son discours est décousu, elle le lui a dit. Il s'est fâché, il s'est levé, rhabillé, il est parti en pleine nuit.

Depuis, pas de nouvelles. Ils ne s'en donnent jamais sauf quand ils se voient.

Marie-des-Neiges est en colère et elle a peur. La veille Robert a frappé chez elle pendant la nuit. Il saignait abondamment du visage, elle l'a soigné. Ses vêtements étaient déchirés. Il s'est excusé, il sait bien qu'elle a un fils, mais son appartement était le plus proche. Il pleurait. Il a tout raconté. Son entorse était enfin guérie, il pouvait de nouveau marcher, il est allé au parc Jourdan pendant la nuit. Il a expliqué. Là-bas, je peux rencontrer des garçons, ils ont les mêmes inclinations que moi, nous cherchons avant tout le plaisir charnel. Je les aime, ces rencontres. Ailleurs ou à une autre heure, pendant la journée par exemple, elles seraient impossibles. Il n'y a pas seulement le plaisir. Je fais l'amour mais je discute aussi. Tout le monde sait bien, à Aix, ce qui se passe la nuit là-bas. Marie-des-Neiges s'est trouvée bien naïve, elle n'était pas au courant. Ce soir-là, un groupe de jeunes hommes est venu avec la volonté de s'en prendre aux pédés, et ils l'ont fait. Ils ont débusqué les amours, traqué les couples dans les bosquets. Ils étaient armés de bâtons et de chaînes de vélo et ils ont rossé ceux qu'ils trouvaient.

Ils se sont acharnés sur Robert, parce qu'il était noir, comme si son crime, à leurs yeux, n'en était que plus grave. Il a les yeux tuméfiés, le nez de travers, des coupures au front et sur la joue, une main cassée, sans doute. Il a réussi, malgré les coups, à puiser suffisamment d'énergie pour les bousculer, grâce à sa corpulence, et il est parti en courant, il a escaladé les barrières du parc, malgré son manque habituel de vitesse et d'agilité. Il les entendait encore rire derrière lui. Chez Marie-des-Neiges, il s'est effondré, sous le choc. Elle l'a consolé comme elle a pu, l'a couché dans son propre lit, l'a bordé. Il était fiévreux, ne voulait pas aller à l'hôpital de peur de devoir expliquer.

Le lendemain après les cours, la petite bande vient prendre de ses nouvelles. Marie-des-Neiges est énervée contre Joseph. Il a osé dire que Robert avait été imprudent. Il aurait pu être plus discret, avec de pareils penchants. En ce moment, c'est dangereux. Il ne faut pas discréditer l'Union française, donner l'impression que ses partisans attentent à la morale, elle est déjà suffisamment attaquée et menacée. Il s'est tu, heureusement, en présence de Kathy, car elle aurait pu en venir aux mains. Joseph est quand même ébranlé par le visage gonflé de Robert. Il garde ses critiques pour lui, il a les larmes aux yeux de voir son ami dans un tel état. Kathy connaît un médecin, celui qui suit les étudiants américains, il accepte de venir, il le soigne, il le recoud, il le bande. Il lui pose une attelle sur la main, elle n'est finalement sans doute pas cassée. Il serait plus prudent de passer une radio, Robert refuse.

Michèle Michel promet, pendant qu'ils seront en cours, de garder Daniel et Robert, de changer ses pansements et de lui faire prendre ses médicaments. Le lendemain, avant de partir, Marie-des-Neiges s'approche de Robert, il dort encore, sa respiration est sifflante à travers son nez abîmé. Quand elle se penche vers lui pour l'embrasser sur le front, il attrape son poignet. Il a un lac profond et une enclume dans les yeux, il parle dans un souffle, je ne sais pas si je vais rester, je crois que je veux rentrer au Dahomey. Il sort de sa poche des photos de ses camarades, de sa famille, ce lycéen à l'air malin, il est très intelligent, c'est Léopold, mon petit cousin ; lui, qui porte beau, c'est Henri, mon ami, resté étudier là-bas ; elle c'est ma mère, elle me manque. Ces souvenirs heureux, cette évocation de gens qu'il aime lui redonnent de la force. Puis il se relâche, il retombe sur son oreiller, il soupire. Marie-des-Neiges prend les photos, les pose sur la table de nuit. Elle est atteinte. De tous, c'est lui, Robert, qui donnait l'impression de s'adapter le mieux à la France hexagonale, de se préparer à une brillante carrière. Il est encore sous le choc, elle se dit, il retrouvera la raison. Il ne faut pas qu'il s'en aille. Marie-des-Neiges est au bord d'un gouffre. Nous sommes seuls ici, à mille lieues de chez nous, dans un pays qui ne veut peut-être pas de nous.

Robert est rentré chez lui, il va mieux. Ses blessures ont guéri même s'il en porte encore les marques sur le visage. Il a repris le chemin de la fac de droit. Il ne parle plus de retourner au Dahomey, mais il n'a pas retrouvé la joie et l'enthousiasme d'avant son agression.

Les dates du concours approchent, Marie-des-Neiges voudrait ne plus penser à la politique, ne plus penser à Kathy ni à Ange. Elle aimerait aller se baigner à la plage. Elle voudrait se concentrer sur les leçons à apprendre, sur le petit corps et les babillements de Daniel, sur son amitié avec Michèle Michel. Peine perdue. Surtout un jour comme celui-là. Ça n'est pas un cours comme les autres, le professeur d'histoire est tendu. La veille on a annoncé de nouvelles émeutes à Alger, il y a des rumeurs, l'armée, sur place, se serait emparée des bâtiments officiels, aurait rallié les coloniaux et proclamé un comité de salut public. Frantz Fanon aurait été arrêté, ou assassiné, selon les rumeurs. Joseph ne parle que des événements à la pause, il craint un coup d'État. Officieusement, le général de Gaulle se serait proposé en recours, comme le réclame le comité de salut public d'Alger. Il n'a jamais accepté l'Union française, a toujours refusé ce qu'il considère comme un déclassement pour la France. Il s'est retiré dans sa campagne, à Colombey-les-Deux-Églises, a tout juste condamné l'assassinat d'Aimé Césaire.

Quand ils reviennent de la pause, le professeur leur fait signe de la main, silence. Il a allumé un transistor, les élèves se rassemblent autour de lui, ils écoutent. De Gaulle parle. Il se dit prêt à assumer les pouvoirs de la République, pour mettre fin au désordre, pour restaurer la souveraineté et la grandeur de la France. Il récite son discours de sa voix coassante et vieillie, ils sont figés autour du transistor, nous sommes allés trop vite, trop loin, il dit, il a des expressions imagées, on a dit trop de mal de la colonisation, mais sans la colonisation romaine saurions-nous nous laver ? Il propose à Suzanne Césaire de quitter le pouvoir dans l'honneur, de prendre conscience de la tâche trop lourde, celle d'assurer la conduite d'une nation millénaire, d'origine fondamentalement européenne et chrétienne, dont elle s'est chargée indûment. Tout comme il a su restaurer la nation en 1940, il est prêt à la relever de nouveau.

La déclaration s'achève, le transistor se tait. Le professeur est secoué, il les congédie en des termes inquiets. Dans ces conditions, vous le comprenez bien, notre cours est terminé. Je vous donne quartier libre, agissez en votre âme et conscience, nous verrons bien quand les cours pourront reprendre.

Armand, Lakhdar, Joseph et Marie-des-Neiges sortent abasourdis. C'est un coup d'État, ne cesse de murmurer Armand. Lakhdar a peur. Marie-des-Neiges voudrait écrire à ses parents, à Maryse Condé. Armand apostrophe Joseph, vous avez un problème, en France, avec vos généraux. Il y a eu Bonaparte, Boulanger, Pétain, c'est de Gaulle maintenant. Toujours la France a des idéaux, toujours ils sont trahis par ses héros militaires. De Gaulle vous a sauvés en 1940, il veut enterrer l'Union française désormais, tout comme Bonaparte avait sauvé la Révolution avant de la confisquer. Joseph n'apprécie pas, ce ne sont pas mes généraux, ni mes héros, mon seul héros est le peuple, mes seuls intérêts sont les siens. Armand se calme à peine, balivernes, les intérêts du peuple, ils sont multiples, il y en a, parmi ton peuple, qui voudraient bien nous remettre des chaînes au cou et nous battre au fouet comme du temps de l'esclavage. Marie-des-Neiges intervient, ce n'est pas le moment, vous savez, ne vous disputez pas, on a plutôt intérêt à rester soudés.

Ils vont dans leur café habituel. Kathy et Maria-Angustias les rejoignent. Yolande travaille. Robert ne sort de chez lui que pour aller en cours. Assis à une terrasse, tout a l'air presque normal. Joseph a croisé des militants et il a reçu des nouvelles, les mineurs de Gardanne se mettent en grève, je vous propose qu'on aille les saluer. On verra bien de quel côté il va se ranger, le peuple. Il y a d'autres rumeurs moins réjouissantes. Les militaires d'Alger auraient menacé Suzanne Césaire, si elle ne cède pas le pouvoir à de Gaulle, d'envoyer des parachutistes sur le continent. Des proches de de Gaulle auraient déjà contacté des membres du Parlement et des ministres, pour les rassurer sur leur souhait d'une transition pacifique, avec le moins de dégâts possible. S'il y a affrontement, s'il y a des armes, ou des émeutes dans les anciennes colonies, ils en renverront la responsabilité sur Césaire.

Elle doit être sans pitié, il dit Joseph. Armand n'est pas d'accord. Être sans pitié, c'est un risque. Vous connaissez la pièce d'Aimé Césaire, *La Tragédie du roi Christophe*, à propos d'Haïti. Il l'a sans doute écrite alors même qu'il était président. Il est question de Toussaint Louverture, qui a combattu l'esclavage, mais trop de militarisation lui a fait perdre, en partie, le soutien du peuple. De même pour le roi Christophe, qui a pris sa suite. Il a battu, avec Dessalines, les armées de Napoléon et obtenu l'indépendance, mais il est plus facile d'être indépendant que de bâtir un monde sur de nouvelles bases. Lui aussi a dû militariser, faire preuve de son autorité, jusqu'à devenir un tyran. Voilà ce que je crains pour l'Union. Kathy tempère, je ne vois pas Suzanne Césaire en dictatrice. Ce n'est ni son caractère ni celui de ceux et celles qui l'entourent. Armand hoche la tête, il n'est pas convaincu.

La petite bande rejoint Robert chez lui. Il a fermé ses volets, il est affalé dans un fauteuil. Les hématomes sur sa peau donnent l'impression qu'il a vieilli. Je me prépare au pire, il leur dit. Je me prépare aux émeutes et au feu, à la torture et à la mort. Ils tentent de le rasséréner, sans grand succès, il refuse de les suivre jusqu'à Gardanne. Le matin, il n'a pas pu entrer dans la fac de droit. Les étudiants de l'Action française faisaient un barrage, ils filtraient et écartaient les militants connus de gauche et tous les étudiants venus d'anciennes colonies. Robert n'est pas allé jusqu'à la grille, il a vu des collègues qui en revenaient et n'avaient pas osé protester face aux menaces.

Il y a débat, Armand propose de rassembler d'autres étudiants et de s'attaquer au barrage. C'est inacceptable, elle dit Kathy, c'est comme chez nous, aux États-Unis, ce qu'ils veulent, c'est la ségrégation. Tant que vous autres étudiants coloniaux étiez peu nombreux, ça ne gênait pas grand monde, mais maintenant qu'il y a l'Union française, maintenant que vous existez vraiment, ici, en France hexagonale, et pas comme un lointain fantasme dans les colonies, maintenant que vous prenez le pouvoir qui vous est dû, vous devez affronter les milices. Armand est persuadé que ceux qui font barrage sont une minorité, que les autres étudiants apporteront leur soutien à celles et ceux qui s'y opposeront. Joseph est partisan d'aller d'abord voir les mineurs. Rien ne se fera sans la classe ouvrière, les étudiants, c'est bien, mais ça n'est pas le plus important. Pas le plus important, peut-être, mais c'est notre monde à nous. Les mineurs, c'est bien beau, mais je ne vais pas les convaincre ni les mobiliser. Tu as raison sur ce point, mais c'est important de parler avec eux, de montrer que nous, qui représentons l'Union française, nous avons besoin d'eux.

Finalement, l'avis de Joseph l'emporte, le besoin sans doute de voir d'autres que leurs camarades les plus proches se mobiliser contre le coup d'État. Ils laissent Robert à son humeur mélancolique, dans son petit appartement.

Le trajet en train est plus joyeux que le début de la journée. Il y a d'autres militants inquiets, quelques étudiants, des élus. Il y a beaucoup moins de mineurs qu'il y a vingt ans, mais ils sont encore une force qui compte. Ils impressionnent, ces hommes qui descendent au centre de la terre pour en rapporter le combustible.

À l'arrivée à Gardanne, ils sont accueillis par un instituteur, Roger, un ami de Joseph, un communiste, à peine plus âgé qu'eux. Ce qui se passe, c'est extraordinaire, il leur dit. Les mineurs ne s'en laissent pas conter, ils ont bien compris que derrière de Gaulle ce ne sont pas seulement les colonialistes, c'est la réaction. Ils ne sont pas forcément d'accord sur tout avec Césaire, mais ils comprennent bien que si elle perd, ce sera pire.

Avec ses grandes jambes, Roger marche vite, Marie-des-Neiges peine à se maintenir à sa hauteur. Elle n'a pas le temps de voir la ville qu'ils sont déjà arrivés à la mine. Les mineurs sont nombreux, debout, ils agitent des drapeaux et des banderoles. La tour d'extraction sort de la foule comme son prolongement métallique, bouts de métal troués vers le ciel. À son pied il y a une estrade et un syndicaliste parle dans un micro. Il a l'air arabe, ils sont quelques-uns parmi les mineurs à venir des anciennes colonies. Le groupe mené par Roger fend la foule. À leur arrivée sur l'estrade, le chef syndicaliste les salue. Marie-des-Neiges ne comprend pas son nom quand on les présente.

Il reprend son discours au micro. Je vous demande d'accueillir les camarades venus d'Aix qui nous rejoignent. Parmi eux, il y a des camarades étudiants, de futurs instituteurs venus des anciennes colonies ou de la région. Ils étudient ici ensemble et devant eux, je veux affirmer notre soutien à l'Union française, notre soutien à Suzanne Césaire, parce que cette union de progrès entre les différentes nations de l'Empire, elle est aussi un projet de progrès social. Voilà pourquoi nous appelons, avec notre syndicat, à la grève générale face aux menées putschistes de quelques-uns, nous ne voulons pas du retour du fascisme et du racisme que nous pensions définitivement disparus avec la fin de la guerre et la défaite du nazisme. Contre l'union des militaristes, des colonialistes et des réactionnaires, il y a l'union des peuples et des travailleurs. Contre le fascisme, il y a la grève et notre détermination. Nous nous protégerons, nous protégerons nos camarades, nous protégerons l'Union française si elle défend les intérêts des travailleurs.

Les mineurs acclament leur dirigeant. Roger prend les mains des étudiants, lève les bras. Armand se penche vers Marie-des-Neiges, j'espère qu'il y aura la grève et la détermination mais aussi une partie de l'armée, sinon on a perdu. Joseph prend le micro, il dit son nom, reçoit une ovation, camarades, j'ai reçu ce matin un télégramme de mon père, pas besoin de vous le présenter. Je vous le lis : « Face coup d'État STOP dockers à leur poste de grève STOP soldats de la réaction STOP passeront pas par la mer ». Les mineurs applaudissent, ils crient des slogans.

Marie-des-Neiges sourit, elle a conscience de participer à une mise en scène de l'unité, mais elle est rassurée. Elle ne sait pas exactement si Joseph était au courant de tout ça avant de les emmener ici, mais cette union proclamée sur l'estrade lui donne du soulagement, de l'espoir, elle est contente d'être parmi les mineurs. Les voir organisés par le syndicat lui procure un sentiment familier, elle pense à son père et aux cheminots de Dakar. L'assemblée de mineurs part en cortège vers la mairie, Roger discute avec ceux qui sont en tête, il organise la suite et ne s'occupe plus d'eux. On rentre, il propose Joseph, il faut voir où ça en est, à Aix. Peut-être s'organiser avec des camarades pour attaquer les barrages de la fac de droit.

Dans le train du retour Marie-des-Neiges s'assoit à côté de Kathy qui prend des notes dans un calepin. Elle est en contact avec une revue américaine qui lui a proposé de rendre compte des événements. Elle se transforme en scribe, elle note scrupuleusement tout ce qu'elle observe, et son caractère en est apaisé, son rôle d'observatrice prend le dessus sur sa virulence. Marie-des-Neiges est fatiguée, elle appuie sa tête sur l'épaule de son amie, elle ferme les yeux. Elle imagine, si les concours sont supprimés à cause des troubles. S'il lui faut rentrer à Dakar sans aucun diplôme. Si l'Empire français renaissait, zombi ranimé par la magie noire d'un de Gaulle soucouyan, corps couturé à grosse tête hexagonale, képi vert olive sur la tête, en marche d'un pas saccadé et chancelant.

À l'arrivée à Aix, il fait déjà presque nuit, Joseph doit finalement passer au local du Parti communiste, des gardes sont organisées pour sa protection, les autres de la petite bande préfèrent se rendre en ville afin de tâter l'atmosphère. Maria-Angustias propose d'aller chercher Yolande à son travail, elle doit être terrorisée par les nouvelles. La petite troupe se met en marche, l'épisode des mineurs a redonné vigueur à leurs pas.

Ils entendent d'abord les cris et sans doute à ce moment ils auraient dû faire plus attention, se cacher le temps de voir, mais il est parfois difficile de croire au pire. Ce ne sont pas les quelques roicos de la ville, ni les groupuscules d'extrême droite habituels. Ceux qui se précipitent sur eux ne sont pas encartés, ils n'aiment pas l'Union française, ils veulent la suprématie des Européens d'Algérie, ils ne veulent pas des anciens colonisés en petite France. Ils profitent des troubles, du coup d'État, peut-être encadrés par les autres, par les ultras politisés, pour battre, pour haïr, pour tuer. Quand la foule est sur eux, il est trop tard, et en dernier avertissement ils voient d'abord courir en leur direction un vieux travailleur arabe ensanglanté, un ouvrier des chantiers, peut-être, ou un peintre, car il porte une combinaison recouverte de poussière de plâtre. Il est sur eux et la foule tout de suite après, ce sont des coups de pieds et de poings, Maria-Angustias est épargnée, ils la voient comme l'une des leurs, elle est laissée de côté, écartée. Kathy est poussée par terre et elle tombe, s'écarte d'une roulade. Marie-des-Neiges, Lakhdar et Armand sont au centre du moulon. Le géant bat des mains et des coudes, il tente de bousculer ses assaillants. Dès le premier coup, Lakhdar, surpris, est jeté au sol, il place ses mains sur sa tête, ses genoux sur son ventre. Il est sonné, effrayé de revivre les ratonnades d'Alger. Il ne cherche pas à s'échapper.

Marie-des-Neiges reçoit des claques mais son statut de femme, peut-être, la préserve, on lui tire les cheveux, on la griffe, on la bouscule, il y a des mains qui la touchent, elle évite les coups les plus appuyés. Mort, elle entend, mort au bicot, mort au négro, rentrez chez vous, vous allez crever, ordures. Elle lève les mains sur sa tête, elle se protège comme elle peut, elle ne riposte pas car ils sont trop nombreux, elle n'entend plus, il y a Claude McKay qui tourne à l'intérieur de son crâne, pas son poème *If we must die*, qui aurait semblé plus approprié, mais son premier roman à succès, *Retour à Harlem*. Jake, le personnage principal, vient tout juste de rentrer de France où il s'était engagé dans l'armée américaine, il a déserté et sitôt de retour à New York il a rencontré dans un club ou un cabaret, le *Baltimore*, une jeune femme dont il tombe amoureux. Après une nuit passée avec elle, il la cherche, court les bars et les soirées, ne se rappelle plus son adresse, ne connaît plus son prénom, s'installe avec une autre femme mais il pense à elle, il voit du pays, s'engage comme cuistot dans les wagons-lits, Marie-des-Neiges a dans la tête ce tourbillon de rencontres, de discussions, d'ambiances de bars, de clubs, de trains, d'appartements enfumés, ces mots et ces images plutôt que les hurlements et les coups. À la fin du roman Jake retrouve sa belle tout autant par hasard qu'il l'avait rencontrée, elle pensait à lui elle aussi, ils s'aiment, ils se disent leurs prénoms, elle s'appelle Felice, c'est un prénom de chance et de bonheur. Cette histoire la réconforte sous les coups, elle ne peut riposter, elle peut seulement s'abstraire. Elle pense aussi, elle ne sait pourquoi, à Maryse Condé, à son assurance tranquille et forte, elle l'imagine campée devant elle, les deux poings sur les hanches, elle regarderait avec mépris les bourreaux, elle la relèverait, la remettrait sur ses jambes en lui disant et alors.

Soudain on saisit Marie-des-Neiges par l'épaule et on la sauve, on l'extrait de la foule brutale, elle se retrouve face à Ange, je craignais de te trouver là, il dit, je suis venu pour m'en assurer, tu dois rentrer chez toi, c'est dangereux si tu restes ici. Il faut que tu comprennes la situation, il y a de la colère, tout ce que vous avez fait, ce qu'a fait ta présidente, je t'aime, je crois, je ne veux pas que tu meures. Marie-des-Neiges est sonnée, elle fait un pas vers la foule, il y a encore Lakhdar, Ange la retient. Tu n'en as pas eu assez, ne bouge pas, malheureuse. Toi, je peux te sauver, mais l'Arabe je ne peux rien, ils leur en veulent trop, ils me tueraient aussi, que veux-tu que je te dise, il ne fallait pas toucher à l'Algérie. Je savais que ça allait dégénérer. Je suis venu à Aix exprès pour toi, alors fais-moi plaisir, rentre, mets-toi à l'abri.

La besogne de haine est accomplie, Lakhdar et l'homme qui fuyait, en combinaison de travail, sont allongés et ne bougent plus. Armand a disparu, il s'est échappé, elle espère. Les agresseurs s'éloignent, leurs clameurs ne sont pas rassasiées. Kathy et Maria-Angustias se précipitent pour secourir Lakhdar, il est inerte. Je l'emmène à l'hôpital, elle dit Maria-Angustias. Elle est aidée par un passant horrifié par la scène. Kathy de son côté prend Marie-des-Neiges dans ses bras, je t'accompagne, je te mets en sécurité. Elle ne parle même pas à Ange, elle l'a bien vu mais elle lui subtilise son amie et il laisse faire.

Marie-des-Neiges et Kathy se soutiennent, elles pleurent. Le cours Mirabeau a pris une teinte orange, terrifiante, car *Les Deux G* sont en feu. Marie-des-Neiges se demande si Galim Diouf est sauf, elle ne l'aime pas mais ne voudrait pas le voir déchiré par la foule. Elle se rassure, les hommes de sa trempe sont en mesure de prévoir, de se protéger, d'échapper à l'horreur des événements.

Les deux femmes s'écartent de l'incendie, elles sont arrêtées au bout de quelques rues. Un mélange de policiers et de civils exige de les contrôler, elles sont suspectes, ils se veulent plus légalistes et procéduriers que la foule de meurtriers. L'officier de police qui leur parle reste poli, il est très ferme, on doit vous emmener, vous ne pouvez pas circuler librement, pas en ce moment. Elles protestent, des civils les bousculent un peu et le chef met le holà. Il ne les conduit pas au commissariat mais dans un local en centre-ville, à côté de Sciences po. Elles sont mélangées à une trentaine de prisonniers, parmi lesquels elles retrouvent Armand. Elles sont heureuses de le revoir, sans effusions toutefois. Il a reçu des coups, il a évité toute blessure grave. Il a réussi à s'enfuir, avant d'être rattrapé par un groupe semblable à celui qui les a arrêtés. Ils ne savent pas vraiment quoi faire de nous, ils arrêtent ceux qui viennent des anciennes colonies, ou des militants connus pour leur soutien à l'Union française. Armand est très inquiet pour Lakhdar quand elles décrivent son état. Il a entendu parler de plusieurs ratonnades, il y a des morts, c'est sûr.

On leur donne à manger, puis un de leurs gardiens les insulte. On devrait en fusiller quelques-uns pour l'exemple, ça irait plus vite, et vous coûteriez moins cher à la France. Armand, Kathy et Marie-des-Neiges décident de se relayer pour dormir. Ils sont appuyés les uns contre les autres, car il fait bien froid dans leur geôle. Ils s'endorment finalement tous les trois et sont réveillés par des éclats de voix. Il y a discussion, Marie-des-Neiges reconnaît la voix d'Ange, la porte de la salle où ils sont retenus est ouverte. Ange vient la chercher, lève-toi, il dit, tu es avec qui, il demande. Marie-des-Neiges s'en veut parce qu'elle est bouleversée, de voir Ange et de lui devoir une nouvelle fois son salut. Elle pensait mourir avec ses amis, au lieu de ça elle désigne à son amant Kathy et Armand. Levez-vous,

vous aussi. Ils obéissent. Un instant, Marie-des-Neiges s'imagine refuser de sortir, jamais sans tous mes camarades, elle dirait, elle se rassiérait dans leur cellule de fortune, ils seraient félicités, à voix basse, par tous les autres. Elle n'en a pas le courage, elle a peur, elle préfère sortir, retourner chez elle et voir son fils.

Ange n'est pas tout seul, il y a plusieurs nervis de son genre avec lui. Je vous libère, mais cassez-vous. Toi et tes amis, c'est tout. C'est la deuxième fois, ne tente pas le diable, la prochaine je ne pourrai peut-être rien faire. Rentre, tout de suite, reste chez toi. Il attrape Armand par le col, il se hisse sur la pointe des pieds car l'autre est plus grand, ça pourrait être ridicule mais personne ne rit, surtout pas Armand. Toi, le grand escogriffe, je te préviens, si je te revois dans la rue au cours des prochains jours, je te brûle la cervelle. Je pense que tu as compris l'ambiance, on peut se permettre des choses, en ce moment. Je te sauve parce que tu es son ami, mais je n'hésiterai pas. Souviens-toi qu'un Blanc t'a sauvé la vie, connard.

Il revient vers Marie-des-Neiges. Tu vois, la situation est difficile, tu comprends sans doute mieux ma position. Je sauve d'abord mes amis, puis les amis de mes amis, si je peux. Ce genre de choix, c'est ce que j'ai fait toute ma vie. Je fonctionne comme ça, et maintenant tu n'y trouves plus rien à redire, c'est drôle comme on peut changer d'avis. Je le vois pour la dernière fois, elle pense Marie-des-Neiges, après ça il ne peut plus rien y avoir entre nous. Elle scrute les détails de son visage, ce qu'elle y aime, elle le trouve toujours aussi beau, aussi émouvant, mais ça n'est plus possible. Il a l'air ému et en colère, il lui tient la main avant qu'elle parte.

Marie-des-Neiges ne se retourne pas, elle met son bras dans celui de Kathy. Elles vont chez Michèle Michel, Armand les accompagne. Il préfère rester, lui aussi. Daniel dort encore, Michèle Michel se faisait un sang d'encre. Elle a allumé un petit transistor, ils écoutent les nouvelles, le général de Gaulle intervient encore, il se dit prêt à assumer le pouvoir pour éviter à la France de sombrer dans la guerre civile, il refuse de condamner les différents comités de salut public qui se mettent en place, et l'action des militaires. Il y a eu des émeutes, des morts, dans toutes les grandes villes françaises, et aussi à Dakar et à Abidjan, à Fort-de-France. La mort de Fanon, assassiné sur le lit d'hôpital où il était soigné pour sa maladie, est confirmée. Les programmes s'interrompent quand Suzanne Césaire parle. Elle a la voix qui ne cille pas, elle fait appel aux officiers fidèles à l'Union française, je ne laisserai pas un quarteron de généraux en retraite s'emparer d'Alger, ni s'emparer de l'Union française, elle invite les forces démocratiques, les syndicats, à manifester, à se rendre sur les aéroports pour empêcher toute opération aéroportée. *Bégayé pè*, on disait en créole dans la cour de récréation, quand j'étais enfant. Celui qui bégaye, celui qui hésite, il perd. Je ne bégayerai pas, je n'hésiterai pas, je ne perdrai pas. Croit-on que je combatte la maladie depuis plusieurs années pour m'effacer au premier coup de semonce. Croit-on, moi qui n'ai jamais reculé, que je prenne peur quand des vieillards haussent la voix. Croit-on que je puisse abandonner l'Union française, croit-on que la France puisse s'en passer.

Il y a des coups de feu, dans la nuit. J'ai confiance, il dit Armand, ce sont les soldats de Suzanne Césaire qui récupèrent les positions occupées par les putschistes, elle va rétablir la situation, c'est pas possible, avec tout ce qui a été fait, que ça s'arrête maintenant. Puis il pleure, je crois que Lakhdar est mort, ils l'ont tué.

Marie-des-Neiges va se coucher à côté de son fils, dans son petit lit d'enfant, elle s'endort. Elle est rassurée que Césaire ne compte pas céder, je ne rends pas les armes, elle se dit, je reprends des forces seulement.

V

Saint-Germain-en-Laye

Face à la vitrine, Marie-des-Neiges tire sa peau en appuyant les doigts sur son visage. Elle n'a plus sa souplesse d'antan, elle est marquée par quelques rides. De l'autre côté de la vitre, il y a la dame minuscule, quelques centimètres à peine gravés dans l'ivoire, un simple buste, des yeux, un nez, pas de bouche. Sur sa tête, on a longtemps parlé d'une capuche, Marie-des-Neiges voit des cheveux, mêmement nattés que les siens. La Dame de Brassempouy est dans la vitrine du musée des Antiquités nationales, à Saint-Germain-en-Laye, depuis plus de sept décennies, depuis que celui qui l'a découverte dans une grotte landaise, le préhistorien Édouard Piette, en a fait don à l'établissement. Elle admire l'abnégation de ce lointain prédécesseur, avocat rigoureux, puis juge, soigné dans les eaux sulfureuses de Luchon, dans les Pyrénées, pour des problèmes de santé. Il avait fait de mauvaise fortune bon cœur et fouillé, pour son loisir et pour la science, de nombreuses grottes du Sud-Ouest. Jamais il n'avait voulu, comme d'autres en son temps, monnayer ses trouvailles, car elles appartenaient à l'humanité. La Dame de Brassempouy est sans doute le plus beau des trésors qu'il a exhumés. De tous les vestiges préhistoriques, il est celui qui la touche le plus. Alors elle a voulu la contempler quand elle a appris la nouvelle, le chantier de fouilles qu'on lui confie enfin, elle à la tête d'une équipe entière, plusieurs années après sa thèse. Elle a voyagé, ces dix dernières années, elle est passée de chantier en chantier, de grotte en grotte, de site en site, sur les continents africain et européen, aux divers coins de l'Union française.

C'est son tour maintenant de diriger une mission, et quand elle a reçu la nouvelle, au ministère, elle a voulu se retrouver face à la Dame, peut-être à cause d'un simple détail, sa coupe de cheveux nattée. Elle le sait très bien, ce sentiment de familiarité avec la plus ancienne représentation d'un visage humain n'est pas scientifique. Elle ne se voit rien de commun avec ce visage, d'ailleurs. La coiffe de la statuette est peut-être un vêtement plus qu'un tressage, et il est même possible qu'il s'agisse d'un homme. Pourtant elle la regarde et elle se voit, elle a suffisamment d'autodérision pour se moquer, en son for intérieur, de cette prétention. Je me vois en elle parce que c'est mon reflet dans la vitre. Son visage sera éternellement lisse, alors que le mien a un peu vieilli, surtout après ces dernières années de travail acharné, ces fouilles en plein soleil ou dans le froid.

Quinze ans ont passé depuis sa première année en petite France, depuis ses premiers pas d'étudiante. Elle ne sait rien de précis des conditions dans lesquelles a vécu la Dame de Brassempouy, celles qui ont permis la finesse de ce dessin sur l'ivoire, l'émotion intacte, des milliers d'années après, face à ce visage gravé. Heureuses les femmes, elle pense Marie-des-Neiges, qui vivent comme moi des années décisives, des années de changements immenses. Je suis le produit des circonstances, elle se dit, des circonstances favorables comme jamais pour celles qui m'ont précédée.

Et pourtant ce ne fut pas facile. Elle a connu des amis et deux amours, décidé de poursuivre ses études au-delà de l'école normale, et surtout elle a rencontré la peur, pendant le coup d'État de de Gaulle et les violences qui l'ont accompagné. Il s'en était fallu de peu que le vieux général réussisse. Une bonne partie de l'armée, grâce au poids des troupes et des officiers des anciennes colonies, était restée fidèle à la présidente. La grève générale et le soutien à Suzanne Césaire des syndicats, en petite France et ailleurs, avaient aussi empêché les putschistes de prendre le pouvoir. Suzanne Césaire avait gracié de Gaulle, placé en résidence surveillée. Elle avait résolu la sanglante guerre civile algérienne, en accordant l'indépendance tout en préservant l'association avec l'Union française. Pour son action, elle avait reçu le prix Nobel de la paix. Elle était morte, exténuée par la maladie, l'année d'après.

Je dois beaucoup à Suzanne Césaire, je dois beaucoup à Gerty Archimède, Marie-des-Neiges se dit. L'ancienne avocate avait succédé à la femme de lettres, pour un premier septennat. Il est ardu, le chemin de l'émancipation, et ce n'est pas une route droite, il y a des reculs, des zigzags. Pendant tout ce temps où Marie-des-Neiges étudiait, fouillait, rédigeait sa thèse, puis des articles, Galim Diouf traçait sa route. Il avait racheté l'Olympique de Marseille, construit l'équipe autour d'une sélection de vedettes nationales et internationales. L'OM de Diouf avait remporté le championnat de France plusieurs fois de suite, ainsi que la Coupe de l'Union française, puis, premier club français à le faire, et par deux fois, la Coupe des clubs européens. Galim Diouf avait conquis, contre Gaston Defferre, la mairie de Marseille, dans l'épique combat des deux G, comme disaient les journalistes, en référence aux prénoms des protagonistes et au bar de Galim, incendié pendant les événements, puis reconstruit. Son père, Salif Diouf, malgré son âge avancé, s'emparait au même moment de la municipalité de Dakar et mettait la main sur l'Assemblée du Sénégal. Galim Diouf avait des ambitions plus hautes que la cité phocéenne. Il s'était lancé en campagne pour la présidence de l'Union française, laissant Marseille à un jeune politicien local sans grande envergure, Jean-Claude Gaudin. Il était devenu le quatrième président de l'Union française après les mandats des Césaire puis celui de Gerty Archimède. Son slogan avait séduit dans de nombreuses anciennes colonies : voici venu le temps des Africains. Et le retour des hommes, par la même occasion. Il avait battu Gerty Archimède et aussi Poher, Houphouët-Boigny, Monnerville, Mitterrand et Jeannette Vermeersch. Pour gouverner, Galim Diouf s'était appuyé sur des hommes politiques de droite, jeunes et prometteurs, Valéry Giscard d'Estaing, Jacques Chirac, dont il avait fait ses Premiers ministres. Ils jouaient de leurs ambitions à son service.

Marie-des-Neiges ne l'avait jamais revu autrement qu'en photo ou à la télévision. Mais elle avait pâti, lors de sa carrière naissante, de la nouvelle politique de rigueur budgétaire, qui touchait tous les fonctionnaires, et du manque de moyens alloués à la recherche. Galim Diouf parlait au peuple mais il aimait la richesse et les riches, conduisait sa politique à leur profit. Les ouvriers avaient vite compris et les grèves étaient nombreuses. Gerty Archimède ne ruminait pas sa défaite, elle mobilisait le pays et les syndicats pour prétendre à un nouveau septennat. Elle mettait en avant, encore plus que Suzanne Césaire, les droits des femmes. La fin des années 1960 et le début des années 1970 avaient été marqués par de puissants mouvements sociaux, notamment féministes. Marie-des-Neiges y avait participé, comme elle pouvait, tandis que ses parents se battaient, à Dakar, contre la mainmise de Salif Diouf. De toute leur vie, jamais ils n'avaient été aussi en accord sur la politique. Marie-des-Neiges soupire, cette concorde n'aura pas duré longtemps, car ils sont morts brusquement, l'un tout de suite après l'autre, sans voir la défaite des Diouf. De son ancien monde, il lui reste Maryse Condé, sa professeure devenue amie, plus éloignée de la politique depuis qu'elle se consacre à l'écriture. Elle est l'autrice la plus connue de l'Union française, lue dans le monde entier. Elle pourrait, comme Suzanne Césaire, avoir elle aussi un prix Nobel, celui de littérature.

La victoire de Gerty Archimède a privé Galim Diouf d'un second mandat et relancé les espoirs d'une Union à la fois démocratique et sociale. Elle a pris des mesures sociales, légalisé la contraception et l'avortement, promu l'égalité dans tous les domaines. Elle a su s'appuyer sur la jeunesse et Thomas Sankara s'était imposé comme son ministre le plus brillant, puis son Premier ministre, enfin comme son successeur. Il a battu une nouvelle fois Galim Diouf et doit bientôt inaugurer sa fonction dans l'une des cinq capitales, qui tournent tous les deux ans, de l'Union française.

Avant d'investir ses nouvelles charges, de partir de longues semaines pour sa mission, Marie-des-Neiges s'est fait une promesse, une tâche de fidélité à accomplir. Elle s'occupe aujourd'hui plus de recherche que de politique mais elle n'a pas l'impression d'avoir trahi ses parents ni sa jeunesse. Elle reste liée à la petite bande, même s'ils ont tous suivi leur propre route. Yolande vit toujours à Aix, possède sa propre boutique, désormais. Marie-des-Neiges passe du temps avec elle quand elle retourne voir Michèle Michel. Son fils est resté proche de leur ancienne voisine.

Il n'est pas toujours facile de croiser Joseph et Armand, tous deux instituteurs, car ils passent de poste en poste dans toute l'Union française. À chaque étape, Joseph crée un syndicat. Il a participé aux grèves, bien entendu. Sur les pas de son père, retraité désormais. Robert travaille pour le ministère de la Justice, il pourrait bien devenir député un jour, ou rejoindre le cabinet de Thomas Sankara. Maria-Angustias est retournée enseigner à Alger quand tant d'Européens d'Algérie ont accompli le chemin inverse, pour certains parce qu'ils refusaient l'égalité civile et politique avec les musulmans, pour les autres parce que les assassinats perpétrés pendant la guerre civile leur faisaient craindre le pire.

Et puis il y a Kathy, bien sûr. Mon amoureuse, ma reporter sur tous les terrains, elle lui chuchote, parce que Kathy voyage beaucoup, elle aussi, dans son métier. Elle l'imagine, elle la voit, si on excepte les cheveux, dans la peau lisse et blanche, le menton pointu, les pommettes hautes et les sourcils prononcés de la Dame de Brassempouy. Sa belle dame a acquiescé quand Marie-des-Neiges lui a expliqué où elle avait besoin d'aller. Je t'accompagne, elle a dit, et Marie-des-Neiges est bien consciente de la valeur de cet effort.

VI

Castagniccia

Les deux femmes sont arrivées dans une petite voiture, elles ne dorment pas là mais dans un hôtel plus loin, sur la côte. Elles sont revenues plusieurs fois, elles suscitent de la curiosité, dans le village, des discussions. Souvent les touristes restent en bas, à la plage, plutôt que dans les hauteurs des villages de la Castagniccia. Elles se montrent polies, respectueuses, elles sont entrées dans l'église, elles ont parcouru les ruelles, elles ont consommé au bar, un café chacune.

Les deux femmes ne sont pas des continentales, pas les *pinzuti* habituels, car il y a de plus en plus de touristes en ces années 1970. L'une a l'accent américain, avec sur la tête un large chapeau en paille d'Américaine, comme on peut s'y attendre, et l'autre a la peau sombre, ses cheveux épais retenus par un bandeau. Elles ont assisté à une messe, la Noire a communié, à la fin, avec les villageois. Elles ont admiré la vue sur la montagne, sur la vaste étendue verte de la forêt, châtaigniers et maquis. On leur a indiqué le chemin pour la cascade de l'Ucelluline, elles en sont revenues compliments à la bouche, fatiguées par la randonnée. Elles ont bu des jus de fruits frais, cette fois, à la terrasse du débit de boissons. L'Américaine pose discrètement sa main sur celle de son amie. Marie-des-Neiges regarde Kathy, je suis prête, elle dit, je veux y aller et j'aimerais que tu viennes avec moi. Kathy se lève, je te suis.

Elles ont toutes les deux des shorts confortables, des chaussures de marche. Elles s'engagent sur la route étroite qui sort du village et serpente au flanc de la falaise. Elles avancent sur le bitume alors que la chaleur d'été, en cette fin de journée, est encore bien intense. Elles ne prêtent pas tellement attention au paysage. Elles s'arrêtent en revanche à chacune des plaques de marbre déposées sur le bord de la route, fixées à la pierre sur la falaise. Elles sont tristes et monotones, ces plaques, ornées de fleurs séchées. Elles portent la mémoire des jeunes hommes de la région tués dans des accidents de la route : prénom, nom, dates de naissance et de mort, souvent espacées de moins de vingt ans. Parfois ils sont deux ou trois à avoir péri au même endroit. Si on fouillait le maquis en contrebas, on trouverait quelques-uns des véhicules détruits, abandonnés là sans pour autant avertir suffisamment pour éviter de nouvelles morts. Il y a peut-être eu de l'alcool, des courses entre jeunes garçons avides de vitesse, la volonté d'aller trop vite, d'affirmer sa témérité, sa virilité à travers la bagnole, au prix de la vie.

Elles ont parcouru trois kilomètres et sont quasiment à équidistance du village suivant, quand elles voient enfin la plaque qui les intéresse. Il est indiqué le nom d'Ange, un âge plus proche de trente que de vingt, il est sans doute le doyen de ces jeunes hommes aux noms inscrits dans le marbre. Marie-des-Neiges reste un moment à cet endroit, elle regarde autour, en contrebas, essaye malgré elle d'imaginer ses derniers instants. Elle ne l'avait plus jamais revu depuis la tentative de de Gaulle, avait appris sa mort de longs mois après son accident de voiture. Le coup d'État lui semble très loin maintenant.

Elles ont prévu ces vacances en Corse à la demande de Marie-des-Neiges, Kathy a accepté, même si tout ce qui a trait à Ange la crispe. Marie-des-Neiges lui est reconnaissante de son effort. Elle pense souvent à Ange. Elle avait besoin de venir. Ange précisait dans son testament, datant d'on ne sait quand, peut-être après sa sortie de prison, sa volonté qu'on lui envoie sa montre. Ses parents l'avaient fait sans ajouter de commentaire, un faire-part déjà ancien et quelques mots d'explication griffonnés pour toute missive.

Elle a cueilli des fleurs, elle les met devant la plaque, à même le sol. Elle a visité le village d'Ange mais n'a pas tenté de rencontrer ses parents, elle est persuadée que ç'aurait été vain. Elle est contente d'avoir vu son école, sa maison, les paysages dans lesquels il a grandi, les rivières où il s'est baigné, le maquis où il a chassé. Marie-des-Neiges se recueille, elle a l'impression d'être plus proche de lui ici où il est mort que sur sa tombe, au cimetière du village. Elle a écrit sur un morceau de papier un poème qu'elle a déposé sous une pierre plate. Elle voudrait le lire à haute voix, elle ne le connaît pas par cœur, elle ne l'enlève pas de sous la pierre, ça serait ridicule juste après l'y avoir placé. Il fait chaud, le ciel est d'un bleu vif, de chaque côté du gris du bitume c'est le vert qui éclate. Sur ce bord de route, de temps en temps une voiture passe à grand bruit. Rien n'est solennel si ce n'est la triste plaque de marbre. Marie-des-Neiges pense à Ange mais elle ne peut s'empêcher de remarquer les cailloux qui se détachent de la falaise en pierre, les insectes qui volent ou grimpent sur les herbes, la végétation sèche et odorante. Elle n'est pas aussi concentrée sur les souvenirs qu'elle se l'était imaginée, même si elle tente de ressusciter des images.

Marie-des-Neiges jette un dernier coup d'œil à la plaque. Sans doute elle reviendra mais elle ne veut pas transformer ce lieu en pèlerinage. Ça ne correspondrait pas à l'histoire qu'elle a vécue avec Ange. Les deux femmes repartent, elles rebroussent chemin et Kathy prend la main de Marie-des-Neiges. Elle se sent plus légère d'avoir été à l'endroit où Ange est mort, elle a payé une dette qui n'existait pas mais la libère. Elle ne compte pas rester trop longtemps au village, Kathy a prévu un programme de visites, plus au sud, Daniel doit les rejoindre pour la dernière semaine. Quand elles s'approchent du village, Marie-des-Neiges retire doucement sa main, elle rajuste sur son nez ses lunettes de soleil. Juste avant le dernier virage, elle embrasse Kathy dans le cou.

VII

Vercors

Marie-des-Neiges a rassemblé son équipe pour la féliciter. Le chantier de fouilles de la grotte de Thaïs, dans la Drôme, a commencé trois mois après ses vacances en Corse et sa visite du village d'Ange. Les archéologues, confirmés ou débutants, ont trinqué au mousseux pour fêter les résultats, celles et ceux qui boivent de l'alcool en tout cas. C'est le premier chantier de fouilles qu'elle dirige et il a fallu des semaines de travail pour terminer le carroyage du sol, tout d'abord, au moyen de fils dévidés depuis le ciel de la grotte, lestés de plomb, changés de place au fur et à mesure de l'avancée de leur tâche. Les luminaires installés au ciel et alimentés par des générateurs permettaient de voir quasiment comme en plein jour. Ainsi, Marie-des-Neiges et son équipe, d'autres chercheurs et chercheuses, des étudiantes, venus de toute l'Union française, ont pu ensuite fouiller le sol de leur truelle et mettre soigneusement dans des sacs tout ce qu'ils ont trouvé.

Elle est très satisfaite du résultat. Elle est tellement enthousiaste qu'elle a déjà des idées de publications scientifiques, de poèmes, car elle n'a jamais cessé d'en écrire, compléments indispensables et discrets de sa vie de femme et de scientifique. Les grottes l'inspirent, pour la recherche et pour la poésie. Les vestiges datent de la période magdalénienne, postérieure à l'époque de la Dame de Brassempouy, 14 000 ou 10 000 ans avant le présent, âge qui correspond à l'une des dernières cultures paléolithiques. Il n'y a pas d'art pariétal dans cette grotte, mais il reste de son occupation humaine des bifaces et des pointes de flèche ou de sagaie, des aiguilles, un grattoir, des perçoirs, des éclats de pierre divers, notamment des silex, des restes de foyers, des os d'animaux. Il y a deux trésors, deux os sculptés, un cheval gravé sur une côte et un os avec de nombreuses encoches. On distingue bien la tête et la crinière du cheval, son corps est simplement esquissé de quelques traits. L'oreille de l'animal est très bien dessinée, Marie-des-Neiges est toujours autant stupéfaite de la beauté de ces œuvres préhistoriques. Le fragment d'os avec des encoches est encore plus intéressant.

Marie-des-Neiges l'a très finement observé, avec d'autres membres de son équipe. Les encoches sont régulièrement disposées, on dirait presque un code, une écriture. Il y a sept lignes horizontales, striées de traits courts, perpendiculaires, avec vingt-huit ou trente encoches pour chaque ligne. Elles composent, selon leur hypothèse, un calendrier lunaire. Marie-des-Neiges est fascinée par ces ancêtres qui avaient commencé à mesurer le temps, à le compter, à le décomposer. Le sien, celui de sa pauvre et chère vie, lui semble passer si vite : son fils devenu grand, ses parents déjà morts tous les deux, ils auraient été fiers d'elle et de ses découvertes. Ils avaient été si inquiets, au début, qu'elle abandonne son projet de devenir institutrice pour se lancer dans des études d'histoire puis une thèse d'archéologie.

Les humains du magdalénien vivaient une période glaciaire, mais le climat commençait à se réchauffer. On a bien de la chance, Marie-des-Neiges se dit, de vivre une époque plus tempérée, un temps d'espoir et de découvertes, encore. Elle contemple les encoches minuscules du calendrier lunaire, il est fini le temps glaciaire, celui où tout était figé. Elle ne sait pas si ceux ou celles qui ont tracé les encoches étaient excités de graver ainsi les éléments, s'ils ou elles avaient la joie intense de la découverte, la sienne quand elle fouille. Elle-même vit une époque de grands changements mais elle ne sait pas ce qu'ils valent par rapport à ceux de ces premiers temps. En comparaison ils sont peut-être négligeables mais pour elle ils ont beaucoup d'importance. Elle pense au début de ses études, à son arrivée en France hexagonale, quand elle voulait devenir institutrice, à la petite bande encore soudée par l'amitié, même si elle est depuis longtemps dispersée, même s'il manque Lakhdar, assassiné sur un trottoir.

Les encoches du petit os gravé représentent, d'après les calculs de l'équipe, une période de trois ans. En ce temps, sans doute, la phase de la lune déterminait les bonnes périodes de chasse : il était peut-être plus facile de trouver des proies à la nouvelle lune, malgré l'obscurité, que lorsqu'elle était pleine, car alors le gibier se cache. Marie-des-Neiges est admirative de la volonté d'observation et d'ordonnancement dont témoigne ce vestige. Elle aime son métier. Elle pense à l'Évangile de Jean que lui avait tant lu sa mère, Jésus rassemble une foule, il distribue des pains et des poissons, tous se nourrissent, il dit ramassez les morceaux qui restent, afin que rien ne se perde, les disciples s'exécutent et ils remplissent douze paniers. Sa démarche d'archéologue lui fait penser à cet épisode, pour elle aussi, il s'agit de ramasser des miettes, de remplir des paniers, de rassembler ce qui est épars et appartient à une commune humanité. Voilà ce qui l'anime. Elle lève son verre, s'éclaircit la voix, force sa nature pour adresser un toast devant toute son équipe, à la vie, à l'humanité, sans cesse elles se cabrent et s'obstinent, sans cesse elles sont, pour le meilleur et pour le pire, renouvelées.

Précisions

Les poèmes de Claude McKay reproduits dans le livre sont traduits, sauf indication contraire, par Michel Fabre à partir de l'édition d'*Un sacré bout de chemin* (Héliotropismes, Marseille, 2022).

Dans le chapitre de la rencontre avec Faith Ringgold, certaines phrases sont directement issues de son travail d'artiste, des textes écrits sur ses quilts (grands tissus peints dont elle a fait une série au début des années 1990). C'est le cas notamment de la phrase suivante : « C'est l'art qui dit la vérité, pas l'artiste », tirée de son œuvre *Picasso's Studio: The French Collection Part I, #7*, 1991, conservée au Worcester Art Museum, Worcester, et que j'ai vue au musée Picasso lors de l'exposition consacrée à l'artiste en 2023 (une partie des textes ont été traduits par Sika Fakambi). J'ai été fasciné par son œuvre si originale et si belle, puissante source de réflexion. Je lui suis très reconnaissant d'avoir accepté que l'un de ses tableaux sur tissu figure sur le bandeau de ce livre. C'est une joie et un honneur pour moi.

Remerciements

Les livres inspirent les livres, la lecture, chez moi, produit l'écriture. Il y en a plusieurs qui m'ont donné envie d'écrire ce roman. Le premier est celui d'un historien, Frederick Cooper : *Français et Africain ? Être citoyen au temps de la décolonisation*, paru en 2014 chez Payot. C'est grâce à lui que j'ai connu la loi Lamine Gueye de 1946 et appris l'existence des passionnants débats de l'après-1945 concernant les relations des colonies avec la France. Son travail permet de comprendre que rien n'était joué et que l'indépendance n'était pas la seule option imaginée par les élites africaines de l'époque. Alors que, selon un sondage à la Libération, 63 % des Français se prononçaient en faveur de l'égalité des droits, la voie fédérale était sérieusement envisagée et ce sont les gouvernements français qui n'en ont pas voulu. Je suis très reconnaissant à ma collègue et amie Emmanuelle Sibeud de m'avoir conseillé ce livre.

Le deuxième livre à l'origine de ce roman est celui de Maryse Condé, *La Vie sans fard* (Jean-Claude Lattès, 2012). J'ai été emporté par sa verve, sa franchise et son humour. Merci infiniment à Audrey Célestine de m'avoir exhorté à le lire. J'espère que Maryse Condé ne m'en voudra pas d'avoir fait d'elle, écrivaine, un personnage de mon roman. L'admiration et le plaisir à lire son œuvre en sont la source.

Plusieurs personnages de mon livre sont réels ou ont vraiment existé. J'aimerais que Faith Ringgold ne soit pas gênée d'apparaître dans ce récit. Je ne voudrais pas offenser non plus les proches, les familles ou les descendants d'Aimé Césaire et Suzanne Roussi-Césaire, en premier lieu, ni ceux de Gerty Archimède, Jenny Alpha, Charles de Gaulle et des autres figures historiques présentes dans mon roman.

Ce livre a été écrit en relisant et en lisant les ouvrages de Claude McKay. Je connais depuis longtemps *Banjo* (écrit en 1928, récemment réédité par l'Olivier, traduction Michel Fabre) et j'ai eu le plaisir de lire *Un sacré bout de chemin* (1937, réédité par la maison d'édition marseillaise Héliotropismes, traduction Michel Fabre) ainsi que *Retour à Harlem* (1928, réédité par les éditions Nada, traduction Marie Brazilier et Romain Guillou). Le souffle de son écriture m'a mis en joie et j'ai trouvé, en écho à mon propre travail, une façon chorale de raconter une histoire. Je recommande le documentaire radiophonique de Michel Pomarède, réalisé par François Teste pour l'émission *Toute une vie* sur France Culture produite par Anaïs Kien (février 2022), et le film de Matthieu Verdeil *Claude McKay, de Harlem à Marseille* (A7 Production, 2021).

Enfin j'admire le travail de Léonora Miano, à la fois pour sa langue et pour les mondes qu'elle imagine. J'ai trouvé très intéressant *Rouge impératrice* (Grasset, 2019), où elle décrit un monde dont le centre de gravité se serait déplacé vers l'Afrique et où les Européens seraient devenus des réfugiés.

Ces ouvrages sont les principales sources de mon envie d'écrire ce livre.

Il y a aussi une question de genre littéraire. J'ai écrit des histoires de pirates, *Et que celui qui a soif, vienne* (Le Rouergue, 2016) une dystopie (*Forêt-Furieuse*, Éditions du Rouergue, 2019). Voici maintenant une uchronie. Ce type de livre m'a toujours fasciné et je suis heureux de m'inscrire à la suite de romans que j'ai tant appréciés. Dans *Le Complot contre l'Amérique* (paru en version originale en 2004, traduit en français en 2006 chez Gallimard par Josée Kamoun), Philippe Roth imagine une victoire électorale de Lindbergh, pro-nazi notoire, contre Roosevelt, et il mêle ce changement à une quasi-autobiographie de sa propre famille. J'ai beaucoup aimé l'adaptation théâtrale par Tiphaine Raffier de *Némésis*, du même auteur, à l'Odéon-Ateliers Berthier (avec Zoé Chauvel-Krivine en guest star dans le chœur des enfants de Saint-Denis). J'avais été marqué par *Le Maître du haut-château* (1962), de Philip K. Dick, dans lequel il imagine une victoire des nazis pendant la Seconde Guerre mondiale. Plus récemment, *Civilization*, de Laurent Binet (Grasset, 2019), dans lequel les Incas s'emparent de l'Europe au XVIe siècle, m'a semblé particulièrement stimulant. J'ai aimé aussi *22/11/63*, de Stephen King (Albin Michel, 2013 [2011]) : le personnage principal peut voyager dans le temps et essaye d'empêcher l'assassinat de John Fitzgerald Kennedy. J'ai été intéressé par le livre de Jean-Philippe Leclaire, *Mai 69* (Fayard), dans lequel il imagine un Mendès France revenu au pouvoir après Mai 68, puis assassiné. Je me suis régalé en lisant *Matrix*, de Lauren Groff, aux éditions de l'Olivier (traduit par Carine Chichereau), dans lequel l'autrice imagine, à partir du personnage, réel, de Marie de France, la destinée féministe et mystique d'une communauté de religieuses isolées et puissantes, dans leur abbaye nichée dans un coin perdu de l'Angleterre.

Mes collègues universitaires se sont également emparés de la question de l'uchronie et j'ai lu attentivement le livre de Quentin Deluermoz et Pierre Singaravélou, *Pour une histoire contrefactuelle. Analyses contrefactuelles et futurs non advenus* (Seuil, 2016). J'ai beaucoup aimé, dans une approche littéraire, l'essai très drôle et passionnant de mon collègue Pierre Bayard, *Et si les Beatles n'étaient pas nés ?* (Les Éditions de Minuit, 2022). Il y défend l'hypothèse provocatrice du caractère mortifère, pour la production artistique, des chefs-d'œuvre. À un autre niveau, celui où les « et si ? » percutent l'histoire individuelle, puisque l'autrice imagine tous les événements qui auraient pu éviter la mort de son mari dans un accident de moto en 1999, j'ai été très touché par *Vivre vite*, de Brigitte Giraud (Flammarion, 2022). Dans un tout autre registre, la série *Louis 28*, diffusée sur Slash, est très drôle. Elle met en scène sur un ton potache l'arrivée sur le trône, de nos jours, d'un adolescent, alors que la Révolution française n'a pas eu lieu.

Quand on travaille plusieurs mois sur un livre, des échos surgissent auxquels on ne s'attend pas. J'avais en tête, parce qu'il y est question de jeunesse et de guerre d'Algérie, les images et l'atmosphère du film *Adieu Philippine*, de Jacques Rozier (1962). Alors que mon roman était déjà achevé, j'ai lu un livre marquant, *Triste tigre*, de Neige Sinno (P.O.L), et j'y ai trouvé un passage sur ce prénom, Neige, qui est en partie celui de mon personnage. J'ai découvert *La Mémoire délavée* (Mercure de France) de Natacha Appanah, avec au tout début du roman de très belles pages sur le vol des étourneaux, qui m'ont renvoyé à mon passage sur la murmuration (phénomène découvert en visitant l'exposition Musicanimale à la Philharmonie de Paris). J'ai été intrigué et ému par le *Cézanne* intime de Marie-Hélène Lafon (Flammarion, 2023), tandis que mes personnages gravissaient, comme je l'ai fait tant de fois avec mes parents, mes amis, la Sainte-Victoire. Je suis content de ces coïncidences avec des autrices dont j'admire le travail.

Toute une série d'autres livres m'ont également documenté, ou stimulé : celui de Pascale Barthélémy, *Sororité et colonialisme. Françaises et Africaines au temps de la guerre froide (1944-1962)* [Éditions de la Sorbonne] ; celui de Silyane Larcher consacré aux questions de citoyenneté des anciens esclaves aux Antilles (*L'Autre Citoyen. L'idéal républicain et les Antilles après l'esclavage*, Armand Colin, 2014) ; celui de Minayo Nasiali sur le droit au logement à Marseille (*Native to the Republic. Empire, Social Citizenship, and Everiday Life in Marseille since 1945*, Cornell University Press, 2016). Bravo à Laure Jouanneau qui l'a brillamment traduit en français (il doit paraître aux Presses universitaires de Vincennes). J'ai lu la biographie d'Aimé Césaire par Kora Veron (*Aimé Césaire*, Seuil, 2021), de Gerty Archimède par Lucie Julia (*Gerty Archimède. Fleur et perle de Guadeloupe*, Jasor, 1996), de Léopold Sédar Senghor par Jean-Pierre Langellier (*Léopold Sédar Senghor*, Perrin, 2021) et par Elara Bertho (*Léopold Sédar Senghor*, PUF, 2023). J'ai été frappé par la beauté et la pertinence des textes de Suzanne Césaire recueillis par Daniel Maximin dans *Le Grand Camouflage. Écrits de dissidence (1941-1945)*, aux éditions du Seuil (2009). J'ai l'espoir qu'on retrouve un jour le texte perdu de la pièce que Suzanne Roussi-Césaire avait écrite. J'ai lu avec intérêt *Suzanne Césaire. Archéologie littéraire et artistique d'une mémoire empêchée* (Karthala, 2021), par Anny-Dominique Curtius, ainsi que le chapitre qui lui est consacré dans le passionnant *Imaginer la libération. Des femmes noires face à l'empire*, d'Annette Joseph-Gabriel (éditions Rot-Bo-Krik). D'autres chapitres de ce livre mettent en avant des femmes qui se sont battues contre le colonialisme, et la journaliste Fanny Pigeaud leur a consacré une série d'été stimulante sur *Mediapart* au cours de l'été 2023.

Le livre d'Audrey Célestine *Des vies de combat. Des femmes noires et libres* (L'Iconoclaste, 2020) m'a permis de connaître Gerty Archimède et Jenny Alpha. Je dois à mon regretté professeur de philosophie en khâgne au lycée Paul-Cézanne d'Aix-en-Provence, M. Alain Lacroix, d'avoir connu le travail de Jean-Toussaint Desanti. J'ai découvert avec intérêt les théories de l'archéologue Alexander Marshak sur les calendriers lunaires (elles datent des années 1990 et non 1970 comme je le prétends dans mon roman). La lecture de *Lettres à une Noire*, de Françoise Ega (Lux éditions, 2021, première parution 1976), préfacé par Elsa Dorlin, a été une révélation, tant je suis admiratif du talent littéraire de cette femme. Elle vivait à Marseille dans les années 1950, y a été militante et a voulu expérimenter le travail de domestique dans des familles bourgeoises de la cité phocéenne. Elle avait constaté que certaines de ses compatriotes martiniquaises y étaient embauchées et elle voulait connaître dans quelles conditions. J'ai beaucoup aimé aussi *Le Docker noir*, de Ousmane Sembène (Héliotropismes, 2023, première édition 1956). Il a écrit un autre livre, *Les Bouts de bois de Dieu*, paru en 1960, sur les grèves des chemins de fer au Sénégal en 1947-1948. Enfin, le livre de Sylvie Thénault, *Les Ratonnades d'Alger* (Seuil, 2022), m'a apporté des informations précieuses sur l'ambiance qui régnait en Algérie durant les années 1960, et sur les mécanismes qui ont conduit à des violences extrêmes contre les Algériens musulmans : en résumé, sur la fabrique de la terreur. J'ai complété sa lecture par celle des travaux d'Yvan Gastaut et Céline Regnard-Drouot sur les ratonnades de 1973 et la violence à Marseille.

Pour aller au bout de la façon dont j'ai façonné l'imaginaire de ce livre, je dois plonger dans la fin des années 1990 et le début des années 2000, souvenirs de jeunesse, de découvertes, d'émotions, de militantisme, à Aix-en-Provence, Marseille et dans les environs. Je pense à mes camarades et à mes amis, à la liberté, aux déambulations dans les rues aixoises avec Sylvain Cherkaoui, Julien Rochedy Straboni, Laureline Uzel, aux discussions dans les cafés avec Charlotte de l'Escale, Jalal Haddad, Marion Cavallo, Marie Rombaldi, Anne Légier, Jean-Michel Amitrano, Fred Falzon, Marie-Pierre Ponpom, François Van Opstal, Sophia Banoudi, Philippe Tuffet, Véronique Grandjacques, Emre Öngun et bien d'autres. Je remercie, pour le temps passé ensemble en Corse, Julien Rochedy Straboni et ses parents, Nadia Crespin, Coline Casanova, Jean-Laurent Gardarein, Marie Rombaldi, Carine Montarras et Elias Habchi. Je pense à Lyne Hervey-Passée et ce qu'elle m'a raconté de sa vie aixoise. Je me rappelle cette manif à Marseille, contre le FN, où nous avions couru sous les lacrymos avec Clémentine Baert et Maric Berthelot. Je garde au plus profond de mon cœur toutes ces fois où j'ai grimpé au sommet de la Sainte-Victoire, avec mes parents et mon frère, avec Gilles Parisot, Béatrice Girardeau, Sabine de Sanctis, Pierre Rouzaud. Et je n'y étais pas, mais j'ai vu les photos de l'ultime ascension de ma mère, en chaise roulante, portée par les costauds courageux d'une association solidaire.

Certaines personnes ont participé de façon active à l'écriture de ce livre. J'ai besoin de retours gentils pour prendre confiance en mon texte, de retours plus durs pour l'améliorer. J'ai la chance de pouvoir embêter certaines personnes de mon entourage. Merci pour leurs relectures à Laureline Uzel, Julien Rochedy Straboni, Philippe Pattieu, Katia Le Rille, Véronique Grandjacques, Stéphane et Cécile Moulain, Maya Michalon, Charlotte de l'Escale. Leurs remarques et leurs encouragements ont été précieux. Merci à Sylvain Cherkaoui et Alice Zeniter pour leurs critiques ; même s'ils n'ont pas aimé la version du roman que je leur ai fait lire, c'était avec bienveillance, et ça m'a été précieux car j'ai pu retravailler et proposer une nouvelle version. Merci à Gara Rodriguez pour m'avoir donné l'idée du prénom Maria-Angustias ! Merci à Paul Pasquali pour ses suggestions que je n'ai pas complètement suivies, mais un peu quand même. Merci à Manue Johsua et Samy Johsua pour m'avoir inspiré, souvenir d'un récit d'il y a longtemps, la première scène du roman. Merci à Melvin McNair pour sa générosité, je me plais à imaginer que son destin aurait peut-être été tout autre si mon uchronie s'était réalisée.

Un grand merci à mon éditrice, Emma Saudin, pour le travail en commun, les retours précieux, les discussions, les échanges, pour sa lecture minutieuse du texte. Je suis très heureux de ce premier livre avec elle. Merci à Alix Penent, pour sa confiance. Merci à Valérie Trahay, qui s'occupe des relations avec la presse. Merci à toute l'équipe de Flammarion qui m'accueille chaleureusement. Merci à la correctrice Colette Malandain pour son travail très précis et très utile. Merci à Cassandra Lother pour son enthousiasme. Spéciale dédicace pour Victoire Le Mat partie avant que j'aie fini mon livre, et pour Marie Trang qui est bien là. Je remercie sincèrement l'équipe artistique des éditions Flammarion et notamment Marie Dos Santos Barra.

J'ai une pensée pour la regrettée Sophie de Sivry, fondatrice des Éditions de l'Iconoclaste, dans lesquelles a été édité mon recueil de poèmes, *En armes*, ainsi qu'à toute l'équipe de la maison qui continue malgré tout, notamment Sylvie Gracia, Alexandre Bord, Cécile Coulon, Adèle Leproux.

Mes précédents romans ont été édités au Rouergue, je sais ce que je dois à cette maison d'édition ainsi qu'à Actes Sud qui les a publiés en Babel. Il était temps pour moi de changer. Je suis reconnaissant à celles et ceux que j'y ai côtoyés et qui m'ont fait confiance. Sylvie Gracia et Adèle Leproux, encore, Sophie Duluc, Brigitte Reydel, Noémie Sauvage et Nathalie Demoulin.

Je dois beaucoup, pour l'ensemble de mes recherches et aussi pour mes ouvrages d'écrivain, à Tyler Stovall qui nous a malheureusement quittés en décembre 2021. Il nous manque. L'idée d'une statue de la liberté noire m'a été inspirée par son livre sur la liberté blanche (*White Freedom: The Racial History of en Idea*, Princeton University Press, 2021).

Je remercie Jacqueline Couti et Jennifer Boittin pour une discussion sur Suzanne et Aimé Césaire en Martinique, en mai 2023, lors du colloque de la *French Colonial Historical Society*. Merci à ma collègue Sarah Fila-Bakabadio avec qui les échanges sont toujours stimulants.

Je suis heureux d'avoir participé, par une brève contribution, à un grand livre collectif, *Colonisations. Notre histoire*, sous la direction de Pierre Singaravélou et la coordination d'Arthur Asseraf, Guillaume Blanc, Nadia Yala Kisukidi et Mélanie Lamotte (Seuil, 2023). Il éclaire la façon dont ce phénomène a marqué notre pays et le monde. Je recommande chaudement le chapitre de Françoise Blum sur les luttes pour l'égalité en Afrique après 1945, et celui de Annette K. Joseph-Gabriel, sur Ousmane Sembène, la grève des cheminots et la mémoire des femmes, qui abordent précisément ce dont je parle au début de mon roman.

Merci à Valérie Manteau pour ses encouragements, elle qui a Césaire dans la peau. Je salue aussi Hélène Gaudy car nous avons écrit nos livres en parallèle.

Merci à Fatima Ouassak et Youcef Brakni de m'avoir invité à Verdragon, à Bagnolet, lieu consacré à l'écologie populaire, pour une discussion autour de mon livre *Panthères et pirates, des Afro-Américains entre lutte des classes et Black Power* (La Découverte, 2022). Les livres de Fatima Ouassak donnent bien à penser.

J'ai apprécié, alors que j'apportais les dernières corrections à ce manuscrit, de passer du temps à Aix-en-Provence au cours de l'été 2023, en résidence au Jas de Bouffan, à l'invitation de la MECA (Maison internationale des écritures contemporaines d'Aix-en-Provence). Merci à Rozenn Le Bris et Valérie Lengronne pour leur invitation, merci à Isabelle François pour son aide précieuse, merci pour leur accueil chaleureux aux bibliothécaires de la Méjanes des Deux Ormes, ainsi qu'aux jeunes et leurs éducateurs et éducatrices des centres sociaux avec lesquels j'ai travaillé (en particulier Victor et Mohammed). Je suis heureux que cette résidence ait donné lieu à un spectacle préparé en commun avec Fred Nevché, avec qui j'ai beaucoup apprécié de travailler.

Je remercie mes collègues, enseignants et administratifs, du département d'histoire de Paris 8, ainsi que ceux du master de création littéraire. Je suis toujours fier de voir les romans de nos étudiant-e-s qui paraissent, notamment, pour les derniers, ceux de Seynabou Sonko, Polina Panassenko, Diaty Diallo, Mattia Filice, Lucie Rico, Vidya Narine, Élise Goldberg, Sara Bourre, Léna Ghar, Constance Rutherford, Eden Levin, Anouk Lejczyk, Stéphanie Vovor, Diadié Dembele, Hélène Laurain, Clémentine Haenel, Camille Bonvalet, Fatima Daas, Mathilde Forget, Aliona Gloukhova, Shane Haddad, L. Etschart, L. Bigòrra, Millie Duyé, David Lopez, Yancouba Diémé et Camille Cornu. Je suis content de suivre, cette année, Nedjelka Cosich et Nicolas Matos Ichaso, après Élise Haye et Zia Perthuisot dans la promotion d'avant. Je remercie aussi le Centre national de la danse à Pantin pour son hospitalité, puisque j'ai rédigé une partie de ce roman en ses locaux, et en particulier Théodora Le Meur. Merci à nos étudiant·e·s d'histoire, faire cours avec vous est stimulant.

Merci aux libraires, aux bibliothécaires, qui défendent et font vivre les livres.

Merci pour leurs encouragements à Nadia Crespin, Tiphaine Liautaud, Coline Casanova, Carine Montarras, Élias Habchi, Jean Krivine, Séverine Chauvel, Nadia Betjic, Fabien Villedieu, Pierre Rouzaud, Ezzedine Kada-Yahya, Gara Rodriguez, Florence Johsua, Cindy Bossan, Ersan Divalic, Sylvain Dautelle, Angelina Valiavanos, Wassim El Golli, Lénaïg Bredoux, Muriel Mille, Sika

Fakambi, Tristan Poullaouec. Ainsi qu'aux ami-e-s et voisin-e-s de Noisy-le-Sec.

Merci, pour leur soutien sans faille, à mon père, mon frère, Justine. Je pense à ma mère, je suis sûr que certaines scènes de ce roman l'auraient amusée, j'ai essayé d'y mettre de son esprit espiègle. Merci à Uma et Ella qui me font bien rire.

Je me souviens du regard perplexe de mon ami Matthieu Giroud quand je lui ai annoncé, il y a longtemps, que j'écrivais un roman, de sa joie quand j'ai été publié. Hélas, lui non plus ne peut plus les lire. Toute mon affection à sa famille, ses enfants Gary et Thelma, Aurélie, Sébastien.

J'embrasse aussi de tout mon cœur les familles Ginot, Pattieu, Uzel, Bellanger, Di Fusco, Dumas.

Enfin, j'espère toujours que l'écriture, si elle est un besoin pour moi, n'est pas pour autant trop envahissante pour mes plus chers, Laureline, Alma, Lucien. Pour leur amour, merci.

Noisy-le-Sec, le 25 septembre 2023

TABLE

Dakar 11
Aix-en-Provence 65
Marseille 111
Le coup 249
Saint-Germain-en-Laye 309
Castagniccia 317
Vercors 323

Précisions 331
Remerciements 333

Cet ouvrage a été mis en pages par

<pixellence>

Imprimé en France par CPI
en novembre 2023

Dépôt légal : janvier 2024
N° d'édition : 403455-0
N° d'impression : 177375